패배자들의 비망록

| 이천도 사상문학 |

이천도 / 자유지성

약력
- 시인, 소설가, 문학평론가
- 한국소설가협회 회원
- 한국아동문학인협회 회원
- 한국문인협회 평론분과 회원
- 한국문학비평가협회 이사 역임
- 한국국보문학협회 이사 역임
- 한국지필문인협회 부회장 역임
- 한국한비문학회 평론분과 회장

수상
- 한국문학비평가협회상
- 대한민국 문학예술상
- 미당문학상 외 다수

저서
- 장편 서사시 〈구도자〉 출간
- 장편 극시집 〈동방의 연가〉 출간

작품
- 〈시, 소설, 수필, 동화, 평론〉 다수

Mail : duutaa@naver.com
http ://blog.daum.net/az7512

| 그림 설명 |

오노레 도미에(Honoré Daumier), 〈삼등 열차(The Third-Class Wagon)〉, 1862, 65.4x90.2cm

이것은 허구다.

괴상하고 허무맹랑한 이야기다.

그러나 그럼에도 불구하고

더없이 명백하고 처절한 진실이다.

고독이란 내 곁에 아무도 없는 것이 아니라

내 안에 누구도 살고 있지 않는 것이다.

꿈이란 무언가를 이루려는 것이 아니라

그 무언가를 못내 그리워하는 것이다.

패배자들의 비망록

꿈

꿈에도 빛깔이 있어요.

당신의 꿈은 무슨 빛깔인가요.

하양인가요. 검정인가요.

선명한가요. 희미한가요.

가까운가요. 아득한가요.

따듯한가요. 차가운가요.

가벼운가요. 무거운가요.

넉넉한가요. 인색한가요.

소박한가요. 화려한가요.

쓸쓸한가요. 정겨운가요.

우울한가요. 화창한가요.

하나인가요. 여럿인가요.

팔주노초파남보. 무지갯빛인가요?

저의 꿈은 무슨 빛깔일까요?

쉿, 이건 비밀이지만!

당신께만 말할게요.

바로 오늘 밤 꿈속에서 만나요.

우리 서로 꿈속에서 만나

꿈의 빛깔 나누어요.

아무도 몰래 누구도 몰래

하늘도 몰래 구름도 몰래

별님도 몰래 달님도 몰래.

직선과 곡선

둘은 친구였다. 하나는 직선이었고, 하나는 곡선이었다.

둘은 길이가 같았지만 하나는 반듯했고,

하나는 구불구불 꼬여 있었다.

직선은 시시때때로 곡선을 놀렸다.

"못난이."

"넌 참 볼품도 없다."

"왜 그리 배배 꼬여 있니?"

어느 날. 둘은 공원 바닥에서 햇볕을 쬐고 있었다.

그때 두 남자가 다가왔다. 하나가 입을 열었다.

"마침 잘 됐다. 철사가 필요한데."

그 남자가 직선과 곡선을 집어 들고 살폈다.

"어떤 게 좋을까?"

그가 다른 남자에게 물었다.

"직선이 낫지. 곡선은 쓸모없어. 비비 꼬였잖아."

다른 남자가 말했다.

그 말에 그가 고개를 끄덕였다.

그는 곡선을 버리고 직선을 택했다.

두 남자는 자리를 떴다.

잠시 후. 작은 아이가 다가왔다.

아이는 바닥에서 곡선을 집었다.

잠시 곡선을 살피더니

아이는 곧바로 곡선을 바르게 폈다.

그러자 곡선은 직선이 되었다.

먼저의 직선보다 더 길쭉한 직선이었다.

연기 수업

연기를 배우는 동물들이 강의실에 모여 있었다.

이윽고 지도 교수가 교실로 들어왔다.

"오늘은 현장학습을 하겠습니다."

염소 교수님이 말했다.

교수님과 제자들이 지하철 승강장에 서 있었다.

많은 인간들이 지하철을 기다리고 있었다.

동물들은 이미 인간의 모습으로 변장한 터라

아무도 그들의 실제 모습을 알아채지 못했다.

얼마 후 지하철이 다가왔다.

교수님과 제자들이 지하철에 올랐다.

교수님은 미리 제자들에게 말했다.

"자리에 앉은 인간들을 주시하세요."

제자들은 한쪽에 서서 인간들을 지켜보았다.

오 분쯤 지났다. 지하철이 승강장에 섰다.

그때 허리가 굽은 할머니가 안으로 들어왔다.

다시 지하철이 출발했다. 몇 시간이 흘렀다.

교수님과 제자들은 현장학습을 마치고

숲속 강의실로 돌아왔다.

강의실 칠판에 강의 제목이 씌어 있었다.

'갑작스럽게 잠든 척하는 연기'

헌 구두와 신발장

A씨는 오늘도 기분이 좋았다.

며칠 전, 새 구두를 산 덕분이었다.

그는 막 새 구두를 신고 회사에서 퇴근했다.

그가 새 구두를 벗어 신발장에 넣었다.

한 시간쯤 지났다.

그는 모처럼 집안 청소를 시작했다.

한참 뒤에 쓰레기를 버리러 나가려다

쓰레기봉투를 내려놓고 신발장을 열었다.

신발장 안에 헌 구두와 새 구두가 있었다.

구두는 딱 두 켤레뿐이었다.

그는 헌 구두를 버려야겠다고 생각했다.

너무 오래 신어 낡았기 때문이다.

그가 헌 구두를 신발장에서 꺼냈다.

그것을 쓰레기봉투에 넣으려는데

헌 구두가 울면서 말했다.

"주인님, 절 버리지 마세요."

"제발, 주인님 곁에 있게 해주세요."

그는 헌 구두의 애원을 뿌리치고

그것을 들고 나가 쓰레기봉투와 함께 버렸다.

이튿날 아침. 출근하기 위해 그는 신발장을 열었다.

그는 당황했다. 새 구두가 사라졌다.

간밤에 좀도둑이 들었던 것이다.

그는 신발도 없이 양말 바람으로 문을 나섰다.

그러면서 중얼거렸다.

"헌 구두를 버리는 게 아니었는데."

"헌 구두는 훔쳐가지 않았을 거 아냐."

인간의 교육

큰 그릇이 작은 그릇에게 말했다.

"넌, 왜 그리 그릇이 작니?"

"그리 그릇이 작아 뭐에 쓰겠니?"

몹시 속상했지만 작은 그릇은 아무 말도 못했다. 아닌 게 아니라. 큰 그릇은 자기에 비해 열 배도 더 커보였기 때문이다. 작은 그릇은 상심해서 시무룩이 고개를 떨구었다. 그때 한 선비가 그릇들에게 다가왔다. 수염이 하얗고 눈빛이 온화한 노인이었다. 노인의 손에는 항아리 두 개가 들려 있었다. 큰 항아리 하나와 작은 항아리 하나였다. 큰 항아리는 왼팔로 감싸 안았고, 작은 항아리는 오른손에 쥐고 있었다. 노인이 항아리 두 개를 그릇 앞에 내려놓았다. 큰 항아리는 큰 그릇 앞에. 작은 항아리는 작은 그릇 앞에.

그때 한 소년이 다가왔다.

"항아리를 들여다보거라."

노인이 말했다. 소년이 한 손으로 작은 항아리를 집어 들여다보았다. 곧 씩 웃으면서 기분 좋은 표정을 지었다. 소년이 작은 항아리를 내려놓았다. 이번에는 두 손으로 큰 항아리를 들고 들여다보았다. 곧 눈살을 찌푸리며 큰 항아리를 내려놓았다. 큰 항아리를 내려놓고 소년은 얼른 코를 싸쥐었다.

그러자 노인이 말했다.

"보았느냐? 그릇의 크기가 전부가 아니란다. 무엇을 담느냐가 중요하단다. 그릇에 똥을 담으면 똥내가 난단다. 그릇에 향을 담으면 향내가 난단다. 큰 그릇에 담긴 똥보다 작은 그릇에 담긴 향이 더 아름답단다. 알겠느냐? 사람의 그릇(마음)도 이와 같단다."

마음의 학교

숲속 학교에서 동물들이 모여 수업을 받고 있었다. 그때 사슴이 손을 들고 선생님께 질문이 있다고 말했다. 안경을 쓴 염소 선생님이 질문이 무엇이냐고 물었다. 그러자 사슴이 물었다. "선생님. 인간들에 대해 알고 싶습니다. 인간들은 어떤 생물인가요?" 한손으로 턱수염을 쓸어내리며 선생님은 생각에 잠겼다. 그런 다음 말했다. "인간들의 특징은 '세 가지'란다." 일이 초간 멈췄다가 선생님이 말을 이었다. "그건 바로 '옷과 의자 그리고 명함'이라고 부르는 종잇조각이란다." 알 듯 모를 듯 알쏭달쏭한 말씀이셨다. 학생들은 머리를 갸웃갸웃하며 선생님의 말을 곰곰 되새기고 있었다. 조금 지났다. "선생님. 잘 이해가 되지 않습니다." 학생들 사이에서 양이 손을 들고 말했다. 선생님은 '아마 그럴 거야' 하는 표정으로 미소를 지었다. 그러고는 다시 수염을 쓸어내렸다.

잠시 후. 선생님은 학생들에게 교육용 비디오를 보여주었다. 학생들은 칠판 옆에 설치된 티브이를 통해 '인간들의 특징 세 가지'

에 대해 공부를 시작했다. 티브이 화면에 인간들이 몸을 씻는 목욕탕이 보였다. 아무것도 걸치지 않은 발가벗은 인간들이 열심히 몸을 씻고 있었다. 인간들은 동물들과 많이 달랐다. 동물들은 저마다 자기들만의 특성인 털옷을 입고 있었지만, 인간들은 별다른 개성 없이 거의 똑같은 모습을 하고 있었다. 머리, 몸통, 팔다리. 눈, 코. 입. 인간들은 모두 한 사람처럼, 한 무리처럼, 한 형제처럼 보였다. 선생님은 아무런 설명 없이 창문 곁 의자에 앉아 묵묵히 티브이를 응시하고 있었다. (이것이 염소 선생님의 교육 방식이었다. 우선 아무런 '설명(선입견)' 없이 교육용 화면을 보여준 뒤 자연스레 학생들의 토론을 유도하는 기법이었다.) 이윽고 화면이 바뀌었다. 목욕탕 밖. 목욕을 마친 인간들이 문을 나서고 있었다. 하나가 나왔다. 그는 흔해빠진 모자에 후줄근한 트레이닝복을 입고 있었다. 또 하나가 나왔다. 그는 아래위로 우중충한 작업복을 걸치고 있었다. 또 하나가 나왔다. 그는 평범한 잠바에 평범한 바지를 꿰고 있었다. 또 하나가 나왔다. 그는 값비싼 옷에 멋진 모자를 썼고 몸 군데군데 화려한 치장을 하고 있었다. 또 하나가 나왔다. 그는 넥타이를 매고 말쑥한 양복 차림을 하고 있었다.

　다시 화면이 바뀌었다. 어느 회사의 사무실이 보였다. 사무실 문패에는 '사장실'이라고 씌어 있었다. 곧 방문객이 찾아왔다. 방문객은 머리가 하얀 노인이었다(양복에 코트 차림). 여비서가 방문객을 사무실 안으로 안내했다. 넓고 으리으리한 공간이었다. 여비서가 나가고 방문객이 자리에 앉은 사람을 보고 공손히 머리를 숙였다. 방문객은 문을 등지고 서 있었고 그 사람은 저만치 안쪽 자기 자리에 앉아 있었다. 그 사람은 갓 서른을 넘긴 듯한 젊은 사내였다(와이셔츠에 조끼 차림). 그는 고개도 들지 않고 한손으로 서류를 넘기면서 아무렇게나 다른 손을 내저었다. 응접 테이블에 가서 앉으라는 손짓이었다. 퍽 귀찮다는 태도였다. 방문객이 고개를 숙이고 테이블 맨 끝자리에 가 앉았다. 다시 화면이 바뀌었다. 어느 허름한 창고가 보였다. 한 젊은이가 창고 앞에 나타났다(남색 양복 차림). 그가 창고 문을 두드렸다. 곧 문이 열리고 한 여자가 나왔다. 몇 마디가 오갔다. 그 젊은이가 여자를 따라 창고 안으로 들어갔다. 창고 한 켠에 작은 사무실이 마련되어 있었다. 사무실 문패에는 '사장실'이라고 씌어 있었다. 그 젊은이는 막 사무실 안으로 들어갔다. 거기 한 노인이 앉아 있었다(헐렁한 잠바. 양쪽 팔뚝에 일토시를 끼고 있다). 노인은 돋보기를 쓴 채 서류에 눈을 박고 바삐 뭔가를 기입하고 있었다. 젊은이가 사무실을 쓱 둘러보더니 자리에 털썩 앉았다. 젊은이가 노인을 흘끗 바라보았다. 일이

분쯤 지났다. 그때였다. 젊은이가 홱 일어나더니 사무실 문을 발로 뻥 찼다. 그대로 사무실을 나와 창고를 떠났다.

　다시 화면이 바뀌었다. 어느 빌딩이 보였다. 한 남자가 빌딩 안으로 들어갔다. 안내 데스크로 다가갔다. 그가 누군가를 만나러 왔다고 말했다. 그 남자는 말끔한 양복을 입고 있었다. 안내 요원이 그 남자를 훑어보더니 미소를 띠고서 명함을 보여달라고 말했다. 그 남자가 명함을 꺼내 안내 요원한테 건넸다. 안내 요원이 명함을 보더니 누군가에게 전화를 넣었다. 곧 전화를 끊었다. 그가 즉시 데스크에서 나와 그 남자를 건물 밖으로 내보냈다. 얼마 후. 한 남자가 다시 빌딩 안으로 들어갔다. 그는 추레한 일상복을 입고 있었다. 그는 모자를 눌러쓰고 짙은 안경을 끼고 있었다. 그가 안내 데스크로 다가가 누군가를 만나러 왔다고 말했다. 안내 요원이 그 남자를 훑어보더니 탐탁지 않은 눈으로 명함을 보여달라고 말했다. 그 남자가 명함을 꺼내 안내 요원한테 건넸다. 안내 요원이 명함을 보더니 누군가에게 전화를 넣었다. 곧 전화를 끊었다. 그가 즉시 데스크에서 나와 어딘가로 정중히 그 남자를 안내했다. 한참이 지났다. 그 남자는 방금 빌딩을 나왔다. 그가 모자와 안경을 벗었다. 그 남자는 바로 안내 요원에게 쫓겨났던 처음의 그 양복 입은 남자였다.

하나의 심장

아주 먼 옛날. 아시아의 어느 땅에 아름다운 나라가 있었다. 오랜 세월 그 나라는 '백의민족', '고요한 아침의 나라'로 불리었다. 그러다 어느 때. 이념의 광풍에 휘말려 그 나라는 남북으로 갈라지고 말았다. 하나에서 분리된 두 나라는 그 뒤 1000년 동안 아래위로 갈라져 있었다. 그 1000년 동안 남북 한가운데에는 길고 날카로운 철책이 쳐져 있었다. 그렇게 철책에 가로막혀 서로 다른 이념의 세계에서, 서로 다른 삶과 문화를 이어가고 있었다. 그사이 두 나라의 문화와 관습은 점점 다른 빛깔과 형태를 띠어 가고 있었다. 마침내 남북으로 분리된 지 1000년이 지났을 때 두 나라는 거의 동질성을 찾기 어려울 만큼 다른 나라로 변하고 말았다. 그즈음 하늘에서 커다란 우렛소리와 함께 강력한 번개가 내리쳤다. 번개와 우렛소리는 석 달 열흘 동안 계속되었다. 그 석 달 열흘째 되는 날. 번개의 위력을 견디지 못하고 1000년의 철책이 무너지고 말았다. 그제야 우렛소리가 멎고 번개가 그쳤다. 그날 새벽. 철책 주위로 사슴들이 모습을 드러냈다. 이쪽의 사슴들과 저쪽의 사슴들. 낯선 듯 익숙한 듯. 닮은 듯 닮지 않은 듯. 같은 듯 같지 않은 듯. 사슴들은 갸웃갸웃 서로를 탐색했다. 무너진 철책을 사이에 두고 사슴들은 쉽게 서로에게 다가가지 못했다. 이윽고 양쪽의 사슴들이 서로 등을 돌리려는 순간. 이쪽바위가 외쳤다. "우린 하나야. 우린 형제야. 우린 모두 단군의 자손. 우린 모두 단군의 자손." 그 소리에 사슴들이 몸을 돌렸다. 사슴들은 한 걸음, 한 걸음, 서로를 향해 다가갔다. 그러면서도 눈빛에는 여전히 경계심이 흐르고 있었다. 두어 걸음 다가갔을까. 사슴들은 더 나아가지 못하고 머뭇거렸다. 그때. 저쪽바위가 노래를 불렀다. "아리랑, 아리랑, 아라리요. 아리랑 고개로 넘어간다……" 순간 양쪽의 사슴들이 동시에 눈물을 흘리기 시작했다. 곧 사슴들은 철책을 뛰어넘어 이쪽저쪽을 오갔다. 사슴들은 서로 코와 코를 맞대고 볼과 볼을 비비며 천년의 교감을 나누었다. 한과 한이 복받치고 눈물과 눈물이 솟구치고 설움과 설움이 굽이치며 혼과 혼을 적셨다. 이제 사슴들은 하나의 심장이 뛰고 하나의 맥박이 뛰고 하나의 혈관이 뛰었다. 이제 사슴들은 하나의 혈관 속으로 하나의 피가 흘렀다. 끝내 사슴들은 하나의 숨결이 되고 하나의 몸짓이 되고 하나의 얼굴이 되었다. 그렇게 되찾은 동질감 속에서 사슴들은 서로 행복한 눈물을 흘렸다. 그리고 한참이 지났다. L은 퍼뜩 눈을 떴다. 그는 깜박 잠이

들었다(고새 꿈을 꾸었다). 그는 소총을 메고 철책 앞 초소에서 경계근무를 서고 있었다. 폴폴 눈이 내리고 있었다. 그는 철책 너머 저쪽을 바라다보았다. 눈은 똑같이 내렸다. 이쪽에도 저쪽에도. 남쪽에도 북쪽에도. 그리고 철책 위에도. 하나의 빛깔로. 하나의 옷으로. 눈은 변함없이 하얗게 내리고 있었다. 평화로운 새벽이었다. 시나브로 어둠이 걷히고 있었다. 그랬다. 멀리 어둠 사이로 고요한 아침이 눈을 뜨고 있었다. 조금 지났다. 그의 눈가에는 또르르 눈물이 흐르고 있었다.

세상의 모든 밤은

저마다의 고독을 안고 있다.

비둘기

L은 비둘기를 좋아한다. 비둘기는 본래 평화와 자유의 상징이다(또는 상징이었다). 하지만 비둘기에 대한 인식은 예전과는 많이 다르다. 이제는 누구도(아니 대부분) 비둘기를 가까이하지 않는다. 요즘 비둘기는 한마디로 천덕꾸러기다. 소음과 악취는 물론이고, 병균을 옮긴다거나 배설물로 인해 시설물을 부식시킨다는 게 그 이유다. 어쨌거나 (적어도 L에게는, 그리고 천진한 아이들에게는) 비둘기는 여전히 평화와 자유를 꿈꾸게 한다. 게다가 외로운 노인들에게는 비둘기야말로 욕심 없고 불평 없고 쉽게 변덕 부리지 않는 믿음직한 친구다. 비둘기는 늙었거나 젊었거나 부자이거나 가난하거나 아무도 차별하지 않는다. 그들은 단지 자디잔 비스킷 부스러기만으로도 만족할 줄 아는 타고난 소박함을 지녔다.

L이 다가가자 노점상 아주머니가 반겼다. "또 오셨네. 어서 와요, L씨." 오후 4시쯤이었다. 아주머니는 지하철역 입구에서 어묵

과 떡볶이, 몇몇 튀김을 팔았다. L은 이 가게의 단골이었다. 일단 주머니 사정이 넉넉지 않은 데다 음식 맛도 좋았기 때문이다. 단골은 나 말고도 여럿이 더 있었다. L은 그들과 서로 인사를 나누는 사이가 되었다. 자꾸자꾸 가다보니 자주 보게 되었고 그렇게 서로 낯이 익었다. 어묵과 튀김 두어 개를 먹고 L은 아주머니와 헤어져 근처 편의점으로 들어갔다. 편의점 안에도 어묵이 있었다. L은 생수 한 병을 샀다. 그가 막 편의점 문을 열고 나오려는데, 밖에서 소란이 일었다.

노점상 아주머니와 단속반원들이 실랑이를 벌이고 있었다. L은 잠시 편의점 안에 서서 그들을 지켜보았다. 그러다 문을 열고 편의점 밖으로 나갔다. 단속반은 방금 그곳을 떠났다. 아주머니는 울고 있었다. 울면서 조용히 가게를 거두고 있었다. 사람들이 그 앞을 스치면서 울먹이는 그녀를 힐끔거렸다. L은 아주머니를 도와주려 한두 걸음 다가서다 얼른 멈추었다. 그러고는 아주머니가 무안해할까 봐, 못 본 척 방향을 돌려 저쪽으로 걸어갔다. 아주머니가 울고 있지만 않았더라면 L은 분명 아주머니를 도왔을 것이다. 그런데 그때였다. 아주머니가 큰 소리로 그를 불렀다.

"L씨! L씨! L씨!"

그가 돌아보자 그녀가 이리 오라는 손짓을 했다. L은 망설이는 걸음으로 그리로 다가갔다. "이것 가져가서 드세요." 그녀가 그에게 음식을 싼 비닐봉투를 건넸다. L은 엉겁결에 그것을 받았다. 그가 주머니에서 돈을 꺼내려는데 그녀가 말했다. "그냥 드리는 거예요. 그동안 고마웠어요." 그녀가 말을 이었다. "아무래도 더는 장사를 하기 어렵겠어요. 조금 쉬었다가 다른 장소를 알아봐야 할 것 같아요. 이런 일이 한두 번도 아닌데, 또 눈물이 나네요." 여전히 울음기가 섞인 음성이었다.

L은 뭔가 말을 하려고 했지만 이상하게도 아무 소리도 나오지 않았다. 그는 겨우 무슨 말인가를 우물거리고 나서 음식봉투를 손에 든 채 그곳에서 멀어졌다. 집으로 돌아온 L은 그 음식봉투를 식탁 위에 올려놓았다. 얼마 후 그는 그 음식으로 저녁을 먹었다. 튀김 몇 개는 먹지 않고 남겨두었다. 다음날 오후. 그 자리에 다시 가보니 아주머니도 그녀의 가게도 보이지 않았다. L은 얼마를 걸어 주택가에 자리한 조그만 공원에 닿았다. 공원 벤치에 앉아 검정봉투 속에서 튀김 몇 개를 꺼냈다. 그것을 잘게 뜯어 바닥에 고루 뿌렸다. 곧 비둘기들이 날아왔다. L은 계속 튀김을 잘게 뜯어 바닥에 던졌다. 잠시 그러고 있는데, 어떤 남자가 다가와서 말했다. "주

지 마세요. 비둘기들에게 먹이를 주지 말라는 경고장 안 보여요?"

그 남자가 한쪽을 가리켰다. L이 그쪽을 바라보니 정말로 그런 내용이 씌어 있었다. L이 아무런 움직임이 없자 그 남자가 거칠게 발을 굴러 비둘기들을 흩어뜨렸다. L은 바닥에 주저앉았다. 바닥에서 튀김 조각들을 주워 봉투에 담았다. 그리고 묵묵히 공원을 나왔다. 그날 밤. 그는 꿈을 꾸었다. 노점상 아주머니, 단속반원, 그리고 공원과 그 남자가 보였다. 그러나 비둘기는 보이지 않았다. 꿈속에서 그는 열심히 튀김을 뜯어 공원 바닥에 뿌렸지만, 아무리 기다려도 비둘기는 날아오지 않았다. 한참이 지났다. L은 결국 벤치에서 일어났다. 그는 튀김이 든 봉투를 손에 든 채 공원을 나왔다. 비둘기를 못 보아서였을까. 그는 울고 있었다. 얼마 후 그는 집 앞에 다다랐다. 그때 어디선가 푸드덕 날개 치는 소리가 들려왔다. 다음 순간 그는 비둘기 울음소리를 들었다.

지하방

태양은 날마다 구석구석 골고루 빛을 뿌린다. 오늘도 높다랗게 떠오른 태양은 자애로운 눈빛으로 인간의 대지를 어루만진다. 그러므로 억울한 자도 분노한 자도 꿈이 있는 자도 꿈을 잃은 자도 다 같이 태양의 자손이며 지상의 희망인 것이다. 태양 아래서 모든 생명체는 하나이며 전부이고 또한 그 자체로 완전한 화합과 조화를 이룬다. 그러나 우리는 모른다. 태양의 슬픔을. 그 깊은 화염 속에 감추어진 또 하나의 시름을.

L은 잠이 오지 않았다. 한밤중이었다. 밖에서는 눈보라가 치고 있었다. 매서운 그 기세에 유리창이 덜컹거렸다. 오싹 한기가 몰려왔다. 그는 이불로 꽁꽁 몸을 감싸고 차가운 아랫목에서 꿈쩍도 하지 않았다. 기름보일러는 꺼져 있었다. 벌써 일주일째(아니 두주일째인가) 방을 덥히지 못했다. 어찌어찌하다보니 기름을 채울 돈이 떨어졌기 때문이다. 그래도 아직 견딜만했다. 밥을 굶는 것과 마찬가지로 기름이 떨어지는 것도 노상 있는 일이었기에 이 정도는 크

게 신경 쓰이지 않았다. 그랬다. 이깟 추위 따위는 개나 물어가라지. 실상 추위보다는 잠이 안 오는 게 더 골치였다. 아! 잠만 들 수 있다면 좋으련만. 그는 잠이 오기를 기다리며 별의별 생각을 다 떠올렸다. 자기는 지금 술에 취했다고(그러니까 당장 잠에 곯아떨어져야 한다고) 자신을 기만해보기도 했다. 그러다 하는 수 없이 한 마리, 두 마리, 세 마리, 양의 숫자를 세어보았다. 그건 참말이지 어리석은 짓이었다. 잠이 오기는커녕 되레 두뇌만 더 활발해져 오던 잠마저 쫓아내는 꼴이었다.

요즘 그는 부쩍 불만이 늘었다. 전에는 그런 적이 없었는데, 얼마 전부터는 하늘의 태양을 원망하기 시작했다. 그는 본래 불평을 모르는 사내였다. 추위도 배고픔도 헐벗음도, 거미줄도 곰팡이도 바퀴벌레도 그는 별반 개의치 않았다. 또한 자기보다 잘났거나 똑똑하거나 부유하거나 신분이 높거나 결코 누구 하나 원망하지도 시기하지도 않았다. 한데 그도 한 가지만은 참기 어려웠다. 바로 자신의 방에 햇볕이 들어오지 않는다는 사실이었다. 아무리 지하방이라지만 어찌 한낮에도 한 줄기 빛살조차 들지 않는단 말인가! 이건 영락없이 쥐새끼 꼴이 아닌가! (누가 쥐구멍에도 볕 들 날 있다고 했는가! 누군지 모르지만 눈에 띄지 마시라. 그가 비록 신일지라도 결코 가만두지 않으리라!) 그는 정말로 화가 났다. 참을 수 없이 울화통이 터졌다. 그래 요즈막엔 집 밖으로 나와 하늘(태양)을 향해 손가락질하며 마구 험한 말을 쏟아내고 있었다. 어제 낮에도 한바탕 신나게 욕지거리를 퍼부었다. 그러나저러나 태양은 아무 대꾸도 하지 않았다.

"쾅! 쾅! 쾅!"

L은 깜짝 놀라 잠을 깼다. 옆방에서 나는 소리였다. 누군가가 세차게 그쪽 방문을 두드리고 있었다. 그는 울컥 화딱지가 솟았다. 천신만고 끝에 겨우겨우 잠들었는데, 어이없이 또 잠을 깨고 말았으니 말이다. 게다가 그는 1년에 한번 꿀까 말까한 길몽을 꾸는 중이었다. 바로 뜨끈뜨끈한 아랫목에 누워 전신이 흐물흐물해지도록 등을 지지는 꿈이었던 것이다. 그는 목구멍에서 당장 욕지거리가 튀어나오려는 것을 간신히 억눌러 참았다. 그때 옆방에서 앙칼진 목소리가 울려왔다. 주인 여자의 목소리였다. 보나마나 밀린 월세를 독촉하는 소리였다. 곧 옆집 애 엄마의 울음기 섞인 목소리가 들려왔다. 잔뜩 기가 죽어 훌쩍훌쩍 서럽게 사정하는 목소리였다. 주인 여자는 아랑곳하지 않고 막무가내로 몰아붙였다. 이제 옆

집 애 엄마의 음성은 거의 신음소리에 가까웠다. 그때 주인 여자가 옆집 애 엄마를 향해 회심의 일격을 가했다.

"돈을 내든가! 방을 비우던가!"

그 서슬에 놀라 아이들이 잠을 깼다. 곧 아이 둘이 울기 시작했다. 옆집 애 엄마가 아이들을 감싸 안았다. 그렇게 셋이 부둥켜안고 엉엉 울고 있었다. 그러자 보고 있던 주인 여자가 뭐라고 팩 쏘아대더니 그대로 문을 쾅 닫고 자기 방으로 올라갔다. L은 이미 추위도 잊고, 잠을 깨운 것에 대한 원망도 잊은 채 이런 생각을 하고 있었다. (나는 얼마나 다행인가. 비록 보일러를 돌린 기름 값은 없어도 사글세는 밀리지 않았으니 말이다.) 한참 뒤에야 옆방의 울음소리는 잦아들었다. 그는 끝내 잠이 들지 못하고 뜬눈으로 날을 새웠다. 그러다 희번하게 동이 틀 무렵 깜박 잠이 들고 말았다. 다시 눈을 떴을 때는 한낮이었다. 그렇지만 그의 방은 새카만 한밤중이었다. 앞서 말했듯이 빛이 들지 않기 때문이었다. 그는 문득 간밤의 일이 떠올랐다. 그는 살그머니 벽으로 다가가 귀를 기울였다. 옆방에선 아무 소리도 들리지 않았다.

L은 일어서서 집 밖으로 나왔다. 그는 대뜸 하늘을 올려다보며 삿대질을 해댔다. 이번에도 태양은 반응하지 않았다. 얼마 후 그는 은행으로 들어갔다. 거기서 통장에 남은 돈을 모두 인출했다. 얼마 안 되는 돈이나마 (보일러 기름이 떨어졌음에도 불구하고) 마지막 비상금으로 남겨둔 것이었다. 그러니까 아예 없는 셈치고 배가 고파도 아무리 추워도 손을 대지 않았던 돈이었다. 그는 인출한 돈을 가지고 집으로 돌아왔다. 곧장 옆방으로 갔다. 그는 문을 두드렸다. 아무 응답이 없었다. 그는 다시 문을 두드려보았다. 그래도 응답이 없자 그는 가만히 문손잡이를 돌렸다. 바로 문이 열렸다. 살짝 방문을 열고 "아주머니" 하고 불렀다. 아무 대답이 없자 그는 방문을 활짝 열고 안으로 들어갔다. 방은 휑하니 비어 있었다. 이미 방을 비우고 떠난 모양이었다. 그새 어디로 갔을까. 엄마와 아이들은 어디로 사라진 걸까. 그는 한동안 꼼짝도 하지 않았다. 그대로 방 한가운데 우두커니 서 있었다. 그는 손에 들린 그 돈을 바라보았다. 초라한 액수였다. 있는 것도 아닌, 없는 것도 아닌. 자신의 처지만큼이나 가련한 돈이었다. 이제 어찌해야 할까. 이 돈으로 무얼 한단 말인가. 차라리 인출하지 말았어야 했는데. 이제 그 돈은 갈 곳 없는 푼돈, 이러지도 저러지도 못하는 어쭙잖은 물건이 되고 말았다. 그러고 있는데 바닥에서 '찌익, 찍!' 쥐 소

리가 났다. 그가 바닥을 내려다보았다. 쥐는 보이지 않았다. 그때.

벽 한구석에서 쥐들이 잇달아 방 한가운데로 기어나왔다. 쥐는 세 마리였다. 엄마 쥐 한 마리와 새끼 쥐 두 마리였다. 쥐 세 마리가 그의 발치를 빙글빙글 돌기 시작했다. 이윽고! 쥐들은 도로 구멍 속으로 기어들어갔다.

상처 또는 훈장

모든 가치는 객관적이며 주관적이고 또한 상대적이며 절대적이다. 때론 작은 상처 하나도 목숨만큼 고귀한 가치를 지닌다. 다시 말해 객관적 가치로는 무의미할지라도 주관적 가치로는 천금보다 커다란 기쁨이 된다. S씨는 단역배우다. L은 어느 인력공급처를 통해 엑스트라 아리바이트를 하고 있었다. 어느 날 L은 S씨를 만났다. S씨는 키가 크고 이목구비가 시원스러운 사내였다. 한눈에 보아도 배우처럼 보였다. 성격 또한 맺힌 데 없이 서글서글했다. L은 처음부터 그가 맘에 들었다. 그는 아직 무명의 단역배우였다. 그는 결혼했고 자녀도 둘이나 두었다. 무명배우 생활로는 가정을 건사하기 힘들어 그는 때때로 공사판에서 품을 팔았다. 일은 닥치는 대로 무엇이든 했다. 그러면서도 늘 배우로서의 자부심과 꿈을 간직하고 있었다. 그렇게 하루하루 희망의 빛살을 엮어가고 있었다.

"묘한 건 말입니다."

S씨가 입을 열었다. "어떤 때는 모든 게 지긋지긋하다가도 카메라 앞에만 서면 힘이 번쩍 솟는다는 겁니다." 그가 말을 이었다 "순식간에 피가 끓어오르면서 에너지가 용솟음치고 전신이 온통 흥분에 휩싸인단 말이죠." L은 막연하게나마 짐작은 되었지만 솔직히 그의 말을 이해하기 힘들었다. 요컨대 그는 L과 달리 진짜 배우였던 것이다. 하지만 L은 배우라기보다는 그저 하나의 소모품에 불과했다. 이를테면 S씨는 엄연히 대사가 있는 단역배우였고(L이 보기에 실력 또한 흠잡을 데 없었다), L은 아무 대사도 없는, 즉 살아 움직이는 배경인물의 하나였던 것이다. "요전 날 티브이를 보다가 눈물이 나올 뻔 했습니다." S씨가 다시 입을 열었다. 그의 설명은 이랬다. 얼마 전에 드라마에서 어떤 역(어느 암흑조직의 부두목)을 맡았는데, 마침 욕탕에 가서 등을 미는 장면이었다. 다른 사람이 (그의 부하가) 그의 등을 밀어주고 있었고 화면에는 그의 등과 어깨가 클로즈업되었다. 순간 그는 가슴 밑바닥에서 어떤 감동과 함께 뿌듯함이 밀고 올라왔다. 그의 어깨에 난 그리 크지 않은 '상처' 때문이었다. 다른 이들 눈에는 잘 뜨이지 않을 만큼 부드러운(거의 아물고 있는) 흔적이었다. 그건 바로 달포 전쯤 공사판에서 막일을 하다 뭔가에 어깨를 찍혀 생긴 상처였다. 그날 저녁 집에 돌아와 대충 치료한 뒤 잊고 있었는데, 뜻밖에도 드라마를 통해 다시 한

번 그 상처와 대면한 것이었다. "그건 상처가 아니라 '훈장'이네요." L이 말했다. S씨는 미소를 지었다. 아무래도 싫지 않은 표정이었다. 기분이 썩 좋아보였다. 그 뒤 석 달쯤 지나 L은 엑스트라 아르바이트를 그만두었다. (그는 S씨와 달리 배우가 직업이 아니었다. 그는 단지 생활비를 벌려고 그 자리에 있었을 뿐이었다.)

L은 S씨와 따로 연락은 하지 않았지만 티브이를 통해 종종 그의 모습을 볼 수 있었다. 그때마다 L은 그의 어깨와 상처 그리고 그의 비밀스러운 기쁨과 행복을 떠올렸다. 그랬다. 그는 여전히 막노동을 병행하며 힘겨운(그러나 보람되고 아름다운) 배우로서의 삶을 살아가고 있었다. 그 뒤로 여러 달이 지났다. L은 그사이 무언가(별반 생산성 없는 작업)에 사로잡혀 티브이를 거의 보지 못했고 자연스레 S씨를 잊고 말았다. 그러던 어느 날인가. 저녁을 먹고 나서 L은 무심코 티브이를 켰다. 그런데 티브이 화면에 낯익은 얼굴이 비쳤다. S씨였다. 그러나 이번에는 무언가가 달랐다. 그렇다. S씨가 모습을 드러낸 것은 드라마가 아닌 뉴스프로였다. 어느 무명배우의 자살! 그는 그렇게 자신의 삶을 마감했던 것이다. L은 구태여 여러 생각을 하지 않았다. 다만 눈앞에 그려진 현상, 즉 그의 죽음과 자살이란 단어만을 응시할 뿐이었다. 그것으로 충분했다.

그는 떠났고, 이제 그는 이 세상에 없다. 그래, 그밖에 또 무엇이 필요하단 말인가.

　L은 그를 이해할 수도 없고 또한 이해하려고도 하지 않았다. 그것이 죽은 자를 향한(산 자들의 정글에서 떠나버린 그의 넋을 향한) 마지막 존중과 예의라고 느꼈다. 아니다. 한순간 L은 그를 이해하려고 애썼다. 그를 이해하려고 시도했다. 어떻게든 그의 입장이 되어보려고 노력했다. 그러다 L은 깨달았다. L은 그가 아니었다. L은 결국 그가 될 수 없었다. 답은 선명했다. 그가 아닌 내가 무슨 수로 (무슨 권리로) 그를 이해한단 말인가. 누군가를 이해하려 한다는 것, 그것만큼 오만한 행위가 또 있을까. 으레 그래왔듯 우리는 너무 쉽게 '이해'라는 단어를 떠올리는지도 모른다. 우리는 때로 너무 편히 이해라는 단어를 활용하는지도 모른다. 어쩌면 (적어도 이 순간만큼은) 그를 이해하려 애쓰는 것 자체가 그를 가장 초라하게 하고, 그를 가장 비참하게 하는 것인지도 모른다. 그때 마음속에서 이런 목소리가 귀를 울렸다. (아마도 그는 행복해할 거야. 난생처음 화려한 스포트라이트를 받았고, 마침내 인터넷 검색 순위 1위가 되었으니까. 그리고 그토록 오르기 힘든 험난한 고지, 바로 그 저녁뉴스의 주인공이 되었으니까.)

온 우주의 죽음

　오래된 나무 아래로 한 남자가 걸어왔다. 그는 고개를 떨어뜨렸고 어깨는 축 처져 있었다. 그의 손에는 둘둘 말린 밧줄 한 타래가 들려 있었다. 그가 나무 아래 서서 나뭇가지를 올려다보았다. 나뭇가지 바로 밑에는 조금 큼지막한 바윗덩이가 놓여 있었다. 그의 입술 사이로 한숨이 새어나왔다. 아마도 울었는지 눈두덩이 퉁퉁 부어 있었다. 나무는 또 안타까움이 밀려들었다. 나무는 알고 있었다. 이미 여러 번. 아니 수없이 같은 경험을 했기 때문이었다. 요컨대 나무는 그가 찾아온 이유와 그가 지닌 그 밧줄의 의미를 너무도 잘 알고 있었다. 조금 지났다. 그가 밧줄을 손에 든 채 힘없이 나무 밑동에 기대앉았다. 그는 고개를 푹 떨구었다. 그러다 고개를 들고 멀리 허공을 바라보았다. 그의 눈가에는 눈물이 흐르고 있었다. 하늘에는 평화롭게 구름이 떠가고 있었다. 그가 다시 고개를 떨구었다. 그대로 한참이 지났다. 그때였다. 그가 벌떡 몸을 일으켰다.

　나무는 질끈 눈을 감았다. 차마 다음 광경을 볼 수 없기 때문이다. 나무는 알고 있었다. 마침내 그가 결심을 굳힌 것이다. 이제 불안을 털고 마음의 계획을 실행하기로 그는 결정을 내린 것이다. 그가 돌아서서 다시 나뭇가지를 올려다보았다. 조금 지났다. 한데 이상했다. 다른 이들과 달리 그는 아무 움직임도 없었다. '이제 곧 실행하겠지' 나무는 눈을 감은 채로 어서 빨리 그 시간이 지나가기를 기도했다. 그는 여전히 움직임이 없었다. 그는 바윗덩이에 오르지도 않았고 올가미 매듭을 만들지도 않았고 나뭇가지에 그 밧줄을 묶지도 않았다. 이윽고 그가 나무에서 몸을 돌렸다. 그는 담담히 나무에서 멀어지기 시작했다. 나무는 막 눈을 뜨고 그의 뒷모습을 바라보았다. 그는 벌써 저만큼 걸어가고 있었다. 갑자기 고개를 돌려 그가 나무를 바라보았다. 그러고는 다시 걸음을 떼기 시작했다.

나무는 홀로 눈물을 흘리고 있었다. 감격에 찬 눈물이었다. 섬뜩한 기쁨이 전신을 타고 흘렀다. 처음이었다. 처음으로 나무는 왔던 길을 되돌아가는 사람과 그의 뒷모습을 보았던 것이다. 그 오랜 세월. 나무는 고스란히 인간의 죽음을 지켜보아야 했다. 언제나 그렇듯 스스로 다가와 스스로 삶을 마감하는 사람들. 그 죽음 하나하나는 바로 '온 우주의 죽음'이었다. 그간 나무는 그들의 죽음을 막아보려 온갖 수고와 노력을 기울였다. 그러나 끝내 그들의 죽음을 막지 못했다. 그런데 비로소 그 노력의 결실을 맺은 것이다. 그 긴긴 시간. 그 숱한 세월. 비 오는 날. 눈 내리는 날. 비바람 몰아치던 날. 햇살이 다사롭던 날. 바람이 서늘하던 날. 갈잎이 흩날리던 날. 꽃잎이 떨어지던 날. 불이 붙은 듯 단풍잎이 타오르던 날. 희읍스름하게 첫새벽이 깨어나던 날. 유난히도 하늘빛이 짙푸르던 날. 몹시도 노을빛이 아름답던 날. 서럽도록 강물 빛이 시푸르던 날. 시리도록 봄빛이 충만하던 날. 나무는 무던히도 그들의 귀에 속삭였다. 그들이 듣는지 듣지 않는지. 그들이 들을지 듣지 못할지. 나무는 알지 못했다. 그럼에도 나무는 단 한 번도 멈추지 않았다. 결코 단념하지 않았다. 나무는 끈질기게 그들의 귀에 속삭였다. 그랬다. 아까도 나무는 그 남자의 귀에 속삭였다. "너는 왜 모르니? 너의 하루가 온 우주의 하루라는 걸. 너의 오늘이 온 우주의 오늘이란 걸. 너의 빛깔이 온 우주의 빛깔이란 걸. 너의 마음이 온 우주의 마음이란 걸."

나무는 속삭였다. "너는 왜 모르니? 너의 몸짓이 온 우주의 몸짓이란 걸. 너의 한숨이 온 우주의 한숨이란 걸. 너의 눈물이 온 우주의 눈물이란 걸. 너의 슬픔이 온 우주의 슬픔이란 걸. 너의 고독이 온 우주의 고독이란 걸. 너의 시련이 온 우주의 시련이란 걸. 너의 숨결이 온 우주의 숨결이란 걸. 너의 미래가 온 우주의 희망이란 걸. 너의 희망이 온 우주의 바람이란 걸. 너의 미소가 온 우주의 기쁨이란 걸. 너의 기쁨이 온 우주의 행복이란 걸. 너의 행복이 온 우주의 목적이란 걸."

나무는 속삭였다. "너는 왜 모르니? 너의 인생이 온 우주의 인생이란 걸. 너의 일생이 온 우주의 일생이란 걸. 너의 생명이 온 우주의 생명이란 걸. 너의 시간이 온 우주의 시간이란 걸. 너의 순간이 온 우주의 순간이란 걸. 너의 죽음이 온 우주의 죽음이란 걸. 너의 없음이 온 우주의 없음이란 걸. 너의 소멸이 온 우주의 소멸이란 걸. 바로 이 순간. 네가 있기에 온 우주가 꿈을 꾸고 있다는 걸. 지금 이 순간. 네가 있기에 온 우주가 숨을 쉬고 있다는 걸. 오로지 네가 있기에 온 우주가 존재할 수 있다는 걸......"

부의 정의正義
(Justice of Wealth)

부富를 추구하지만

숭배하진 않는다.

부를 숭배하는 대신

부의 가능성(실용성)을 믿는다.

더 많은 이들을 끌어안는

부의 가치와 넉넉함을.

부富를 소망하지만

집착하진 않는다.

부에 집착하는 대신

부의 지향성(사회성)을 믿는다.

더 많은 이들과 함께하는

부의 온기와 너그러움을.

부富를 사랑하지만

독점하진 않는다.

부를 독점하는 대신

부의 목적성(공공성)을 믿는다.

더 많은 이들에게 베푸는

부의 나눔과 아름다움을.

향기 나는 돈

나비 두 마리가 향기 나는 돈을 찾아 여행을 떠났다. 나비들은 세상 곳곳, 온갖 나라와 마을을 돌아보았다. 그렇지만 향기 나는 돈은 찾지 못했다. 돈은 어김없이 악취를 풍겼다. 나비들은 돈의 냄새를 참지 못해 냅다 달아나곤 했다. 어쩌다 드물게 악취가 덜한 돈을 본 적은 있었지만 향기 나는 돈은 어디에도 없었다. 어느 마을에선가 딱 한 번 향기 비슷한 냄새를 풍기는 돈을 본 적은 있었다. 한데 그 냄새는 돈의 악취를 감추려고 돈 주인이 얄팍한 술수를 쓴 것이었다. 그러니까 자기 돈에다가 다른 향기를 덧칠한 것이다. 얼마 안 가 그 향기는 돈의 악취에 젖어 본래의 향기마저 잃고 말았다.

어느 저녁. 나비 두 마리는 지칠 대로 치쳐 작은 마을에 다다랐다. 그곳은 요술을 부리는 마법사들이 사는 동화의 마을이었다. 조금 가자 어느 집 창문에서 불빛이 흘러나왔다. 나비들은 그 창문으로 다가갔다. 그곳 거실에 마법사들이 모여 있었다. 나비들은 열린 창틈을 통해 그 안으로 들어갔다. 나비들은 거실 벽에 놓인 장식장 위에 앉았다. 둘은 날개를 접고 마법사들의 이야기에 귀를 기울였다. "내 평생 요술을 연마했지만, 딱 하나만은 안 되더군." 하나가 말했다. "그게 뭔가?" 하나가 물었다. "그건 바로 돈에서 향기가 나게 만드는 요술일세." 그 말에 동감한다는 듯 다들 고개를 끄덕였다. "얼마 동안은 향기를 가장할 수 있지만, 결국 또 악취가 난단 말이지." 처음 그가 말했다. "맞네, 맞아!" 또 하나가 말했다. "돈은 도리가 없어. 워낙 악취가 심해서 도무지 냄새를 없앨 수가 없다니까." 또 하나가 말했다. "그렇지, 그래. 냄새치곤 최고로 끔찍한 냄새일세. 영락없이 똥냄새야. 정말 정말 지독한 구린내란 말이지." 또 하나가 말했다. "돈을 향기 나게 만드는 요술. 그건 영원한 숙제야. 결코 풀지 못할 미스터리. 우리 마법사들의 궁극적 이상이라구." 처음 그가 말했다. 다들 다시 고개를 주억거렸다.

그때 불쑥 현관문이 열렸다. 한 노인이 안으로 들어왔다. 노인은 다 떨어진 누더기를 걸치고 있었다. "우웩!", "이런!", "바로 저 냄새야!", "맞아 저 냄새! 저게 바로 돈 냄새야!" 나비들도 재빨리 코를 싸쥐었다. 그 노인한테서 왈칵 똥냄새가 끼쳤다. 실내에 온통 똥냄새가 진동했다. 그 노인은 마법사들이 공동으로 부려먹는 노예였다. 그는 늘 밭일을 하며 똥지게와 똥장군을 지는 터라 단 하루도 똥냄새를 풍기지 않는 날이 없었다. 마법사들이 노인한테 당장 나가라고 윽박질렀다. 순간 노인이 말했다. "주인님들! 지가 내일 향기 나는 돈을 보여드립쥬. 내일 새벽 모다 과수원으로 나오셔유." 곧 하나가 팩 쏘았다. "어서 꺼지기나 해! 도저히 못 참겠어! 썩을 영감탱이같으니라구! 어딜 함부로 들어와!" 노인은 머리를 긁적이며 문을 나갔다. 다음날 새벽. 마법사들은 속는 셈치고 과수원으로 나왔다. 물론 노인의 말을 믿는 것은 아니었다. 다만 향기 나는 돈이라는 말에 호기심이 동한 것이었다.

잠시 후 노인이 똥장군을 지고 과수원에 나타났다. 역한 똥내가 풍기자 마법사들은 대번 코를 막았다. 과일나무에 앉은 나비들도 코를 감쌌다. 노인이 저쪽으로 가서 밭에 똥오줌을 부었다. 거기에는 아직 과일나무가 자라지 않았다. 노인이 똥장군을 내려놓고 이쪽으로 걸어왔다. 이쪽 과일나무에는 탐스러운 과일이 주렁주렁 열려 있었다. 상쾌한 새벽 공기에 실려 향기로운 과일 냄새가 번지고 있었다. 노인이 마법사들 쪽으로 다가와 말했다. "주인님들! 과일나무에서 무신 냄새가 나는가유?" 곧 하나가 말했다. "과일나무니까 과일 냄새가 나지 무슨 냄새가 나겠느냐?" 곧 노인이 말했다. "그람 과일 냄새는 무신 냄새인가유?" 또 하나가 말했다. "이런 무식한 영감탱이를 봤나! 응당 과일 향이지 무슨 냄새겠느냐?" 곧 노인이 말했다. "그람 과일 향은 좋은 향인가유? 안 좋은 향인가유?" 또 하나가 말했다. "이 영감이 실성을 했나! 그야 좋은 향이지 무슨 향이겠느냐?" 잠시 침묵. 노인이 또 입을 열었다. "주인님들! 아적도 모르시겠는가유?" 또 하나가 말했다. "무슨 소리냐? 웬 놈의 잠꼬대냐? 뭘 모른단 말이냐?" 그러자 노인이 말했다. "거 참. 향기 나는 돈을 눈앞에 두고도 모르니께 드리는 말씀입쥬."

마법사들은 어이없다는 표정으로 서로를 바라보았다. 그들은 모두 늙은 노예한테 우롱을 당한 기분이었다. 순간 노인이 말을 이었다. "주인님들! 돈은 똥이지유. 인간이 만들어낸 더러운 배설물이지유. 돈에서는 악취가 나지유. 지독한 구린내. 역겨운 똥냄새가 나지유." 노인이 잠깐 멈췄다가 말을 이었다. "허지만 보시랑게유. 그 똥을 밭에 부으면 밭은 더욱 비옥해지지유. 고렇게 똥은 향기로운 나무가 자라는 밑거름이 되지유. 그라고 얼마 후엔 그 향기로운 나무에서 향기로운 열매가 열리지유. 고렇게 똥은 향기 나는 열매로 변하지유." 노인이 또 말을 이었다. "돈도 마찬가지구만유. 비록 똥내가 나는 더러운 돈이지만유, 그 돈을 누군가의 마음밭에 부으면 희망의 밑거름이 되지유. 그 돈을 누군가의 가슴속에 부으면 소망의 자양분이 되지유. 그 누군가는 바루 어려운 이웃들이구만유. 고렇게 돈은 향기로운 나무가 되고 향기로운 열매가 되지유. 그제야 돈은 똥냄새를 걷어내고 향기로운 냄새를 발하지유. 요것이 바루 '향기 나는 돈'이구만유......"

아름다운 선물

함박눈이 소복소복 내리는 겨울밤이었습니다. 엄마 아빠가 잠 드시자 동현이는 몰래 대문을 나왔습니다. 동현이가 대문 앞에서 기다리자 곧 친구들이 모습을 드러냈습니다. 집 없는 강아지 모세, 길고양이 품바, 그리고 떠돌이 수탉 골계. 동현이와 친구들은 서 로서로 반갑게 인사를 나누었습니다. 다시 꼭 3일 만의 만남이었 습니다. 동현이와 친구들은 3일에 한 번씩 만나 어딘가로 걸어갑 니다. 친구들은 동현이에게, 누군가의 도움이 필요한 이들에 대해 이야기를 전해줍니다. 동현이는 친구들과 함께 그들을 찾아갑니 다. 그렇게 동현이는 도움이 필요한 그들을 도와줍니다.

동현이는 초등학교 4학년에 다니고 있습니다. 동현이네 집은 매 우 웅장한 대저택입니다. 동현이의 아버지는 이 나라에서 다섯 손 가락 안에 드는 큰 기업체를 가지고 있습니다. 동현이는 변함없이 엄마 아빠를 사랑하고 존경합니다. 그러면서도 작지 않은 실망감 과 안타까움도 함께 가지고 있습니다.

작년이었습니다. 동현이랑 같은 반에 수진이란 이름의 가난한 여자애가 있었습니다. 눈이 크고 맑은 조용한 아이였습니다. 수진이는 몸이 약해 자주 기침을 하고 이마에는 늘 식은땀이 돋아 있었습니다. 체육시간에는 혼자 교실에 남아 있었습니다. 수진이는 동현이의 짝꿍이었습니다.

긴 여름방학이 지나고 개학날이 되었습니다. 수진이는 그날 결석을 했습니다. 수진이는 며칠이 지나도 학교에 나오지 않았습니다. 선생님은 아무 말씀도 없으셨습니다. 어느 날 동현이는 궁금증을 견디지 못해 수진이에 관해 여쭈었습니다. 선생님은 한동안 말이 없으시더니, "그래, 반장인 넌 알고 있어야지. 그리고 수진이는 네 짝꿍이기도 하니까……" 하고 입을 떼셨습니다.

방과 후 동현이는 잔뜩 풀이 죽어 자기 방에 틀어박혔습니다. 학원에 가야했지만 가고 싶은 마음이 전혀 없었습니다. 동현이는 벽에 기대앉아 두 팔로 다리를 껴안고 무릎에 얼굴을 떨구었습니다. 동현이는 그대로 꼼짝도 하지 않았습니다. 머릿속에선 자꾸만 선생님의 음성이 맴돌았습니다.

그날 밤 동현이는 엄마 아빠를 붙잡고 애원했습니다. "수진이가 아프대요. 나쁜 병이 들었대요. 죽을지도 모른대요. 엄마 아빠 수진이를 살려주세요. 수진이를 도와주세요. 제발 수진이의 수술비를 도와주세요." 엄마 아빠는 아무런 대꾸도 없었습니다. 동현이는 날마다 엄마 아빠를 졸랐습니다. 엄마 아빠는 귀찮다는 듯 자리를 피했습니다. 그렇게 스무날쯤 지났습니다. 조회시간이었습니다. 뜻밖에 선생님은 이렇게 말씀하셨습니다. "수진이가 전학을 가게 되었다. 시골로 내려간다는구나."

그 뒤로 동현이는 수진이를 보지 못했습니다. 동현이는 가끔 수진이의 소식이 궁금해 선생님께 여쭈었습니다. 아시는지 모르시는지. 선생님은 수진이 이야기를 꺼리시는 눈치셨습니다. 시간이 흐르고 동현이는 4학년이 되었습니다. 5월의 어느 날. 아이들 사이에 갑자기 이상한 소문이 돌았습니다. 수진이가 수술을 받지 못해 시골에서 죽었다는 이야기였습니다. 동현이는 수업도 끝나기 전에 집으로 내달았습니다. 동현이는 자기 방에 쪼그리고 앉아 오래도록 울었습니다.

한 달이 지났습니다. 동현이는 엄마 아빠가 잠이 들자 살그머니 대문을 나왔습니다. 그날부터 도움이 필요한 사람들과 동물들을 찾아다니기 시작했습니다. 동현이는 생각했습니다. '내가 엄마 아빠의 죄를 갚아야 해. 수진이는 엄마 아빠 때문에 죽은 거야. 엄마 아빠가 수술비를 도와주셨으면 수진이는 죽지 않았을 거야.' 동현이는 엄마 아빠의 죄를 대신하는 마음으로 배고픈 사람들과 버려진 동물들을 돌보았습니다. 그간 꼬박꼬박 모은 용돈과 큼지막한 돼지 저금통을 뜯어 어려운 이들을 도왔습니다.

홀로 사는 할머니, 할아버지, 그리고 제 또래의 가난한 아이들. 동현이는 밤마다 과자와 돈, 옷, 생필품, 신발 등을 그들의 담 너머로 던져주거나 방문 앞에 몰래 놓아두곤 했습니다. 그리고 거리에 누운 걸인들의 주머니에 밥값을 넣어주고 다리 다친 비둘기를 치료하고 굶주린 동물들에게 먹이를 주었습니다. 그러면서도 마음은 늘 답답함을 느꼈습니다. 문득문득 수진이가 떠올라 어린 가슴을 아프게 했습니다. 그럴 때면 수진이가 불쌍하단 생각에 눈물이 흘렀습니다.

동현이의 용돈은 넉넉했습니다. 동현이가 말하기도 전에 엄마 아빠는 척척 용돈을 주시곤 했습니다. 친구들에게 맛난 것도 사 주고, 사고픈 게 있으면 무엇이든 사라면서 시시때때로 용돈을 주셨습니다. 동현이는 그 돈으로 더 많은 사람들과 동물들을 도와줄 수 있었습니다. 그렇게 시간이 흐르면서 모세와 품바, 골계를 만났습니다. 이제 3일에 한 번은 모세, 품바, 골계와 함께 도움이 필요한 이들을 찾아다녔습니다. 동현이와 친구들은 3일에 한 번씩 대문 앞에서 만났습니다. 다른 날은 동현이 혼자였지만, 이 날만은 친구들과 함께였습니다. 3일 동안 친구들은 도시 구석구석을 돌아다녔습니다. 친구들은 도움이 필요한 이들을 알아두었다가 동현이에게 알려주었습니다.

동현이는 5학년이 되었습니다. 봄에 동현이의 아빠는 갑자기 병을 얻어 큰 병원에 입원을 했습니다. 여름이 되었지만 아빠의 병은 낫지 않고 더 깊어져 갔습니다. 엄마는 아빠를 대신해 회사 운영을 책임져야 했습니다. 갑작스레 회사를 떠안은 엄마는 늘 시간에 쫓기면서 분주하게 뛰어다녀야 했습니다. 엄마는 이따금 동현이를 안고 슬프게 울먹이곤 했습니다. 동현이는 이유도 모른 채 엄마를 따라 훌쩍훌쩍 울었습니다. 여름이 가고 가을이 왔습니다. 어느 쓸쓸한 저녁이었습니다. 창밖에는 비가 내렸습니다. 엄마는 그제야 사실대로 이야기를 했습니다. 엄마는 동현이에게, 아빠가 돌아가실지 모른다고 말했습니다. 그러고는 동현이를 안고 우셨습니다.

동현이는 엄마의 이야기가 믿기지 않았습니다. 동현이는 너무 놀라 사실이 아닌 것만 같은, 거짓말만 같은 착각이 들었습니다. 동현이는 한 번도 아빠가 돌아가시리란 생각을 해본 적이 없었습니다. 동현이는 전에 수진이를 도와주지 않았던 엄마 아빠를 미워한 적도 있었습니다. 그러면서도 마음속엔 엄마 아빠를 향한 사랑이 가득했습니다. 그날부터였습니다. 동현이는 밤마다 눈물로 기도했습니다. "달님. 달님. 아름다운 달님. 마음씨 고운 달님. 아빠를 살려주세요. 아빠를 낫게 해 주세요."

어느 날. 달님은 별님과 함께 하나님을 찾아갔습니다. 둘은 나란히 하나님의 옥좌 앞에 머리를 조아렸습니다. 달님은 하나님께, 밤마다 지켜본 동현이의 행동을 이야기했습니다. 그러면서 동현이의 기도를 들어주십사 간청했습니다. 별님도 하나님께 은혜를 베풀어달라고 거듭 청했습니다. 하나님은 눈을 감고 생각에 잠겼습니다. 이윽고 눈을 뜨고 천사에게 말했습니다. "미카엘아, 다녀오너라. 가서 잠든 영혼을 눈뜨게 하라."

천사는 곧바로 동현이 아빠의 병실로 날아갔습니다. 동현이 아빠는 산소마스크를 쓴 채 중환자실에 누워 있었습니다. 달포 전부터 의식은 없었습니다. 환자는 산소호흡기에 의지해 연약한 생명을 이어가고 있었습니다.

천사는 날개를 접고 병상으로 다가갔습니다. 한동안 머리맡에서 환자를 내려다보았습니다. 천사는 가만가만 환자의 영혼 속으로 스며들었습니다. 환자의 잠든 영혼과 마주한 천사는 귀엣말을 속삭였습니다. 동현이의 눈물과 기도, 별님과 달님의 간청, 그리고 하나님의 은혜와 자비에 대해 귀띔했습니다.

이윽고 천사는 하나님께 부여받은 부활의 빛을 모아 환자의 잠든 영혼을 깨웠습니다. 그런 다음 죽어가는 육신을 되살렸습니다. 곧 천사는 환자의 영혼 속에서 나와 다시 날개를 펴고 하늘나라로 돌아왔습니다. 천사는 날개를 접고 하나님의 옥좌로 다가갔습니다. 천사가 하나님께 환자의 이야기를 하는 순간 동현이 아빠는 번득 눈을 떴습니다.

반년이 지났습니다. 그사이 동현이 아빠는 육신의 건강을 되찾았습니다. 정신적으로도 전혀 새로운 사람이 되었습니다. 지난날 경쟁과 다툼 속에서 긴장하고 찡그렸던 아빠의 얼굴은 어느새 포근한 미소와 여유로운 빛으로 바뀌었습니다. 아빠는 엄마와 함께 가난하고 소외된 사람들과 버려진 동물들을 위한 자선단체를 설립했습니다. 집 없는 이들을 위해 무료 숙박시설을 짓고 따듯한 옷과 식사를 제공하고 버려진 동물들을 위한 안락한 보호시설을 만들었습니다. 그리고 기업 경영으로 생긴 이윤의 일부와 엄마 아빠 몫의 일정량을 떼어 어려운 이들에게 아낌없이 나누어 주었습니다. 소년 소녀 가장과 홀로된 노인, 의지가지없는 사람들과 불우한 이웃을 위해 진정으로 온정을 베풀었습니다.

모든 이를 사랑하고 보듬고 배려하는 삶. 날마다 서로 돕고 나누고 위로하는 삶. 그렇게 누군가를 섬기고 존중하며 어루만지는 삶 속에서 동현이네 가족은 더없는 행복을 누렸습니다. 참다운 기쁨을 찾았습니다. 이런 이야기가 차츰 세상에 알려지고 기업과 사회, 정부, 시민들의 의식에도 변화가 일기 시작했습니다. 그리고 마침내, '더불어 사는 오늘, 함께하는 미래'에 대한 순수한 자각이 사람들의 가슴과 머릿속을 채웠습니다.

하늘에선 달님이 흐뭇한 눈으로 동현이네 가족을 내려다보았습니다. 달님은 그날 하나님을 뵙고 동현이의 기도를 들어주십사 간청하길 잘했다고 생각했습니다. 달님은 자신이 대견했습니다. 달님은 동현이네 가족에게 선물을 주기를 잘했다고 스스로를 칭찬했습니다. 별님은 달님 곁에서 눈물을 흘렸습니다. 별님은 누구일까요. 별님은 왜 동현이네 가족을 내려다보며 눈물을 흘릴까요. 벌써 짐작하셨지요. 네, 맞습니다. 별님은 바로 동현이의 짝꿍, 죽어서 별이 된 수진이의 영혼이었습니다.

할머니와 손자

할머니와 손자가 길을 가고 있습니다.

손자의 이름은 '순동'입니다. 허리가 굽은 할머니는 눈이 보이지 않는 장님입니다. 순동이는 할머니의 손을 잡고 매우 세심하게 주의를 기울입니다. 혹여 할머니가 무언가에 몸을 부딪거나 발을 헛디뎌 넘어지지 않으시도록. 순동이는 한순간도 할머니에 대한 주의를 게을리하지 않습니다. 그래서일까요. 할머니는 어린 손자가 대견하고 든든합니다. 그러면서도 한편으론 미안함과 안쓰러움이 가득합니다. 할머니가 눈이 먼 것은 작년 이맘때입니다. 그 뒤로는 순동이가 집안일과 여러 궂은일을 도맡아 하고 있습니다. 그날그날 동냥해 온 음식으로 두 사람은 근근이 끼니를 때웁니다. 순동이는 할머니를 위해 시시때때로 동냥을 나섭니다. 그렇지만 열에 아홉은 빈손입니다.

"좀 쉬었다 가자꾸나."

할머니가 말했습니다.

"힘드세요, 할머니?"

"으응, 숨이 가쁘구나."

"네, 할머니."

두 사람은 길모퉁이 바닥에 나란히 앉았습니다. 초겨울 찬바람이 울러대는 소리를 내며 황량한 거리를 떠돕니다. 이곳은 인적이 없는 도시 변두리입니다. 오래 전부터 재개발이 진행되고 있어 멀쩡한 집은 남아 있지 않습니다. 그사이 마을은 사라지고 집들은 형체도 없이 허물리고 흉물스럽게 파괴되었습니다.

다른 이들은 모두 새로운 둥지를 찾아 떠났습니다. 하지만 두 사람은 갈 곳이 없습니다. 두 사람이 사는 곳은 반쯤 파괴된 이층짜리 단독주택입니다. 이 집은 돌아가신 할아버지가 남겨주신 하나뿐인 재산입니다. 도장을 받아내려고 밤낮으로 사람들이 찾아와 할머니를 달래고 을러댔습니다. 할머니는 끝내 도장을 내어주지 않았습니다. 할머니는 눈곱만치도 도장을 내어줄 마음이 없었습니다.

할머니는 도장이 든 쌈지를 가슴 깊숙이 숨겼습니다. 할머니는 사람들과 맞섰습니다. 도장을 가져가려거든 나를 죽이고 가져가라며 바락바락 악을 썼습니다. 그러자 그들은 포클레인을 몰고 와서 무단으로 집을 허물기 시작했습니다. 그들은 지붕을 뜯어내고 이층 벽을 허물고 유리창을 깨고 순식간에 아수라장을 만들었습니다. 그렇지만 할머니는 꿈쩍하지 않았습니다. 할머니는 차마 이 집을 떠날 수가 없습니다. 하나는 오랫동안 함께해 온 할아버지에 대한 그리움 때문입니다. 또 하나는 정든 터전을 두고 떠나려니 주체할 수 없는 설움이 복받쳐 오르기 때문입니다. 할머니는 이곳에서 눈을 감고 싶습니다. 바로 이곳에 할머니의 꿈과 추억, 일생의 애환이 서려 있기 때문입니다. 푸슬푸슬 눈이 내리기 시작합니다. 이미 저만치서 어둠이 다가오고 있습니다.

"오늘은 안 찾아오겠지?"

할머니가 물었습니다.

"잘 모르겠어요, 할머니."

순동이가 고개를 저으며 대답했습니다.

할머니는 끄응! 한숨을 내쉬었습니다.

"이제 그만 가자꾸나."

"인제 숨 안 차세요, 할머니?"

"으응, 이제 괜찮다."

순동이는 할머니의 몸을 일으켜드렸습니다. 두 사람은 다시 집으로 향했습니다. 꼬르륵꼬르륵. 순동이의 배 속에서 밥 달라는 소리가 들렸습니다. 오늘은 동냥을 못해 온종일 배를 곯리고 물 한 모금 마시지 못했습니다. 순동이는 배가 고팠지만 아무 내색도 하지 않았습니다. 그러면서 '할머니는 얼마나 배가 고프실까' 하고 생각했습니다.

얼마 후 두 사람은 집에 도착했습니다. 방으로 들어서자마자 순동이는 성냥통을 찾아 촛불을 켭니다. 작년부터 전기가 끊겨져 불을 켤 수 없기 때문입니다. 접시 위에서 가냘픈 촛불이 방을 비춥니다. 썰렁한 방바닥에 허름한 이부자리가 깔려 있습니다. 순동이는 할머니를 이불 속으로 누입니다.

"순동아, 할미는 눈 좀 붙이마."
"네, 할머니."

순동이는 이불을 끌어당겨 할머니의 마른 몸을 덮어드립니다.

할머니는 잠깐 생각에 잠겼다 스르르 잠이 듭니다. 순동이는 그대로 할머니 곁에 앉아 있습니다. 순동이는 잠자코 할머니를 바라봅니다. 잠든 할머니의 숨소리가 귓가를 울립니다. 할머니는 고단했는지 새근새근 단잠에 빠졌습니다.

순동이는 돌아가신 아버지와 어디 계신지 모를 어머니를 생각합니다. 순동이 아버지는 중동의 어느 나라에 건설 근로자로 가셨다가 뜻하지 않은 사고로 목숨을 잃었습니다. 급작스러운 비보를 받고 순동이 어머니는 식음을 놓은 채 몇 날 며칠을 울었습니다. 그러다 어느 날. 아버지를 따라간다는 편지를 남기고 홀연히 모습을 감추었습니다. 순동이는 또 눈물이 흐릅니다. 순동이는 손바닥으로 눈물을 훔칩니다. 20분쯤 지났습니다. 그때 방문을 두드리는 소리가 들렸습니다.

순동이는 얼른 문을 열고 나갔습니다.
문밖에 두 명의 사내가 서 있습니다.
"꼬마야, 할머니 계시냐?"
한 사내가 껌을 짝짝 씹으면서 물었습니다.
둘 다 청바지에 가죽점퍼를 걸치고 있었습니다.

"제발, 소란 피우지 마세요."

내심 겁이 났지만 순동이는 단호히 말했습니다.

"얼씨구, 소란을 피우지 말아라?"

그 사내가 비웃음을 짓습니다.

"막 잠이 드셨단 말이에요."

"아하, 그래! 그럼 더 잘 되었네!"

다른 사내가 소리쳤습니다.

"제발 부탁이에요. 할머니를 깨우지 마세요."

순동이가 애원하듯 말했습니다.

사내들은 말을 멈추고 순동이를 바라봅니다. 둘은 알 수 없는 눈길을 주고받습니다. 순동이는 덜컥 겁이 나서 주먹을 꼭 쥐고 마른침을 꿀꺽 삼켰습니다. 두 사내는 밤이면 밤마다 찾아와서 할머니를 괴롭혔습니다. 주먹으로 문짝을 치고 마구 소리를 지르면서 할머니를 윽박질렀습니다. 할머니는 이를 깨물고 가슴에 든 쌈지를 더 꼭 끌어안았습니다. 순동이는 할머니를 부둥켜안고 오들오들 무서움에 떨었습니다.

"좋아. 오늘은 선심을 쓰지."

한 사내가 말했습니다.

"대신 부탁을 하나 들어줘야 해."

"부탁이요?"

사내는 순동이에게 할머니의 도장을 가져오라고 말했습니다. 순동이가 급히 고개를 저었습니다. 그러자 그 사내가 말했습니다. "내가 당장 들어가 강제로 빼앗아 올 수도 있지만, 잠든 할머니를 생각해서 너에게 기회를 주는 거야" 그래도 순동이는 고개를 저었습니다. 순간 다른 사내가 말했습니다.

"너, 후회하지 마라. 조금 뒤에 누가 이리로 올 거야. 그 사람이 누군지 모르지? 그 사람은 말이다. 감옥을 제집처럼 드나드는 사람인데, 돈만 주면 사람을 해치우는 것 따윈 아무것도 아니야. 그렇다고 그 사람이 꼭 할머니를 해친다는 이야기는 아니야. 하지만 말이다. 그 사람은 성질이 워낙 거칠어서 홧김에 무슨 일을 저지를지 우리도 알 수 없어. 지금쯤 술을 잔뜩 퍼먹고 이리로 오고 있는 중일 거야."

순동이는 바르르 몸을 떨었습니다. 마치 그 사람의 발소리가 쿵

쿵 귀에 들리는 것만 같았습니다. 순동이는 두려움에 떨며 이를 꽉 깨물었습니다. 심장이 세차게 방망이질했습니다. 순동이는 어찌해야 좋을지 판단이 서질 않습니다. 머릿속이 혼란스럽습니다. 몇 번을 생각해도 할머니의 도장을 가져다 줄 수는 없습니다. 그 도장은 할머니가 목숨보다 더 소중히 하는 것이기 때문입니다. 그렇지만 이대로 손을 놓고 있을 수도 없습니다. 할머니의 생명이 위태롭습니다. 조금 뒤에 온다는 그 사람은 무시무시한 범죄자입니다. 돈만 주면 사람을 해칠 수도 있습니다. 화가 나면 무슨 일을 저지를지 모릅니다. 술을 먹고 홧김에 할머니를 해칠지도 모릅니다.

"도장은 걱정 마."
한 사내가 말했습니다.
"할머니 깨시기 전에 돌려주러 올 테니까."

그 사내가 부드럽게 웃었습니다. 순동이는 결국 방으로 들어갑니다. 가만가만 할머니의 곁으로 다가갑니다. 조금 망설이다 할머니의 살품으로 손을 넣어 도장이 든 쌈지를 꺼냈습니다. 순간 순동이는 할머니께 죄를 짓는다는 생각이 들었습니다. 그렇지만 할머니의 목숨이 위험해지는 걸 기다리고 있을 수는 없었습니다. 순동이는 쌈지를 들고 방을 나왔습니다. 순동이는 손에 든 쌈지를 한 사내에게 건넸습니다. 그 사내가 낚아채듯 쌈지를 받았습니다. 그러고서 말했습니다. "잘했다, 꼬마야. 아주아주 잘했어. 네가 할머니 목숨을 구한 거야. 이제 걱정 안 해도 돼. 할머닌 무사하실 거야. 우리가 그 사람한테 말해서 되돌아가게 할 테니까." 그제야 순동이는 안심이 되었습니다. 그 사내가 실실 웃으면서 "잘 있어, 꼬마야" 하고 말한 뒤 발을 돌렸습니다. 다른 사내가 살짝 윙크를 하고는 앞 사내를 뒤따랐습니다. 둘은 그대로 모습을 감췄습니다.

어느새 눈발이 굵어져 함박눈이 되었습니다. 마침내 목적을 달성한 두 사내는 의기양양한 태도로 자신들의 차에 올랐습니다. 곧 시동이 켜지고 차가 출발했습니다. 둘은 1시간쯤 달렸습니다. 그때 앞서가던 차가 왼쪽으로 방향을 틀었습니다. 뒤따르던 차도 좌회전을 했습니다. 얼마 후. 어느 웅장한 성문 앞에 두 대의 차가 멈췄습니다. 순간 사르르 성문이 열렸습니다. 두 대의 차가 차례로 성문 안으로 빨려듭니다.

잠시 후 두 사내는 어느 널따란 방으로 들어갔습니다. 바닥에는 고급스러운 양탄자가 깔려 있었습니다. 양쪽 벽에 줄지어 걸린 촛대에서 촛불이 타고 있었습니다. 방 안쪽에는 호화로운 의자가 놓여 있고 거기에는 모피 코트를 걸친 비대한 남자가 앉아 있었습니다. 그의 좌우에는 검은 양복을 입은 사내들이 팔짱을 끼고 서 있었습니다.

방으로 들어서자 둘은 의자에 앉은 남자를 향해 정중히 고개를 숙였습니다. 그런 다음 그쪽으로 다가갔습니다. 둘은 의자 앞에서 발을 멈췄습니다. 하나가 가슴에서 도장이 든 쌈지를 꺼냈습니다. 그가 그것을 의자에 앉은 남자에게 건넸습니다. 의자에 앉은 남자가 쌈지를 받았습니다. 그 남자는 이리저리 쌈지를 살펴보았습니다. 그런 뒤에 쌈지를 풀고 그 안에 손을 넣어 도장을 꺼냈습니다.

그때였습니다. 갑자기 펑! 소리를 내며 쌈지가 터지고 그 자리에 불덩이가 나타났습니다. 불덩이가 휘휘 바람 소리를 내며 무섭게 방을 휘저었습니다. 그 서슬에 벽에 걸린 촛대가 흔들리고 잇달아 촛불이 떨어져 내렸습니다. 이내 불이 붙고 사납게 불길이 치솟았습니다. 방은 순식간에 불길에 휩싸였습니다. 사내들은 갈팡질팡하기 시작했습니다. 불을 끄려고 안간힘을 썼습니다. 그러나 늦었습니다. 불길은 잡히지 않습니다. 불길은 더 거세게 솟구칩니다. 성난 불길이 사내들을 태웁니다. 그제야 정체가 드러납니다.

하나둘 겉껍질을 벗고 속껍질을 드러냅니다. 이윽고 모두 흉측한 마귀로 변했습니다. 마귀들은 불길을 잡을 수 없자 우르르 방문으로 몰렸습니다. 아무리 애를 써도 방문은 열리지 않았습니다. 마귀들은 꼼짝없이 불길에 갇혔습니다. (꽥꽥!) 마귀들은 끔찍한 비명을 질렀습니다. 그사이 불덩이는 방을 떠났습니다. 불덩이는 멀리 밤하늘로 날아가고 있었습니다.

순동이는 할머니 곁에 누웠습니다. 잠이 오지 않습니다. 시간이 흐를수록 눈은 더 말똥말똥합니다. 할머니가 깨시면 뭐라고 말씀드려야 할까. 순동이는 벌써부터 걱정이 되고 가슴은 자꾸자꾸 답답해져 옵니다. 아까 쌈지를 건네준 건 할머니를 위해서였습니다. 그렇지만 할머니가 그것을 지키려고 얼마나 애를 쓰시는지 알기에 한편으론 죄책감도 솟아납니다. 불안감이 차오릅니다. 자기가 정말 옳은 일을 한 것인지 슬며시 의문이 생겨납니다. 순동이는 할머니 쪽으로 몸을 돌렸습니다. 잠든 할머니를 바라봅니다. 순동이는 엄마한테 하듯 할머니의 가슴에 손을 얹습니다. 엄마랑은 달리 할머니의 가슴은 커다랗지도 넉넉하지도 않습니다. 그렇지만 그 가슴은 그 누구의 마음보다 포근합니다. 그럼에도 그 가슴은 그 누구의 사랑보다 따스합니다. 조금 지났습니다. 순동이는 여전히 잠이 오지 않습니다.

　순동이는 눈을 뜬 채 생각에 잠겼습니다. 엄마와 아빠를 떠올립니다. 아까 두 사내를 떠올립니다. 또다시 할머니의 쌈지가 마음에 걸립니다. 한참이 지나서야 눈을 감습니다. 애써 잠을 청합니다. 살짝 잠이 옵니다. 그러다 깜짝 놀라 일어납니다. 순동이는 공포에 휩싸였습니다. 두려움에 못 이겨 파들파들 몸을 떨었습니다. 어떻게 된 걸까요. 할머니의 가슴이 뛰지 않습니다. 할머니의 숨소리가 들리지 않습니다. 할머니는 이제 숨을 쉬지 않습니다. 그때 누군가가 방문을 두드립니다.

　"순동아, 순동아. 엄마다. 엄마야."

바보와 거울

'바보' 아저씨는 예순 살이 넘었어요.

바보 아저씨는 눈이 크고 거인처럼 몸집이 우람해요. 그렇지만 뚱뚱하지는 않아요. 사람들은 아저씨를 바보라고 불러요. 그럴 때면 아저씨는 순박하게 웃으면서 사람들을 바라보아요. 아저씨의 진짜 이름은 아무도 몰라요. 아저씨는 웃기만 할뿐 좀처럼 말을 하지 않아요. 그래서 사람들은, 아저씨가 어디서 왔는지, 집에서는 무엇을 하는지, 언제 잠을 자고, 언제 잠에서 깨어나는지, 어떤 음식을 먹고 사는지, 알 길이 없지요. 나는 누구일까요? 다른 사람들은 바보 아저씨를 잘 모르지만, 나는 아저씨에 대해 조금은 알고 있지요. 하지만 나도 아저씨와 이야기를 나눈 적은 없어요.

그럼, 여러분이 더 궁금해하기 전에 내 소개부터 할게요. 나는 '거울'이에요. 아저씨의 집에 있는 하나뿐인 거울이지요. 잠깐, 쉿! 누가 엿들을지 모르니 주위를 잘 살펴보세요. 자, 얼른 이리로 다가오세요. 여러분한테만 말해 줄게요. 실은, 바보 아저씨는요, 굉장히 수다쟁이예요. 아저씨는 무엇이든 다 나한테 털어놓지요. 그날그날 무슨 일이 있었는지, 밖에서 놀아오기 바쁘게 이야기보따리를 풀어놓지요. 그렇지만 늘 조심스럽지요. 혹여 누가 엿들을세라 몰래몰래 속삭이곤 하지요.

하루는 아저씨가 말했어요.

"오늘은 참 즐거운 날이었어. 어제도 즐거웠지만, 오늘은 더 즐거운 날이었어. 사람들은 오늘도 날 바보라고 부르더군. 난 또 빙긋이 웃어 주었지. 혼자 길을 걷는데, 배 속에서 꼬르륵 소리가 들리는 거야. 곧장 편의점으로 들어갔지. 이것저것 한참을 만지작거리다가 그냥 나왔어. 주머니가 텅 빈 걸 깜박했지 뭐야. 사실, 알고 있었어. 너도 알잖아. 내 주머니가 언제 비어 있지 않은 적이 있었나? 아무튼 편의점에 들어간 건 잘못이었어. 공연히 배만 더 고파졌지 뭐야."

아저씨는 꿀꺽 침을 삼키더니 말을 이었어요.

"나는 다시 걷기 시작했어. 얼마를 갔어. 그때였어. 나는 갑자기 기쁨으로 달아올랐어. 마침내 저만치서 그걸 발견한 거야. 나는 허겁지겁 달려갔어. 아, 그건 축복이었어. 하느님의 선물이었어. 그건 참말이지, 아름다운 희망이었어. 정말이야. 얼마나 좋은지, 주르르 식은땀이 흘러 온몸이 다 축축이 젖고 말았어. 나는 그리로 다가갔어. 나는 무릎을 꿇고 그것을 바라보았어. 몸이 마구 떨렸어. 너무 행복해서 주르륵 눈물이 흐르더군. 나는 떨리는 손으로 그것을 집어 들었어. 응? 그것이 뭐였냐고? 글쎄. 그것이 뭐였을까. 그건 말이야. 누군가가 먹다 버린 닭튀김 한 조각이었어."

아저씨는 닭튀김 한 조각을 손에 들고 싱글벙글거리면서 저만큼 걸어갔어요. 5분쯤 지났어요. 아저씨는 작은 쉼터에 다다랐어요. 그곳에는 키 큰 소나무 몇 그루와 의자 서너 개가 놓여 있었어요. 쉼터 둘레에는 둥그렇게 풀밭이 가꾸어져 있었어요. 아저씨는 의자에 앉았어요. 닭튀김을 바라보자 이내 군침이 돌았어요. 아저씨는 주위를 둘러보았어요. 사람들은 보이지 않았어요. 아저씨는 닭튀김을 외투 주머니에 넣었어요. 이따 집에 가서 조금씩 아껴 먹으려는 것이었어요. 하지만 생각을 바꿔 주머니에서 도로 닭튀김을 꺼냈어요. 아저씨는 닭튀김을 코에 대고 냄새를 맡아보았어요. 구수한 닭튀김 냄새가 아저씨의 코를 간질였어요. 아저씨는 커다란 행복감에 잠겨 미소를 지었어요. 더는 참을 수가 없었어요. 아저씨는 닭튀김을 먹으려고 입으로 가져갔어요. 바로 그때. 야옹, 하고 고양이 소리가 났어요. 집 없는 고양이 한 마리가 아저씨 곁에 다가와 있었어요.

고양이는 아저씨가 들고 있는 닭튀김을 올려다보았어요. 몸이 바싹 마르고 배는 홀쭉한 흰색 고양이었어요. 아저씨는 잠시 망설였어요. 이윽고 침을 꿀떡 삼키고는 그 고양이에게 닭튀김을 주었어요. 고양이가 닭튀김을 물고 저쪽 풀밭으로 달려갔어요. 아저씨는 자리에서 일어나 그쪽 풀밭으로 걸어갔어요. 잠시 후 아저씨는 고양이 가족을 보았어요. 엄마 고양이 한 마리와 아기 고양이 두 마리였어요. 아기 고양이 두 마리는 엄마 고양이가 가져온 닭튀김을 열심히 뜯어 먹고 있었어요.

아저씨 배에서 또다시 꼬르륵 소리가 들렸어요. 엄마 고양이가 아저씨를 올려다보았어요. 엄마 고양이가 아저씨에게 미안함을 느꼈는지 눈물을 글썽거렸어요. 그러자 아저씨가 말했어요. "괜찮아. 아기 고양이들이 배고파 우는 것보단, 내 창자들이 우는 게 더 나으니까." 엄마 고양이가 아저씨 곁으로 다가왔어요. 아저씨의 바짓단을 물고 저쪽으로 이끌었어요. 아저씨는 그쪽으로 걸어갔어요.

엄마 고양이가 어느 집골목으로 사라졌어요. 잠시 후 엄마 고양이가 다시 나타났어요. 엄마 고양이는 입에 물고 있던 무언가를 땅바닥에 내려놓았어요. 조금 두꺼운 금반지였어요. 아저씨는 반지를 집어 들고 그곳을 떠났어요. 얼마 후 아저씨는 금은방으로 들어갔어요. 안경을 낀 금은방 주인이 금반지를 살펴보았어요. 곧 안경을 만지작거리며 아저씨를 위아래로 훑어보았어요. 금은방 주인은 큼큼 헛기침을 하더니 잠깐 기다리라고 말하고는 방으로 들어갔어요. 그는 어딘가로 전화를 걸었어요. 오륙 분쯤 지났어요. 경찰 두 명이 금은방으로 들어왔어요. 그들이 아저씨를 붙들었어요. 그들이 아저씨를 경찰차 뒷좌석에 태웠어요. 그들이 아저씨를 치안센터로 데려갔어요. 경찰 하나가 물었어요. "금반지 어디서 훔쳤어?" 아저씨는, 훔친 게 아니라 고양이가 가져다주었다고 말했어요. 경찰이 픽 코웃음을 치면서 "진짜 바보야, 바보인 척하는 거야?" 하고 물었어요.

아저씨가 다시 경찰에게 말했어요. "내가 엄마 고양이에게 닭튀김을 주었는데, 그 보답으로 엄마 고양이가 내게 금반지를 주었습니다." 경찰이 어이없다는 듯 피식 웃었어요. 웃고 나서 한숨을 쉬었어요. 아저씨가 경찰에게, 금반지를 가져다준 엄마 고양이를 보여주겠다고 말했어요. 얼마 후 두 사람은 아까 그 쉼터에 도착했어요. 두 사람은 경찰차에서 내렸어요. 아저씨는 곧장 고양이 가족이 있던 풀밭으로 갔어요. 그렇지만 고양이 가족은 보이지 않았어요. 경찰이 대뜸 의심스럽다는 눈빛으로 아저씨를 보았어요. 마치 어떻게 된 거냐고 따져 묻는 태도였어요. 아저씨가 이쪽저쪽 두리번거렸어요. 아저씨가 경찰에게 '잠시 기다리면 나타날 거'라고 말했어요. 몇 분이 지났어요. 고양이 가족은 나타나지 않았어요. 참다못한 경찰이 잔뜩 짜증을 내며 말했어요. "이봐, 지금 장난하는 거야! 누굴 바보로 보느냐고! 나도 참, 호기심에 따라온 놈이 잘못이지, 쯧쯧."

아저씨는 말없이 눈만 껌벅껌벅했어요. 나비 한 마리가 그곳을 스치면서 말했어요. "맞아요. 엄마 고양이가 금반지를 주었어요. 내가 보았어요. 내가 증인이에요." 그 경찰은 자신이 환청을 듣고 있다고 생각하면서 맘속으로 중얼거렸어요(이게 뭐람. 나 참, 환청이 다 들리는군. 바보랑 같이 있으니까, 나도 바보가 되는 건가……). 그때 젊은 엄마 하나와 아이 둘이 그쪽으로 다가왔어요. (남자 아이 하나와 여자 아이 하나였어요.)

젊은 엄마가 말했어요. "제가 금반지를 드렸습니다. 이분께서 우리 아이들에게 친절을 베푸셨답니다." 경찰이 긴가민가한 눈초리로 젊은 엄마를 주시했어요. 젊은 엄마가 경찰을 바라보며 미소를 지었어요. 경찰은 아직 반신반의하는 기색이었지요. 결국 경찰이 주머니에서 금반지를 꺼냈어요. 그리고 아저씨에게 금반지를 건네면서 말했어요. "아니, 아저씨. 그러면 그렇다고 말을 해야지. 고양이가 줬다고 말하면 어찌합니까? 아저씨 눈엔 이분이 고양이로 보입니까? 이거 참! 괜히 나만 우습게 됐네. 어쨌든 미안하게 됐습니다. 도둑으로 의심한 점은 사과드립니다." 그 경찰이 경찰차를 타고 그곳을 떠났어요. 아저씨가 경찰차를 지켜보다가 젊은 엄마를 돌아보았어요. 한데 아무도 없었어요. 어디로 간 걸까요. 그사이 젊은 엄마와 아이들은 사라지고, 바닥에서 엄마 고양이가 아저씨를 올려다보고 있었어요. (아기 고양이 두 마리는 아저씨의 발밑에서 천진스레 장난을 치고 있었지요.)

인간의 정의
(definition of human)

우주는 커다란 하나의 나무다.

나무는 커다란 하나의 생명체다.

나무의 줄기는 커다란(하나의) 몸통이다.

나무의 가지는 무수한 은하계다.

무수한 가지는 무수한 잔가지로 나뉜다.

그 잔가지의 잔가지가 우리의 은하계다.

그 잔가지의 잔가지에 달린 모래알 하나.

그 모래알 하나가 우리의 지구다.

그 모래알 속에 살아가는 무수한 생명.

그 생명들의 하나가 우리이다.

우리는 우리를 향해 인간이라 부른다.

인간은 인간을 향해 서로 다툰다.

내 나라, 네 나라. 내 민족, 네 민족. 내 가족, 네 가족.

내 자식, 네 자식. 내 형제, 네 형제. 내 재산, 네 재산.

내 조상, 네 조상. 내 종교, 네 종교. 나의 신, 너의 신.

나의 것, 너의 것. 나의 땅, 너의 땅. 나의 집, 너의 집.

인간은 인간을 향해 편을 가른다.

우주는 커다란 하나의 나무다.

나무는 커다란 하나의 신(절대)이다.

신神은 커다란 하나의 종교(자연)이다.

신은 커다란 하나의 기氣이다.

신은 커다란 하나의 도道이다.

신은 커다란 하나의 모성(어머니)이다.

신은 커다란 하나의 부성(아버지)이다.

신은 커다란 하나의 품(사랑)이다.

신은 커다란 하나의 빛(자비)이다.

신은 커다란 하나의 정신(마음)이다.

고로 숨을 가진 모든 것은 하나의 품에 안긴 하나의 자손이다.

고로 외계인도 지구인도 인간도 비인간도

너 자신도 나 자신도 내 것도 네 것도 아니다.

오직 하나의 뿌리(근원)에서 자라나온 하나의 숨결.

하나의 줄기(몸통)에서 뻗어 나온 하나의 혼魂이다.

모든 것은 죽어 뿌리로 돌아간다.

모든 것은 죽어 근원으로 돌아간다.

모든 것은 끝내 영원으로 돌아간다.

모든 것은 끝내 불멸(섭리)로 되돌아간다.

두 개의 미래

아이가 시무룩한 얼굴로 학교에서 돌아왔다. 고즈넉한 저녁나절이었다. 엄마와 아빠는 오늘도 꼼짝 않고 제자리를 지키며 아이를 기다리고 있었다. 아이가 엄마와 아빠 사이에 풀썩 주저앉았다. 엄마와 아빠는 무슨 일인지 몰라 근심 가득한 얼굴로 아이를 바라보았다. 아이는 잔뜩 풀이 죽어 두 무릎 사이에 얼굴을 묻었다. 아이가 걱정 되어 아빠 나무가 엄마 바위를 바라보았다. 엄마 바위와 아빠 나무는 언덕 꼭대기에 나란히 서 있었다. 조금 지났다. 엄마 바위가 조심스레 물었다. "아가, 학교에서 무슨 일 있었니?" 아이는 여전히 무릎 사이에 얼굴을 묻고 있었다. "왜 그러니? 무슨 일이니? 말을 해보렴." 엄마 바위가 다시 물었다. 시간이 흘렀다. 아이는 그대로 잠이 들었다. 그때 저만치서 흰 구름이 말했다. "아저씨, 아주머니! 바람한테 물어보세요. 바람이 이유를 알고 있어요." 때마침 바람이 불어왔다. 아빠 나무가 반갑게 손을 흔들었다. 엄마 바위는 미소만 지을 뿐 손을 흔들지는 않았다. 바람이 막 스쳐가는 순간 아빠 나무가 바람을 붙들었다. 아빠 나무가 바람에게,

오늘 학교에서 아이에게 무슨 일이 있었는지 물었다. 바람은 잠시 망설이더니 아빠 나무의 어깨에 앉아 이야기를 시작했다.

"오늘 학교에서 구두시험을 보았어요. 다른 아이들은 쉽게 답을 맞혔어요. 한데 한 아이만 답을 틀렸어요. 시험 문제는 이랬어요. 여기 열 사람이 있어요. 그 열 사람은 각각 밤알을 열 개씩 가지고 있어요. 근데 열 사람이 자기가 가진 밤알을 모두 걸고 게임을 했어요. 그리고 게임에 이긴 사람이 그 밤알을 모두 차지하기로 했지요. 그렇다면 게임에 이긴 사람은 전부 몇 개의 밤알을 가져야 할까. 다른 아이들은 모두 '100개'라고 답했어요. 아이들은 너무 쉬운 문제라며 콧방귀를 뀌었어요. 마치 선생님이 자기들의 실력을 과소평가한다는 듯 마뜩잖은 태도였어요. 하지만 한 아이는 다른 답을 말했어요. 그 아이는 게임에 이긴 사람이 가져야 할 밤알의 개수는 '55개'라고 말했어요. 선생님이 의아스러워하는 눈빛으로 이유를 물었어요. 아이들도 이해하지 못하겠다는 표정으로 그 아이를 주목했어요. 그러자 그 아이가 말했어요. 자기가 게임에 이긴 사람이라고 가정할 때 자기 몫은 55개인데 그 이유는 이랬어요. 그중 10개는 본래 자기가 갖고 있던 거니까 자기가 가져야 해요. 그럼 45개가 남는데 그 45개는 다른 사람들이 가지고 있던 밤알의 절반씩 받은 거예요."

바람은 잠시 숨을 돌리고 나서 말을 이었어요. "그래서 자기의
몫은 55개가 되는 거예요. 그럼 100개에서 55개를 뺀 나머지 45
개는 어찌되는 걸까요. 그건 게임에 진 사람들에게 도로 돌려주어
야 해요. 그건 게임의 승패와 상관없이 그 사람들의 몫이에요. 왜
냐면 게임에 이긴 사람은 게임에 진 사람들의 몫에서 절반씩만 가
져가도 충분하니까요. 그래도 게임에 이긴 사람은 게임에 진 사람
들보다 50개나 더 많이 가지는걸요. 게다가 게임에서 이겼다는 승
리감과 함께 그 뿌듯함까지도 덤으로 얻는걸요. 그니까 게임에 진
사람들에게 돌려주는 '45개'는 게임에 이긴 사람의 몫이 될 수 없
어요. 게임의 승패와 상관없이 그건 무조건 게임에 진 사람들의 몫
이에요. 그래서 돌려주어야 해요. 그건 게임에 진 사람들의 몫이
니까요. 그건 '자선도 기부'도 아니에요. 왜냐면요. 그건 본래부터
그 사람들 몫이니까요. 그건 첨부터 자기한테 와서는 안 되는 거
예요. 그니까 다시 주인들에게 돌려주어야 해요."

바람이 다시 말을 멈췄어요. 바람은 잠시 엄마 바위 머리 위를
맴돌았어요. 그러다 도로 아빠 나무의 어깨에 앉아 말을 이었어요.

"그 아이는 계속 말했어요. 그리고 자기가 가져가는 55개 중의 일부는 다시 게임에 진 사람들에게 나눠주어야 해요. 그니까 게임에 진 사람들에게 받은 45개 중의 일부는 도로 그 사람들에게 나눠주어야 한다는 거예요. 그리고 이것은 자기가 가진 몫에서 나눠주는 거니까 비로소 '자선이나 기부'가 되는 거예요. 기부나 자선을 얼마나 할지는 이긴 사람이 스스로 판단해서 결정해도 돼요. 그건 어차피 자기 몫에서 나누는 것이니까요. 하지만 '처음 그 45개'는 반드시 돌려주어야 해요. 그건 단지 그 사람들의 것을 그 사람들에게 되돌려주는 것일 뿐이에요. 그건 절대로 이긴 사람이 가지면 안 돼요. 그건 이유가 없어요. 그건 언제든, 언제 어느 때든 그 사람들 몫이에요. 그건 결코 자기한테 와서는 안 되는 거예요. 그건 자선도 기부도 아니에요. 그건 단지 본래의 주인들한테 본래의 몫을 도로 반환하는 것일 뿐이에요······"

그 아이는 다른 아이들에게 놀림을 당했어요. 아이들은 그 아이를 숫자 계산도 못하는 '바보'라고 놀렸어요. '어리석은 촌닭', '두메산골 촌놈'이라 놀려댔어요. 그나저나 선생님은 아무 말이 없었어요. 그저 물끄러미 그 아이를 바라만 보았어요. 그러다 이윽고 이렇게 말했어요. "여러분. 잘했어요. 한 사람만 빼고 모두 정답을 맞혔어요. 정답은 100개예요. 하지만 이곳에 어리석은 아이는 없어요. 이곳에는 다만 '100개의 현재'와 '단 한 개의 미래'가 있어요."

선생님은 말을 멈추고 아이들을 두루두루 바라보았어요. 그러다 마침내 이렇게 말했어요. "여러분. 이곳에는 또한 '두 개의 미래'가 있어요. 서로 다른 '정반대의 미래'가 있어요. 하나는 '100점짜리 머리와 0점짜리 가슴'을 가진 미래. 또 하나는 '0점짜리 머리와 100점짜리 가슴'을 가진 미래……"

인간의 모든 밤은

저마다의 슬픔을 안고 있다.

여행旅行

나 이제 알았네

열차에 오르는 건 내려서기 위함이란 걸

내려섰을 때 비로소 여행의 시작

나를 찾아 떠나는 구도의 첫걸음이란 걸

나 이제 알았네

자유를 누리는 건 충실하기 위함이란 걸

충실할 때 비로소 자유로운 자유

내가 나에게 주는 신뢰의 선물이란 걸

나 이제 알았네

먼 길을 떠나는 건 돌아오기 위함이란 걸

돌아왔을 때 비로소 벌거벗은 자아

태초의 나 자신과 마주한다는 걸

길 위의 인간

1

(지구. 겨울밤. 새벽 3시.)

우울하게 떠다니는 먹구름이 머리 위의 하늘을 뒤덮고 있다. 비를 머금은 걸까. 눈을 머금은 걸까. 아직은 알 수가 없다. 지금은 빗방울도 눈송이도 내리지 않는다. 밤바람도 잠을 잔다. 그사이 바닥에는 눈송이가 쌓였다. 언제 이렇게 길바닥을 덧칠했을까. 보라. 그사이 눈이 내렸다. 눈은 사락사락 소리 없이 내려앉았다. 도시는 온통 감성의 빛깔로 물이 들었다. 눈은 아무도 모르게 하얗게 내려앉았다.

나는 또다시 K에게 편지를 썼다. 이번이 꼭 삼백 예순 네 번째. 지금까지 그는 답장 한 줄 보내오지 않았다. 나는 알고 있다. 그는 영영 답장을 보내오지 않으리라. 아, 나는 모른다. 나는 아직도 그의 주소를 알 길이 없다. 나는 생각한다. 머나먼 저 미지의 공간. 시공의 저편. 나의 편지가 닿을 수 없는 그곳. 그는 오늘도 영원의 미로 속을 부유하고 있으리라. 나의 벗 K. 그가 떠난 지도 어느덧 스물두 해가 갔다. 그는 평생 독신이었고, 저명한 철학자였고, 가난한 시인이자 혁명가였고, 또한 무신론자이자 박애주의자였다. 게다가 그는 무모하리만큼 순수한 이상주의자였다. 언젠가 우린 이런 말을 주고받았다.

K가 묻는다.

"이보게, L. 알고 있나?"

"무얼 말인가?"

"세상에서 가장 순수한 사람들 말일세."

"글쎄. 어린아이들?"

"맞네. 하지만 어른들을 말하는 걸세."

"그럼, 시골사람들?"

"그도 맞네."

K가 덧붙인다.

"하지만 동심의 세계를 말하는 걸세."

"음... 동심의 세계를 간직한 어른들이라?"

나는 생각한다. 그리고 말한다.

"글쎄, 그런 어른들이 있긴 있을까?"

"있다네. 분명 있다네."

K가 대답했다.

"음......"

나는 생각한다. 몇 초가 흐른다.

대답이 떠오르지 않는다.

그러자 K가 말했다.

"이보게, L.

그들은 바로 정신지체를 앓고 있는 사람들,

다름 아닌 지적장애인들이라네."

(L, 바로 나.)

늙고 병든 살가죽. 꾸부정한 등뼈. 희고 굵은 지팡이. 나의 왼손에는 하얀 편지봉투 하나가 들려 있다. 바로 이 봉투 안에 K에게 보내는 삼백 예순 네 번째의 편지가 들어 있다. 오늘도 눈앞에는 지난번 그 빨간 우체통이 놓여 있다. 나는 주위를 둘러본다. 저만치 희끄무레한 가로등 불 아래 인적은 끊기고 도로는 고요하다.

나는 우체통을 내려다본다. 눈을 감는다. 잠시 K를 떠올리며 추모에 잠긴다. 그런 다음 눈을 뜬다. 경건하고 엄숙하게 나만의 의식을 거행한다. 먼저 나는 짚고 있던 지팡이를 우체통에 기대어 놓는다. 그러고는 외투 주머니에 손을 넣어 낡고 오래된 기름 라

이터를 꺼낸다. 곧 라이터를 켠다. 편지봉투에 불을 댕긴다. 봉투
가 탄다. 불의 혀가 날름거린다. 온화한 불기운이 나의 볼을 어루
만진다. 편지는 조금씩 재가 되어 스러져간다. 이윽고 "훅!" 하고
재를 불어 그것들을 모두 허공으로 날려 보낸다. 이렇게 나의 의
식은 모두 끝이 난다. 나는 또 무사히 나의 의식을 끝마친다. 이것
으로 나는, 나의 벗 K에게 삼백 예순 네 번째의 편지를 전송한 것
이다.

K에게

알고 있나, 자네.

이것이 꼭 삼백 예순 네 번째의 편지라네.

이번에도 자넨 답장을 보내지는 못하겠지.

이보게, 잘 지내고 있겠지.

오늘밤 유독 자네의 목소리가 그립구먼.

이보게, 이제 나는 늙을 만큼 늙어,

눈도 몹시 침침하고 귀도 잘 들리지 않는다네.

어디 그뿐인가.

하루에도 몇 번씩 멍히 정신을 놓는가 하면,

어쩔 때는 그만,

자네와의 추억마저 가물가물한다네.

허기사, 나도 살만큼은 산 게야.

내 나이 벌써 아흔 아홉이 아니던가.

그래, 이젠 나도 떠날 때가 된 게야.

이보게, 용서하게. 자꾸만 눈앞이 어룽거려

더는 쓰지 못하겠네.

그럼 잘 있게.

또 편지함세.

나는 다시 지팡이를 짚고 터덜터덜 걸음을 떼기 시작한다. 얼마 가지 못해 발걸음을 멈춘다. 뭐에 놀란 듯 심장이 뛰고 산언덕을 오르는 듯 숨이 차오른다. 눈앞이 아득하고, 서 있는 것마저 힘에 부친다. 내가 묵는 호텔까지는 아직 한참을 더 걸어야 한다. 어쩌면 나는 밤새도록 걷고 또 걸어야만 할지 모른다. 요사이 나는 팔자에도 없는 호사를 누리고 있다. 그렇다. 나는 지금 그곳에 묵고 있다. 멀리 어둠 너머. 세상의 정점. 바로 그곳 '지구 호텔' 스위트룸에 묵고 있다. 벌써 달포를 넘어 두 달이 가까워 온다. 이것은 사치다. 과오다. 망령이다. 허영이다. 이것은 분명 나의 양심에 대한, 나의 역사에 대한, 나의 영혼에 대한 배반이다. 그렇다. 바로 지금. 나는 나 자신에게 분에 넘치는 사치와 터무니없는 쾌락, 그리고 돌이킬 수 없는 기쁨을 선물하고 있다.

나는 또 걷기 시작한다.
그러면서 생각한다.

이곳은 어디인가. '천국? 지옥? 우주? 지구?' 그렇다. 지구. 이곳은 지구다. 익히 아는 것이 진실이라면, 이 넓고 넓은 우주 안에 우리 인간이 살 수 있는 유일한 행성. 그러나 이것은 착각일지 모른다. 오류일지 모른다. 저 멀리, 멀고 먼 우주 어딘가에 그 무엇이 존재하고, 그 무엇이 존재하지 않는지, 그 누가 단언할 수 있는가. 그 누가 증명할 수 있는가. 나는 모른다. 아무것도 모른다. 우리는 모른다. 아무도 모른다. 여전히 우주의 실체는 신들의 호주머니 속에 꼭꼭 감추어져 있다.

나의 슬픈 뼈마디들이 삐거덕삐거덕 불협화음을 일으킨다. 그것은 오래도록 기름칠을 하지 않은 녹슨 기계들의 마찰음처럼 들려온다. 그럼에도 이 소리가 정겹다. 이 소리가 아름답다. 이 소리가 사랑스럽다. 그렇다. 이 소리는 바로 이 앙상한 생명체가 토해 내는 지상에서의 마지막 독백, 그 오랜 고독의 세레나데인 것이다.

나는 걷는다. 저만치 보이는 어둠을 향해 나아간다. 죽음이 멀지 않은 나는. 여전히 살아 있는 나는. 또다시 지친 나를 끌고 지구의 표면 위를 걸어가고 있다.

2

어느 낡은 주택가. 작고 초라한 근린공원. 저만치서 누르스름한 보안등 하나가 어린이 놀이터를 비추고 있다. 차가운 밤바람이 괴괴한 정적 위를 훑고 지나간다. 미끄럼틀 옆에 녹슨 쇠줄이 달린 이인용 그네가 놓여 있다. 나는 지팡이를 짚고 그네 밑신개에 걸터앉아 발밑을 응시하고 있다. 나는 발을 굴러 몸뚱이를 흔들거려본다. 작고 가냘프게 삐걱거리는 소리가 들려온다. 나는 고개를 돌려 미끄럼틀을 바라본다. 마음은 벌써 미끄럼틀을 타고 있다. 거기 한 소년이 나타난다. 가뿐히 훌쩍 철봉에 매달린다. 단숨에 턱 턱 턱걸이를 해치운다. 이윽고 소년은 구름사다리에 매달린다. 원숭이보다 날렵하게 구름사다리를 왕복한다. 나는 일어선다. 소년은 사라지고 없다. 얼마 후. 어느 음습한 골목길. 집들은 하나같이 을씨년스럽게 웅크리고 있다. 집들은 버려진 듯 음산한 냉기만 돌 뿐 한 줌의 온기도 남아 있지 않다. 좁고 고불고불한 골목길을 돌아 어느 공터에 다다른다. 낡은 전신주 위에서 유리덮개가 깨진 보안등이 공터 바닥을 비추고 있다. 그 보안등 위로 전선들이 마구 뒤엉켜 있다. 공터 안쪽에는 흉물스럽게 버려진 포클레인 한 대가 뒤집혀져 있다. 삽날은 따로 떨어져 저만치 홀로 나동그라져 있다. 나는 무심코 삽날 쪽으로 다가간다. 그 삽날 안에서 나무토막처럼 얼어 죽은 비둘기 한 마리를 발견한다.

언제였던가.

오래전 K에게 물었다.

"이보게 K, 가난이 죄일까?"

"아닐세. 가난은 죄가 아닐세."

"허면, 부유한 게 죄일까?"

"아닐세. 부유한 건 죄가 아닐세."

K가 덧붙인다.

"이보게. 가난도 부유함도 죄는 아니라네. 가난한 사람은 부유한 사람을 시기해선 안 되고, 부유한 사람은 가난한 사람을 무시해선 안 된다네. 가난한 사람이나 부유한 사람이나 다 같은 이웃이라네. 그러니 서로서로 사랑해야 한다네. 가난한 사람도 부유한 사람도 자신과 배경이 다른 이들에 대한 적대심을 가져선 안 된다네. 가난한 사람도 부유한 사람도 타고난 출신이 다른 것이 그들의 잘못은 아니라네. 그러니 서로서로 배경과 출신이 다르다고 하여 눈을 흘기거나 등을 돌려선 안 된다네. 가난한 사람도 부유한 사람도 서로서로 이해하고 존중해야 한다네."

"이보게, K. 그럼 무엇이 죄란 말인가?"

내가 묻는다. K는 말이 없다.

내가 다시 묻는다.

"말해보게, 그럼 무엇이 죄란 말인가?"

이윽고 K가 말했다.

"이보게, L. 자네 알고 있나? 이런 말이 있다네. 네 이웃의 '물질적 궁핍은 곧 너의 정신적 궁핍'이다. 바로 그걸세. 그것이 정답일세. 다시 말해, 부유한 자가 가난한 자를 돌아보지 않는 것, 그것이 바로 죄일세."

문득 눈물이 흐른다. 참으로 주책이다. 이 무슨 추태인가. 나이가 무색하다. 늙을 만큼 늙은 것이, 비둘기 한 마리의 죽음을 보고 눈물까지 흘리니 말이다. 좀체 눈물이 멈추지 않는다. 툭 불거진 광대뼈가 측은해지도록. 말라비틀어진 볼가죽이 축축해지도록. 쉴 새 없이 눈물이 흘러내린다. 이내 눈물샘이 고장이라도 났나 보다. 뭐가 그리 슬픈 걸까. 아무리 생각해도 답은 떠오르지 않는다. 그냥 슬프다. 마냥 서럽다. 까닭도 없이, 이유도 없이 못내 서글프다. 아무래도 망령이 난 게 분명하다. 나는 중절모를 벗어 그 비둘기의 주검을 덮어주었다. 나는 발걸음을 돌린다. 그 공터를 나온다. 잠시 주위를 두리번거린다. 오른쪽 골목으로 걷는다. 눈물은 멈추지 않는다. 나의 눈가에는 여전히 눈물이 흐르고 있다.

K를 보내기 며칠 전.

우린 병실에서 대화를 나누었다.

"이보게, 난 두렵다네."

K가 말했다.

"이사람, K."

"죽음이 두렵다네. 사라짐이 두렵다네."

"……"

"이보게, 이제야 난 깨달았다네." K는 잠시 숨을 고른다. 그러고서 말한다. "그렇다네. 나는 깨달았다네. 아무리 노력해도, 아무리 투쟁해도, 아무리 발악해도 세상은 결코 변하지가 않는다는 사실을 말일세. 그렇다네. 나는 깨달았다네. 아무리 세월이 흘러도 또다시 세상에는 가난한 사람들이 존재하고, 소외된 사람들이 존재하고, 비참한 사람들이 존재하고, 상처받는 사람들과 버림받는 사람들이 존재한다는 사실을 말일세."

잠시 침묵이 흐른다.

"이보게, 부탁이 하나 있다네."

K가 다시 입을 열었다

"내가 죽거든......"

"......"

"가끔 내게 편지를 보내줄 수 있겠나?"

"......"

"응?"

"......"

"가끔씩 이곳 소식을 전해줄 수 있겠나?"

"......"

"응? 이보게. 왜 답이 없는가?"

나는 애써 미소를 짓는다. 그러면서 말한다. "이를 말인가. 보내주고말고. 내 약속함세. 대신 잊지 말고 답장이나 꼬박꼬박 보내주시게." K는 나의 눈을 바라본다. 두 사람은 말이 없다. 오래도록 침묵한다. 이제 병실에는 나 혼자만 남았다. 나는 또 외톨이가 되었다. 나는 그의 눈동자를 바라본다. 그는 없다. 그는 떠나가고 말았다. 그의 눈동자는 이미 자기만의 공간으로 멀어지고 말았다.

또다시 숨이 가쁘다. 가던 길을 멈추고 지팡이에 나를 의지한다. 언제나 그렇듯 심장의 헐떡임을 귀로 듣는다. 순간 두려움에 휩싸인다. 어쩜 이대로 모든 게 끝나는 건 아닐까. 끝내 나의 방에 돌아가지 못하고 이 길 위에 정녕 나의 뼈를 묻는 것이 아닐까. 가야한다. 가야한다. 저기 저 어둠 너머. 바로 그곳. 나만의 지구 호텔, 나만의 스위트룸으로. 시간이 흐른다. 얼마나 지났을까. 나는 이미 시간의 감각을 알지 못한다. 나는 또 걷고 있다. 느릿느릿. 부들부들. 나는 마치 외나무다리를 건너는 듯 아슬아슬한 몸짓으로 발걸음을 이어가고 있다. 그렇게 길은 또 이어진다. 어디에서 어디로, 이곳에서 저곳으로, 마음에서 마음으로, 나에게서 너에게로.

언제였던가. K는 말했다. "길은 길로 통한다. 그것이 진실이다. 어쩌다 막다른 길이 나올지라도 당황하거나 좌절하지 마라. 그럴 때는 즉시 왔던 길을 되짚어가 다른 길을 찾아보라. 길은 또 있다. 그 길로 걸어가라. 기억하라. 너의 발걸음이 끝내 목적지를 잊지 않는다면 어딘가에 반드시 길은 또 있다."

언제였을까. 길 위의 연인. 그녀와 나. 기억의 저편. 안개 속의 두 그림자. 오래전 그날. 젊고 푸른 두 사람은 길 위에서 만나, 길 위에서 사랑했고, 길 위에서 이별했다. 그랬다. 바로 그 길 위에서 두 사람은 온전히 하나가 되었다. 그렇게 길 위에서 노래하고, 길 위에서 반항하고, 길 위에서 투쟁하고, 길 위에서 꿈을 꾸었다. 그리고 어느 날. 그녀는 길 위에서 멀어져갔다. 길은 침묵했다. 아무 말도 하지 않았다. 그녀가 어디로 가는지, 무엇 때문에 떠나는지, 길은 끝내 아무것도 묻지 않았다.

그녀가 말한다.

"함께 떠나요, 우리."

"아니."

"우린 안정을 찾아야 해요."

"알아. 그러니 떠나."

"전... 같이 가길 원해요."

"불가능해."

"어째서요?"

"그건......"

"같이 가요, 제발.

"……"

"길은 다른 이들에게 넘겨주어요."

"……"

"우리가 떠나도, 누군가 길을 지켜줄 거예요."

"미안해."

"같이 가요, 제발."

"미안해, 그럴 수 없어."

"어째서요? 네?"

"그건……"

"어째서요? 어째서 못 간다는 거예요, 네?"

이윽고 L은 말한다.

"난... 길 위의 인간이니까."

나는 막 전신주 앞에서 걸음을 멈춘다. 불 꺼진 보안등 하나가 전신주 위에 달라붙어 있다. 어디나 그렇듯 전신주 아래에는 허섭스레기들이 널려 있다. 한쪽에서 어떤 물체 위에 덮여져 있는 담요 한 장이 눈에 들어온다. 나는 그리로 다가간다. 지팡이 끝으로 슬그머니 담요를 들추어본다. 곧 플라스틱 재질의 개집 하나가 드러난다. 누군가가 내다버린 기와집 모양의 개집이었다. 나는 담요를 걷어낸다. 그 자리에 쪼그리고 앉는다. 외투 주머니에서 라이터를 꺼낸다. 라이터를 켜고 개집 안을 비추어본다. 주먹만 한 새끼강아지 몇 마리가 보인다. 녀석들은 서로 빈틈없이 달라붙어 있다. 언뜻 보아 잠을 자는 것처럼 보인다. 그러나 아니다. 모두 차갑게 얼어붙어 있다. 모두 싸늘하게 죽어 있다. 나는 몸을 일으킨다. 그 개집을 다시 담요로 덮어준다. 나는 발길을 돌린다. 몇 걸음을 나아간다. 발을 멈춘다. 나는 더 나아가지 못하고 개집으로 되돌아온다. 나는 외투를 벗기 시작한다. 외투 주머니에서 라이터를 꺼내 양복주머니에 넣는다. 나는 외투로 그 개집을 덮어준다. 나는 가만가만 발걸음을 돌린다. 전신주에서 멀어진다. 혼잣말로 웅얼거린다.

"잘 자거라, 애들아……"

3

이곳은 어디쯤일까. 길은 멀고 끝은 보이지 않는다.

얼마나 더 걸어야 나의 방에 다다를 수 있을까. 그사이 하늘에선 눈발이 흩날리고 있다. 나는 생각한다. '나. 죽어가는 노인, 다가오는 운명, 꺼져가는 심장, 식어가는 생명, 회상, 눈물, 연민, 회한, 이별, 소멸, 증발……' 나는 다시 도롯가로 나왔다. 언제. 어떻게. 그 골목길을 빠져나왔는지 알지 못한다. 나는 또 거리를 걷고 있다. 눈발은 더 굵어졌다. 이제 펑펑 함박눈이 쏟아지고 있다. 발걸음을 뗄 때마다 발자국이 뒤에 남는다. 그러나 발자국은 덧없다. 발자국은 이내 눈송이 속에 파묻히고 만다. 나는 발걸음을 멈추고 가쁜 숨을 토해낸다. 나는 싱긋 마른웃음을 웃는다. 보라. 나는 어느새 눈사람이 되어가고 있다. 우습다. 이런 내 모습이 우습다. 사르륵사르륵. 하얀 눈송이들이 하얀 머리 위로 내려앉는다. 상상해 보라. 늙고 병든 눈사람의 모습을. 꾸부정히 지팡이를 짚고 선 채 지친 숨을 몰아쉬는 눈사람의 형상을.

시간이 흐른다. 나는 횡단보도 앞에 멈춰 섰다. 언제였던가. 그날의 기억. 오래전 그날. K와 나는 횡단보도 앞에 서서 신호가 바뀌기를 기다리고 있었다. 그때 K가 이런 말을 들려주었다. "이보게, L. 인생이란 말일세. 횡단보도 앞에 서서 신호가 바뀌기를 기다리는 이 순간과 마찬가지라네. 기다리는 순간들은 지루하지만, 건너가고 나면, 지루함은 그새 사그라져 버린다네. 우리들의 삶도 그와 같다네. 살아가는 순간들은 길고 지루하지만, 한평생을 살아내고 나면, 모든 게 그토록 허망하다네."

빨간불이다. 건너가면 안 된다. 위험하다. 이것은 약속이다. 그러나 지금은 차가 보이지 않는다. 나는 천천히 걸음을 내딛는다. 몇 걸음을 나아간다. 돌연 걸음을 멈춘다. 이제 되었다. 진실의 순간. 몸을 돌린다. 눈을 감는다. 그 자리에 서서 나는 기다린다. 무엇을? 누구를? 바로 너. 바로 그것, 질주하는 자동차를. 나는 두렵다. 몸이 떨린다. 식은땀이 흐른다. 알 수 없는 희열이 전신을 휘감는다. 순간! 살아 있음을! 깨어 있음을! 죽지 않았음을 깨닫는다! 나는 마음속으로 속삭인다. '어서 와라, 어서 와라, 어서 어서 오너라.' 신호등의 빛깔이 바뀌었다. 파란불이다. 그러다 또 빨간불이 되었다. 나는 그 자리를 떠나지 않는다. 여전히 그 자리에 서 있다. 끝내 자동차의 질주음은 들려오지 않는다.

얼마 후. 나는 마침내 지구 호텔 정문 앞에 다다른다. 발걸음을 멈춘다. 지친 숨을 토해낸다. 저만치서 문지기가 나를 기다리고 있다. 변함없이 늠름한 모습으로 그는 그 자리에 서 있다. 그의 모습은 마치 호두까기 인형에 나오는 장난감 병정을 떠올리게 한다. 이제 하늘에선 눈보라가 몰아치고 있다. 나는 다시 발걸음을 뗀다. 나는 조금씩 문지기를 향해 다가간다. 잠시 후. 문지기가 나를 맞이한다.

"다녀오셨군요."

"응. 눈보라가 매섭구먼."

"오늘은 늦으셨네요."

"응. 하마터면 길을 잃을 뻔했다네."

"아이구, 저런. 큰일 날 뻔 하셨네요."

"응. 그러게 말일세."

"헌데, 어르신. 편지는 잘 보내셨어요?"

"응."

"아니, 어르신! 모자랑 외투는요?"

문지기가 놀란 기색으로 묻는다.

"응, 그게."

"잃어버리신 거예요?"

"아니, 아니."

"그러시면 왜?"

"응, 아까 오는데……"

나는 말을 잇지 못한다.

"왜 그러세요, 어르신?"

문지기가 묻는다.

"무슨 일 있으셨어요?"

"……"

"아니, 어르신! 우시는 거예요?"

4

나는 문지기와 헤어진다. 잠시 후 스위트룸으로 들어선다. 나는 곧장 책상머리에 가 앉는다. 깊고 푸른 어둠 속. 책상 위에 촛불 하나가 불을 밝히고 있다. 책상에는 어김없이 하얀 편지지와 잉크, 손때 묻은 만년필이 놓여 있다. 나는 편지지를 응시한다. 얼마가 흐른다. 나는 다시 K를 떠올린다.

"이보게, L. 자네 아는가?"

"……"

"사람들이 왜 그토록 천국을 갈망하는지 말일세."

"글쎄……" 나는 덧붙인다.

"현실이 너무 고통스러워서 아닐까?"

그러자 K가 말했다.

"나는 말일세. 이런 생각이 든다네."

"……"

"사람들이 그토록 천국을 갈망하는 건……"

나는 K의 말을 되새겨본다. K는 말했다. 그건 어쩌면 '천국이 없을지도 모른다'는 불안감 때문이라고. 그의 말이 옳을지도 모른다. 사람들은 정말로 천국이 없을지도 모른다는 불안감 때문에 그토록 더 간절히 천국의 존재를 갈망하는지도 모른다. 아니, 사람들은 이미 천국의 실체에 대하여 적지 않은 불신과 회의를 품고 있는지도 모른다. 그러면서도 현실의 고통을 견디기 위해 그토록 애써 천국에 대한 믿음의 끈을 부여잡고 있는지도 모른다. 마치 희망이 없음을 알면서도 애써 희망이 남아 있다고 자기 자신을 기만하는 것처럼.

언젠가. K는 또 말했다.

"이보게, L. 사람들은 누구나 성공을 원한다네. 그리고 그것을 위해 피가 튀는 경쟁과 눈물겨운 노력을 기울인다네. 하지만 성공은 야속하리만치 인색하다네. 끔찍하리만치 멀고멀다네. 그러기에 성공은 그것을 쟁취한 이들에게 더없는 기쁨과 성취감을 안겨준다네. 그러나 한편으론 왠지 모를 공허감과 원인 모를 허탈감도 밀려든다네. 그 이유는 바로 이것이라네. 성공한 이들의 마음속에 실패한 자들에 대한 연민과 안타까움이 자리하지 않는 것. 그리고 자신이 성취한 결과물을 경쟁에서 패배한 이들과 공유하려는 인간 본연의 양심, 즉 인간애의 미학이 죽어 있기 때문이라네."

오래전 겨울. 어느 날이었다. K와 나는 눈 내리는 밤거리를 걷고 있었다. 그때 K가 얼어 죽은 고양이 한 마리를 발견했다. 그는 잠시 고양이의 주검을 내려다보았다. 그러다 외투를 벗어들고 그 자리에 쪼그리고 앉았다. 그는 외투를 펼쳐 고양이의 주검을 덮어주었다. 그런 다음 몸을 일으켰다. 그는 나지막한 소리로 추모의 시를 읊기 시작했다.

그대, 길고양이여,
너야말로 위대하도다.
너는 길 위에서 태어나
길 위에서 살다가
길 위에서 죽어갔도다.
오, 그대, 길고양이여,
너야말로 길 위의 자손이로다.

그대, 길고양이여,
너야말로 위대하도다.

너는 아는가. 먼 옛날,

멀고 먼 그 옛날, 예수와 석가,

공자와 디오게네스, 그들도 너처럼

길 위의 삶, 길 위의 운명이었느니.

그대, 길고양이여,

너야말로 위대하도다.

너는 빈손으로 태어나

빈손으로 살다가

빈손으로 돌아갔도다.

오, 그대, 길고양이여,

너야말로 길 위의 철인이로다.

5

나는 막 펜을 놓았다. 나는 또 편지를 썼다. 나는 고요히 편지를 응시한다. 나는 알고 있다. 바로 이 편지가 K에게 보내는 마지막 편지임을. 그렇다. 나는 죽어가고 있다. 나의 심장은 식어가고 있다. 아. 나의 숨결은 야위어간다. 나의 생명은 이울어간다. 나의 불꽃은 사위어간다. 오, 친구여. 나는 가리라. 기나긴 고독의 항해를 마치고 머나면 그곳, 안식의 항구로 돌아가리라. 오. 친구여. 나는 가리라. (오늘밤, 이 어둠, 이 숨결, 이 작은 불빛 속에서) 마침내 자유의 날개가 되어 너의 곁으로 날아가리라.

K에게

자넨 벌써 알고 있겠지.

그렇다네. 이것이 나의 마지막 편지일세.

이보게, 조금만 더 기다려주게.

이제 다 되었네.

나는 이제 편지가 아닌

영혼의 날개가 되어 자네에게 날아가려네.

자네 없이 보낸 이십여 년의 세월.

돌이켜보면, 참으로 길고 고독한 세월이었네.

그 길고긴 시간 동안,

나는 또 무던히 길을 찾아 헤매 다녔지.

자네에게 이르는 길, 지상의 낙원,

평화와 행복, 평등과 조화의 길.

그러나 그런 길은 존재하지 않았네.

오직, 나의 이 편지만이

자네에 대한 그리움을 달래주었고,

자네에게 이르는 오솔길이 되어주었지.

이보게, K. 마침내 때가 되었네.

이제 우리 그곳에서 만나, 지상에서 이르지 못한

진리의 길을 걸어가 보세.

6

나는 편지를 집어 든다. 나는 편지를 접어 촛불에 불사른다. 불이 타오른다. 편지는 재가 된다. 편지는 덧없이 죽음의 빛으로 물들어간다. 끝내 편지는 차원의 저편으로 스러져간다. K가 죽기 전날 밤. 나는 밤새 그의 곁을 지켜주었다. 그는 생각에 잠겨 허공을 바라보았고, 나는 무심히 창밖을 내다보고 있었다. 병실 창밖으로 눈 내리는 밤풍경이 보였다. 이상하리만치 아늑하고 평화로운 밤이었다. 왜 그랬을까. 둘은 집요하게 침묵을 지켰다. 그와 나. 누구도 그 침묵을 밀어내지 않았다. 그 침묵은 어딘가 성스러운 무게를 지니고 있었다. 그 순간 나는 경외감에 사로잡혔다. 그래서였을까. 나는 차마 그 정적을 깨뜨리지 못했다. 그것은 뭔가 신성함에 대한 불경처럼 느껴졌다. (그랬다. 그 순간 나는 그 정적을 깨뜨리는 게 두려웠다.) 동트기 전 새벽. 그는 기어이 숨을 거두었다.

나의 벗 K. 그는 그렇게 나의 곁을 떠났다. 죽기 며칠 전. 그는 내게 이런 시를 들려주었다.

길

길을 떠났다.

길은 멀고 끝은 보이지 않았다.

너는 길 위에서 숨 쉬고

노래하고 사랑하고 꿈을 꾸었다.

그곳에 길이 있었다.

길을 떠났다.

길은 멀고 끝은 보이지 않았다.

너는 길 위에서 고뇌하고

흐느끼고 절규하고 그리워했다.

그곳에 길이 있었다.

길을 떠났다.

길은 멀고 끝은 보이지 않았다.

너는 길 위에서 비가 되고

눈이 되고 꽃이 되고 별이 되었다.

그곳에 길이 있었다.

길을 떠났다.

길은 멀고 끝은 보이지 않았다.

너는, 이름 없는 너는

형체도 없는 너는

끝내 길이 되고 바람이 되고

고독이 되고 시가 되었다.

그곳에 길이 있었다.

외줄(줄타기)

삶은 외줄

인간은 광대

외줄 타는 줄꾼

옛사람은 외줄도

멋들어지게 탔건만

그 옛날 어름사니

쥘부채 손에 쥐고

'사뿐사뿐 또 사뿐' 외줄 위 걸었건만

(그 재주 허궁잽이) 앉았다 일어섰다

일어섰다 앉았다 외줄 위 놀았건만

현대인은 비틀비틀 땅에서도 비틀거리네.

현대인은 휘청휘청 바닥서도 휘청거리네.

날마다 균형 잃고……

오늘도 중심 잃고……

현대인은 뒤뚱뒤뚱 대지에서 뒤뚱거리네.

복수하기 좋은 날

- 김 과장, 일을 그 따위로밖에 못해!
- 그러고도 과장이야?
- 도대체 제대로 하는 게 없어!
- 다시 해 와! 썩 물러가! 꼴도 보기 싫으니까!

어느 겨울 오후. 김 과장은 바닥에서 이 국장이 팽개친 결재서류를 챙긴 다음 공손히 목례하고 국장실을 나왔다. (이 국장은 오너의 막내아들이다. 그는 외국에서 공부를 마치고 최근에 귀국했다.) 벌써 몇 번째 퇴짜인가. 김 과장은 그만 정신이 몽롱하다. 며칠 밤낮을 뜬눈으로 새우다시피 하며 완성한 결재서류. 하나 번번이 바닥으로 곤두박이고 마는 얄궂은 운명이 아닌가. 김 과장은 밸이 뒤틀리며 분노가 끓어오른다. 당장 국장실로 쳐들어가 찰싹 귀싸대기를 올려붙이고 싶다. 그런 다음 면상에 탁 '사직서'를 던지며 한바탕 속 시원히 퍼붓고 싶다. "옛다! 받아라! 선물이다! 잘해 봐라, 이 인간아! 내가 여기 아니면 밥 벌어 먹을 데가 없는 줄 아냐? 참 내, 어이가 없어서! 가소로워서, 원! 야, 국장! 이 같잖은 풋내기야! 이 건방진 애송이야! 웃기지 마! 까불지 마! 네가 그렇게 잘났냐? 그렇게 잘났어? 어디 그렇게 잘났으면, 너 혼자 실컷 다 해 처먹어라!" 그러고서 보란 듯이 자리를 박차고 나가고 싶다. 하지만 어쩌랴. 그때마다 어김없이 처자식의 얼굴이 눈에 밟힌다. 그는 애써 가슴속의 화염을 가라앉힌다. 그는 "푸!" 한숨을 뱉어낸다.

김 과장은 슬며시 오 부장에 대한 원망이 피어난다. 호남자인데다 일솜씨도 탁월해 아래위로 신망이 두터운 오 부장. (그는 국장보다 나이가 많고 국내 유수의 명문대를 나왔다.) 그는 국장이 신임하는 부하 직원이자 김 과장의 직속상관이다. 몇 달 전부터 그는 해외 지사로 파견 근무를 나가고 없다. 반면 '만년 과장 김 과장'은 위아래 모두에게 비웃음과 흉보기의 대상이다. (말하자면 루저다!) 그는 꾀죄죄한 외모에 노인처럼 돋보기안경을 끼고 머리에는 희끗희끗 새치가 나 있다. 이번 프로젝트는 본래 오 부장의 몫이었다. 헌데 오 부장이 급히 자리를 비우자 얼떨결에 김 과장이 대신 떠안게 된 것이다. 만일 오 부장이 있었더라면 김 과장은 이 국장과 대면할 일도 없을뿐더러 이런 비인격적 질책이나 수모도 겪지 않았으리라. 오 부장은 하급자를 대하는 태도부터 이 국장과 판이하게 다르다. 한마디로 그는 '신사의 표본'이다. 그는 어떠한 경우에도 아랫사람의 체면이나 자존심을 건드리지 않는다. 일테면 김 과장의 일처리가 눈에 차지 않더라도 오 부장은 늘 형님처럼 다독이고 격려해 준다. (실제로는 김 과장이 입사 선배인데다 나이도 더 많다.) 김 과장은 눈물을 보이지 않으려고 이를 꾹 문다. 잠시 후 그는 자기 자리로 돌아온다. 직원들의 시선이 그에게로 쏠린다. 그는 얼굴이 화끈거린다. 불같이 자괴감이 일어 그대로 앉아 있기 거북하다. 그는 자리에서 일어선다. 아직 퇴근 시간은 아니지만 과감히 회사를 나선다.

주위는 이미 어둑어둑하다. 푸슬푸슬 싸락눈이 날리고 있다. 잠시 거리를 떠돌다가 그는 먹자골목으로 들어간다. 곧 어느 식당으로 들어간다. 그는 구석자리에 앉아 찌개와 소주 두 병을 시킨다. 이윽고 술과 찌개와 두어 가지 건건이가 식탁을 채운다. 작은 뚝배기 속에 보글보글 찌개가 끓고 있다. 그는 소주잔에 소주를 따라 연거푸 목구멍으로 털어 넣는다. 급히 한 병을 비운다. 취기가 돌기 시작한다. 울컥 설움이 북받친다. 본능적 자기 연민으로 코끝이 시큰하며 눈물이 핑 돈다. 그는 계속 소주잔을 기울인다. 그러면서 주절거린다. "야, 국장! 너 오늘 잘 만났다. 너 오늘 잘 걸렸다. 너 오늘 나한테 죽어 봐라. 넌 오늘 국물도 없다……" 어느새 그는 소주 두 병을 비웠다. 그가 아주머니를 부른다. 소주 한 병을 더 시킨다. 곧 아주머니가 소주 한 병을 들고 그에게로 다가온다. 아주머니가 소주병을 내려놓으며 말한다. "자, 손님. 한 병 더 대령이우. 근디, 손님. 취하셨나 보네. 혼자 먼 말을 그리 중얼거린댜. 찌개는 아적 손도 안 대구. 먼 속상한 일이 있깐디 빈속에 냅다 깡소주만 들이부었댜. 그라니께 팍 취하제. 보소, 손님. 안주도 들고 국물도 좀 드셔야제. 글케 빈속에 술만 마셔 불면 속만 버린다니께. 에구, 찌개 다 식었네그랴. 손님. 쪼매 기다리소잉. 후딱 데펴 올 텐께." 아주머니가 식은 찌개를 들고 주방 쪽으로 간다. 그때였다! 그가 홱 고개를 돌리고는 마구 삿대질하며 소리친다.

– 야, 국장! 국장! 청국장! 너 어디가! 어딜 도망가!

– 사내자식이 비겁하게! 야, 국장! 국장! 이 국장!

– 넌 밸도 없냐! 자존심도 없냐!

– 이리 와! 빨리 와! 이리 와! 이리 안 와!"

당신은 왜 약자들을 기억하지 않는가.

당신은 왜 빈자들을 기억하지 않는가.

당신은 왜 패자들을 기억하지 않는가.

약자가 있기에 강자가 있다.

빈자가 있기에 부자가 있다.

패자가 있기에 승자가 있다.

당신은 왜 당신을 강자로 만들어 준

약자들을 돌아보지 않는가.

당신은 왜 당신을 부자로 만들어 준

빈자들을 돌아보지 않는가.

당신은 왜 당신을 승자로 만들어 준

패자들을 돌아보지 않는가.

: 오노레 도미에 〈봉기|The Uprising〉

나는 첨성대로 간다

12월 17일. A신문사 사무실:

'고려'는 막 휴대전화를 받았다. 발신자는 자신의 친구인 '신라'의 어머니였다. 전화 속의 목소리는 여느 때와는 달리 몹시 까라진 음색이었다. 신라가 며칠째 '행방불명'이라는 것이다. 그날 밤 고려는 신라의 집에 들렀다. 얼마나 속을 태웠는지 신라의 부모님은 부쩍 늙어보였다. 경찰에 신고를 하려다가 그에게 먼저 연락을 한 것이었다. 고려는 곧장 신라의 방으로 들어갔다. 방의 분위기는 지난번 그대로였다. 방 주인이 잠시 슈퍼에라도 간 듯 자연스러웠다. 고려와 신라. 둘은 C대학 동기생으로 같은 과를 나왔다. 둘은 4년 내내 단짝이었다. 거의 매일같이 붙어 다녔다. 고려는 이곳을 제집 드나들 듯 했다. 고려는 방을 꼼꼼히 살펴보았다. 벽에 걸린 전자시계, 책장에 꽂힌 낡은 책들, 플라스틱 돼지저금통, 구식 컴퓨터, 책상 밑의 조그만 휴지통, 검고 우중충한 싸구려 커튼, 아이들이나 쓰는 꼬마침대, 나무 모양 옷걸이에 걸린 옷가지들, 무엇 하나 달라진 건 없었다.

고려는 책상으로 다가갔다. 그는 책상 위를 살펴보았다. 구겨진 메모지들이 보인다. 책상머리에 놓인 낡은 스탠드가 보인다. 그 스탠드 아래 손바닥만 한 사진액자가 놓여 있다. 대학 캠퍼스에서 세 사람이 활짝 웃는 사진이었다. 바로 자신과 신라 그리고 '달기'였다. 달기는 한가운데 서서 유독 즐거운 모습이었다. 고려는 사진을 응시한 채 손끝으로 톡톡 책상을 두드렸다. 그는 신라의 의자에 앉았다. 구겨진 메모지 한 장을 집어 바르게 폈다. 거기에 영어 소문자로 'os'라고 적혀 있었다. 그는 다시 한 장을 집어 바르게 폈다. 이번엔 영어 대문자로 'L'자가 적혀 있다. 그는 또 한 장을 집었다. 그는 메모지를 펴다 말고 잠깐 생각한 뒤 그것을 던지고 손가락으로 책상 위에 썼다. 'Loser' 바로 대학 시절 그가 신라를 부르던 애칭이었다. 조금 지났다. 그는 신라의 컴퓨터를 켰다. 곧 '내문서'를 열어보았다. 그리고 이런 제목의 파일을 발견했다.

〈나는 첨성대로 간다.〉

그는 파일을 열어본다. 텅 비었다.

아무것도 없는 '제목뿐인 파일'이었다.

12월 18일. 고려의 집:

고려는 하루 휴가를 냈다. 그는 자신의 스포츠카(페라리 컨버터블)를 몰아 경주로 내려갔다. 경주 도착. 그는 곧바로 첨성대를 찾았다. 예전 초등학교 수학여행 때 와본 뒤로 처음이었다. 그는 차에서 내려 한동안 첨성대 주위를 맴돌았다. 지난날의 기억이 새록새록 피어올랐다. 어릴 적 보았던 첨성대는 하늘과 맞닿아 있었다. 아직도 생생하다. 그 높다란 꼭대기는 구름 위로 우뚝 솟아 있었다. 적어도 그때는 그렇게 느꼈다. 지금은 비록 그만큼은 아니었지만 여전히 첨성대는 웅장한 모습이었다. 겨울인데다 평일 낮이라서 그런지 방문객은 뜸했다. 그는 대략 한 시간쯤 머물다가 첨성대를 떠났다. 그 뒤로 그는 안압지, 선덕여왕릉, 불국사, 석굴암, 포석정 등 다른 명승지도 돌아보았다. 그러다 밤이 되었다. 그는 홀로 차를 몰아 서울로 돌아왔다. 그리고 바쁜 며칠이 지났다.

12월 22일 오후 1시경:

고려는 다시 첨성대를 찾았다. 신라의 컴퓨터에서 발견한 파일 제목 때문이었다. 그 이름이 자꾸만 머리를 맴돌았던 것이다. 하지만 단지 그것 때문만은 아니었다. 전날 첨성대를 찾았을 때 느낀 초등학교 시절의 아련한 추억 때문이기도 했다. 우중충한 하늘에서 싸락눈이 날리고 있었다. 그는 막 울타리를 넘어 첨성대 쪽으로 다가갔다. 울타리 밖에는 구급차와 구급요원, 경찰차, 그리고 사다리차가 서 있었다. 첨성대 주변에는 사람들이 모여 있었다. 첨성대 둘레에는 노란 폴리스 라인이 쳐져 있었다.

– 무슨 일입니까?

고려가 한 여자에게 물었다.

– 첨성대 안에서 변사체가 발견됐대요.

그 여자의 말이었다. 그 변사체는 오늘 첨성대를 촬영하러 왔던 방송사 사람들이 발견했으며 그들은 아까 철수했다고 여자는 덧붙였다. 막 구급차가 출발했다. 고려는 곧 경찰관에게 다가갔다. 그는 기자 신분을 밝히고 변사자에 대해 물었다. 경찰관이 대답을 꺼린다. 고려는 온화한 표정으로 재차 물었다. 경찰관이 여전히 답을 피한다. 고려는 명함을 꺼내 그 경찰관에게 건네며 나중에 개인적으로 찾아뵙겠다고 나직이 말했다. 그러자 경찰관이 웃는다. 그제야 고려는 몇몇 정보를 얻어냈다(나이는 20대 후반에서 30대 초반. 작은 키에 깡마른 남자……). 뭔가 불길했다. 문득 신라의 얼굴이 그의 머릿속을 스쳤다. 고려는 그 변사자에 대해 자세히 알아봐야겠다고 생각했다. 다음날 아침. 거물급 정치인들이 연루된 부패 스캔들이 터졌다. 그는 당장 그 사건에 매달렸다.

12월 24일. 고려의 방. 밤 11시 50분경:

고려는 노트북의 메일함을 열었다. 늘 그렇듯 광고성 스팸메일로 그득하다. 곧 삭제를 시작했다. 그러다 이런 제목이 눈에 띄었다. 〈첨성대, UFO, 외계인〉 그건 바로 신라가 보낸 메일이었다. 보낸 날짜는 '12월 13일 새벽 2시30분'이었다. 그는 그 메일을 열었다. 그리고 즉시 첨부된 파일을 열었다. 그는 파일의 내용을 읽어 내리기 시작했다. 그 파일의 제목은 '나는 첨성대로 간다'였다.

제목: 나는 첨성대로 간다

나는 첨성대로 간다. 그곳 꼭대기에서 기다릴 것이다. 그들은 올 것이다. 유에프오와 외계인들. 미지의 우주인들. 나는 그들을 따라 우주로 갈 것이다. 나는 하늘로 갈 것이다. '달'로 갈 것이다. '화성'으로 갈 것이다. '금성'으로 갈 것이다. 빈자도 부자도 없는 곳. 승자도 패자도 없는 곳. 내 것도 네 것도 없는 곳. 주인도 하인도 없는 곳. 본래 인간은 하나였다. 인류는 하나였다. 인간의 영혼은 하나였다. 생김새도 피부색도 동족도 이족도 선택받은 민족도 버림받은 민족도 그 어떤 것도 구분하지 않는. 인간은 그저 인간이란 이름으로 살아가는 단 하나의 심장이었다. 아주 오래전. 그때 지구는 달과 같았다. 그때 지구는 모두의 꿈이었다. 모두의 희망이었다. 모두의 터전이었고 모두의 탯줄이었고 모두의 안식처였다. 지구여! 지구여! 병든 지구여! 오염된 지구여! 죽어가는 지구여! 변해버린 지구여! 나는 너에게 작별을 고하노라. 이별을 고하노라. 이제 너에게 영별을 고하노라. 잘 있거라, 지구여. 숨 막히는 지구여. 지긋지긋한 지구여. 구역질나는 지구여. 지구여, 안녕. 고통이여 안녕. 안녕히 잘 있거라. 경쟁, 대립, 갈등, 분쟁, 서열 다툼, 계급사회, 황금만능, 빈부격차, 피로 물든 지구여. 배신, 음모, 시기, 질투, 정쟁, 약육강식, 돈의 노예 지구여.

고려야. 나 신라야. 나는 첨성대로 간다. 돌아오지 않을 거야. 아니, 돌아올 수 없을 거야. 나는 그들을 만났어. 상상 속의 존재들. 아니, 시공을 초월한 현실 속의 존재들. 지난 사흘 밤, 나는 놀랍고도 굉장한 일들을 경험했어. 나는 너에게 그것들을 들려주고 싶어. 알아. 너는 믿지 않겠지. 어쩜 비웃을 거야. 감상적인 나와는 달리 너는 본래 이성적인 사람이니까. 공상적인 나와는 달리 너는 본래 합리적인 사람이니까. 그래. 너는 누구보다 현실적이고 논리적인 성격이니까. 하지만 그런 것은 중요치 않아. 나는 너에게 마지막 선물을 하려는 거야. 아니. 너에게 빚진 2천만 원을 갚으려는 거야. 이것으로 너와의 관계를 청산하려는 거야. 너는 이것을 기초로 소설을 쓸 수 있을 거야. 너는 나보다 머리가 좋고 기자인데다 글솜씨도 뛰어나니까. 내 말대로 소설을 쓴다면, 적어도 인세로 2천만 원쯤은 벌 수 있을 거야. 그럼 이자까진 몰라도 원금은 갚는 셈이 되겠지⋯⋯

12월 9일 밤.

나는 또 그녀의 카페 앞을 어슬렁거렸다. 이런 내 모습, 이런 나 자신이 비루하지만, 이젠 나 자신도 어쩌지 못하는 습벽이 되어버렸다. 늦은 시간이라 손님은 없다. 통유리 너머로 그녀가 보인다. 그리고 그녀 곁에 앉은 그 녀석이 보였다. 만용. 이제는 녀석이 그녀의 애인이다. (만용은 국회의원을 꿈꾸고 있었다. 대학 졸업 후 그는 아버지의 뒷배로 유력 정치인의 보좌관으로 근무하고 있었다. 그는 지금 외국 유학을 준비하고 있다. 그는 준비를 갖추는 대로 달기를 데리고 떠날 것이다.) 나는 보기 좋게 차였다. 대학을 졸업한 지 3년째다. 나는 여전히 실업자다. 나는 게으르지 않다. 밤낮으로 피 터지게 노력했지만 취직은 요원했다. 나는 3류 대학을 나왔고 백도 없으며 부모님은 날품팔이 노동자다. 〈나는 좌절감에 사로잡혔다. 도저히 헤어날 수 없는 패배감에 빠져들었다. 나는 서서히 3포로(연애, 결혼, 출산 포기), 5포로(3+주택구입, 인간관계 포기), 7포로(5+희망, 꿈 포기), 8포로(7+삶 포기), N포로(무엇을 얼마나 포기해야 할 지 모름), 전포로(거의 모든 것을 포기), 무포로(포기할 것조차 없음으로) 변해가고 말았다. 나는 방구석에 틀어박혔다. 세상이 두려웠다. 밖에 나가는 게 두려웠다. 낮이 두려웠고 밝음이 두려웠고 햇볕이 두려웠다. 사람들을 만나는 게 공포였다. 누군가와 이야기를 나누는 게 고통이었다. 나는 갈수록 말수가 적어졌다. 어떤 때는 하루 종일 단어 하나도 내뱉지 않았다. 그럼에도 불편하지 않았다. 외려 더 편안했다. 그러다 어느 날. 나는 돌연 사물들과 대화를 시작했다. '벽, 시계, 커튼, 의자, 옷걸이, 거울, 휴지통, 연필, 지우개, 볼펜, 손톱깎이, 베개, 책상, 액자, 메모지, 침대......' 누구라도 대화 상대가 되었다. 누구라도 토론 상대가 되었다. 그들은 변설가였다. 궤변가였다. 무엇이든 주제가 되었다. 무엇이든 논점이 되었다. 무엇이든 논쟁하고 무엇이든 강론하고 무엇이든 장광설을 늘어놓았다. 나는 알고 있었다. 나는 점점 변해가고 있었다. 내 속에서 무언가 의심스러운 일이 벌어지고 있었다. 그리고 얼마 후. 내가 책상 밑에 들어가 휴지통

의 넋두리를 듣고 있을 때 벽에서 불쑥 상상의 존재들이 튀어나왔다……〉

　한참이 지났다. 나는 계속 카페 앞을 서성거리고 있었다. 그러다 '만용'과 눈이 마주쳤다. 녀석이 놀란다. 녀석이 곧 문을 열고 나왔다. 놈의 보디가드 격인 '백두'는 보이지 않는다. 이런 일은 드물다. 둘은 친구 사이로 한 몸처럼 붙어 다녔다. (만용과 백두는 그대로 고려와 신라를 닮아 있었다. 만용이 고려라면, 백두는 신라인 셈이었다. 백두와 나는 서로 얼굴만 아는 사이였다.) 놈이 대뜸 시비를 건다. 꼴같잖게 거드름을 피우며 이죽거린다. 속이 울컥했지만 그냥 돌아섰다. 놈이 바짝 다가왔다. 놈이 손바닥으로 내 꼭뒤를 탁 친다. 에라 모르겠다! 이판사판! 머리로 냅다 놈의 명치를 들이받았다. 놈이 주춤하며 피했다. 둘은 주먹다짐을 벌였다. 나는 일방적으로 두들겨 맞았다. 놈에게 흠씬 얻어맞고 바닥을 뒹굴었다. 놈이 발질을 시작했다. 걷어차면 걷어차는 대로 짓밟으면 짓밟는 대로 나는 또 고스란히 당하고 있었다. 보다 못해 달기가 달려 나왔다. 달기가 달려들어 놈을 말렸다. 그제야 놈은 발길질을 멈춘다. 맞은 나보다 때린 그 놈이 더 힘들어 보인다. 놈은 죽을 듯이 헐떡거린다. 나는

담담히 바닥에서 일어섰다. 퉤 침을 뱉었다. 거의 핏덩이였
다.

　나는 처량하게 밤거리를 떠돌았다. 억울함에 눈물도 나오
지 않는다. 어디서 칼을 구해 놈의 뱃가죽을 갈라버릴까? 그
래. 마침 백두도 없는데. 하지만 생각뿐이었다. 나는 그럴만
한 용기도 배짱도 없다. 요컨대 나는 태어나는 순간부터 겁
쟁이다. 게다가 자라면서 세상의 온갖 위세에 눌려 잔뜩 주
눅이 들고 말았다. 그런 나를 사람들은 '루저(loser)'라고
부른다. 가랑눈이 흩날리고 있었다. 고려, 만용, 달기, 그리
고 나. 어쩌면 악연이었다. 대학 시절. 고려와 나는 똑같이
달기를 좋아했다. 달기는 우리 과에서 제일 예뻤다. 나는 달
기를 차지했다. 아니, 달기가 나를 선택했다. 그것은 이변이
었다. 나는 통쾌했다. 어쩜 그것은 내가 일생에서 느껴본 최
초의 승리감이었다. 대학 내내 나는 고려의 뒤치다꺼리를 해
야 했다. 어쩔 수 없었다. 나는 가난했고 시시때때로 돈을
구해야 했다. 나는 무일푼이었고 녀석은 부유했다. 녀석의
아버지는 상당한 재력가로 고급 레스토랑을 운영하고 있었
다. 상호는 '쥘 베른(Le Jules Verne)'이었다. 프랑스 파
리 에펠탑에 있는 쥘 베른 레스토랑을 본떠 지은 것이었다.

(개업 당시에는 '레 장바사되르Les Ambassadeurs'였는데, 1년쯤 지나 이름을 바꿨다.) 그 레스토랑에는 '기업가, 정치인, 법조인, 성직자, 재력가, 관료, 언론인, 유명배우, 고급 장교, 사회 저명인사' 등 이른바 한다하는 사람들만 드나들었다. 그중에 만용의 아버지인 황구도 있었다. (고려는, 머리는 좋았지만 공부에는 별 관심이 없었다. 대학도 아버지 '백'으로 들어왔다. 녀석은 애써 감추려고 했지만 그 정도는 알 만한 사람은 다 안다. 대학 시절. 아버지가 외국에 유학을 보내려 하자 녀석은 무슨 이유에선지 극구 마다했다. 다른 이들은 못 가서 안달인데 말이다. 물론 그 유학이라야 이름조자 생소한 그저 그런 변두리의 대학이었지만 말이다. 아버지 백이 좋긴 좋은가보다. 나중에 녀석은 A신문사에도 자리를 얻었다.) 그런데도 달기는 나의 손을 잡아주었다. 그것은 연민이었을까. 언젠가 달기는 이렇게 말했다. "신라야. 난 고려가 싫어. 그런 애는 딱 질색이야. 꼴사납게 으스대는 속물......" 그런 달기에게 나는 이런 이름을 지어주었다. "라 마르가리타(las margaritas들국화)!" 그 뒤로 달기는 다른 친구들 사이에서도 마르가리타로 불리곤 했다.

나는 고려를 통해 만용과 안면을 텄다. 만용은 소위 명문

대생이었다(그는 D대학 정외과를 다니고 있었다). 고려와 만용은 어릴 적부터 친구였다. 둘의 아버지는 같은 고향 선후배 사이였다. 대학을 졸업하고 나는 취직을 위해 동분서주했다. 그 와중에 고려는 빚 독촉을 해왔다. 녀석은 틈만 나면 찾아와서 못살게 굴었다. 정확한 이유는 알 수 없었다. 그렇지만 한 가지는 분명했다. 적어도 그 돈이 필요해서 그런 것은 아니었다. 나에게는 그 돈이 감당하기 힘든 액수였지만, 녀석에겐 그저 용돈에 불과했으니까. 그럼 왜 그랬을까. 녀석은 왜 필요치도 않은 돈을 요구한 걸까. 사실 어렵잖게 짐작은 갔다. 아마도 달기와 관련된 것이리라. (즉 달기가 자신이 아닌 나를 선택한 것에 대한 분풀이였으리라.) 운명은 늘 나를 외면했다. 그로부터 몇 달 후. 결국 만용이 달기를 차지했다. 나는 안다. 그녀도 마침내 현실의 벽을 깨달은 것이다. 그녀 역시 나처럼 가난했다. 〈고등학교에 입학하고 얼마 안 가 건축공사장의 사고로 그녀의 아버지가 돌아가셨다. 이유는 모르지만 변변한 보상조차 받지 못했다. 맏이이자 큰딸인 그녀가 결국 가정의 생계를 떠안았다. 동생 둘은 아직 초등학생이었고 어머니는 당시 거동이 어려울 만큼 건강이 나빴다. 그때부터 그녀는 학업과 아르바이트를 병행하며 병든 어머니와 어린 동생들을 돌보았다. 대학 때에도 졸업 후에도 그녀의 고단한 삶은 계속되었다. 밤낮으로 일을 하며 어떻게든 맏이로서의 책임감을 다하려고 홀로 아등바등했다. 그즈음 그녀의 심신은 이미 지칠 대로 지쳐가고 있었다. 나는 그녀에게 아무런 도움도 위로도 되지 못했다. 나는 루저였다. 나는 잠시나마 공시족 생활을 해보았지만 무모한 시도였다. 어리석은 희망이었다. 가망 없는 도전이었다. 그 또한 못할 노릇이었다. 어찌 감히 그런 꿈을 꾸었을까. 시작부터 난관에 부딪혔다. 몇 걸음도 나아가지 못해 나는 또 장벽에 가로막혔다. 그 높디높은 현실의 절벽. 겹겹이 둘러쳐진 황금의 철벽. 대체 무엇이 잘못된 걸까. 대체 누구의 잘못인 걸까. 대체 무엇이 어긋난 걸까. 대체 어디에서 뒤틀리고 어디에서 얼크러진 걸까. 모든 게 넘치고, 모든 게 빛나고, 모든 게 남아도는 이 세계에서 우린 왜 이토록 절망의 나락에서 발버둥 쳐야 하는가. 우린 왜 이토록 소외의 독방에서 몸부림쳐야 하는가. 나는 또 처절히 깨달았다. 오늘 이 세계, 지금 이 시대, 바로 이 문명, 바로 이 현대화된 사회에서 돈 없이 할 수 있는 것은 아무것도 없다는 걸. 이제 지구는 인간의 영토가 아니었다. 이제 지구는 탐욕과 허욕의 영역이었다. 이제 인간은 허영의 노예였고 물질의 종이었다. 여전히 나는 제 앞의 어둠조차 털어내지 못하는 낙오자일 뿐이었다. 그 어둠은 점점 더 짙어지고 있었다. 나는 갈수록 그 어둠 속으로 매몰되고 있었다. 그리고 얼마 후. 그녀는 내가 아닌 만용의 여자가 되어 있었다.〉

　고려는 패배했다. 보기 좋게 당했다. 녀석에겐 그야말로 불의의 일격이었다. 한마디로 걷어챈 것이다. 제 배경만 믿고 방심하다가 제대로 한 방 먹은 것이다. 그토록 끈질긴 구애에도 불구하고 달기는 끝내 만용에게 가고 말았다. 그렇게 달기는 마지막 자존심을 지켰다. 또한 그것은 나의 자존심을 지켜준 것이기도 했다. 그녀가 고려가 아닌 만용을 선택한 건, 아마도 나에 대한 동정적 배려였는지도 모른다. 그래서였을까. 그녀를 잃었다는 상실감과 함께 나는 고려에게 또 한 번의 패배를 안겼다는 만족감을 느꼈다. 그것은 일종의 통쾌감이었다. 그녀가 만용이 아닌 고려를 선택했더라면 나는 기어코 나 자신을 살해했을 것이다. 고려에겐 이것이 인생에서의 두 번째 패배였다. 하지만 녀석은 포기하지 않았다. 녀석은 이를 갈았다. 복수를 꿈꾸었다. 보란 듯이 되갚아 주리라. 반드시 달기를 차지하리라. 기필코 만용이 녀석에게 패배의 쓴맛을 안겨 주리라.

나는 건물 벽에 기대앉았다. 온몸이 욱신거렸다. 앞니 하나가 흔들거렸다. 나는 고개를 숙이고 두 손으로 머리를 감쌌다. 문득 고양이 소리가 났다.

– 아저씨!

내가 고개를 들자 한 소녀가 서 있었다. 둘은 몇 마디의 대화를 나누었다. 나는 일어섰다. 우린 손을 잡고 걸었다. 소녀는 자기가 사람으로 변신한 '아기고양이'라고 말했다. 이름은 '묘猫'였다. 얼마 후 지하철 입구에 도착했다. 새벽 1시가 넘었다. 지하철은 끊겼다. 우린 택시를 잡으려고 길가에 서 있었다. 막 택시가 섰다. 둘은 뒷좌석에 탔다. "유토피아! 유토피아로 가요!" 내가 목적지를 말하자 택시가 움직였다. 도리우찌를 쓴 운전수가 룸미러로 우리를 훔쳐본다(とリうち. 헌팅캡. 따개비모자). 왠지 언짢았다. 기분을 잡쳤다. 가다가 중간에서 내렸다. 다른 택시를 기다렸다. 그때 한 사내가 다가왔다. 키가 크고 몸집이 우람한 중년의 사내였다. 우린 대화를 나누었다. 그는 자신이 사람으로 변신한 '북극곰'이라고 말했다. 이름은 '우憂'였다. 우린 그렇게 셋이 되었다. 나는 손목시계를 보았다. 이상하다. 1시 5분. 아까

그대로였다. 시계가 죽었다. 시간은 멈추었다.

‒ 이제 '시간과 공간'은 의미가 없어.

우가 말했다.

‒ 우린 여행을 할 거야.

‒ 여행?

‒ 응. 시공의 여행.

‒ 어디로?

내가 물었다.

‒ 놈들이 쫓고 있어. 어서 가자.

‒ 놈들이 누군데?

‒ 창을 든 사냥꾼. 머리 셋과 그 부하들이야.

‒ 쫓는 이유가 뭔데?

‒ 몰라. 그냥 도망칠 뿐.

조금 걸었다.

‒ 미리 말해둘 게 있어.

우가 말했다.

‒ 내일은 자네 집 대문에서 기다려.

‒ 대문에서?

‒ 응. 우리가 찾아갈 거야.

－ 알았어. 근데 몇 시쯤?

　－ 밤 12시 안팎.

　우는 내게, 모래 밤에도 찾아올 거라고 말했다. 하지만 그
날은 11시쯤 오겠다고 했다. 그날 12시에 아마겟돈(최후의
전쟁)이 있을 거라고 했다. 우는 자신이 마법을 쓸 줄 안다
고 했다. 하지만 그것은 불안정한 능력이며 극히 예외적인
경우에만 가능하다고 덧붙였다. 즉 어떤 때는 가능하지만 어
떤 때는 불가능하다는 것이다. 우린 지하도로 들어갔다. 막
지하도를 나왔다. 인적 없는 도로를 가로질렀다. 한쪽에 쓰
러진 전신주와 깨진 가로등이 보였다. 멀리서 개들의 울음
소리가 들려왔다. 굶주림에 지친 음산한 곡성이었다. 하늘에
서 커다란 빛의 덩어리가 어둠 저편으로 떨어져 내렸다. 육
교 난간에서 한 남자가 고래고래 악을 쓰고 있었다. 술 취한
목소리였다. "야! 이 새끼들아! 이 개새끼들아! 내가 김 대리
다! 내가 바로 만년 대리 김 대리다! 야! 이 새끼들아! 내가
뭘 잘못했냐! 내가 뭘 잘못했어! 밤낮으로 일만 했는데! 죽
자 사자 일만 했는데! 내가 왜 잘려야 해! 내가 왜 밀려나야
해! 왜 내가 고통을 당해야 돼! 아아! 엿 같은 세상! 더러운
세상! 개나 물어가라! 세상에 정의는 없다! 하늘을 봐라! 어

둠뿐이다! 어둠뿐이야! 아! 신 따위가 무엇이냐! 개뿔도 아니다! 개뿔도 아니야! 그런 건 어디에도 없다! 이보쇼, 당신! 거기 있으면 대답하쇼! 왜 말이 없소! 당신이 신이라면 내 고통을 알거 아니오! 아아! 속 터진다, 속 터져! 이런, 벙어리를 봤나! 에이, 제길! 신은 무슨 얼어 죽을 신이냐! 이런 우라질! 신이고 지랄이고 땅속으로 꺼져버려라!"

그 남자는 계속 게걸거렸다.

셋은 한참을 걸었다. 저만치에 에펠탑(la Tour Eiffel)이 보였다. 그리로 갔다. 그때 하늘에 놈들이 나타났다. 놈들은 강 건너 개선문(Arc de triomphe) 쪽에서 날아왔다. 놈들은 날개가 달린 박쥐인간이었다. 손에는 창을 들고 있었다. 놈들이 창을 날렸다. 창은 계속 생겨났다. 우가 에펠탑을 오르기 시작했다. 나는 묘를 업고 우를 뒤따랐다. 어디서 힘이 솟는지 나는 엄청난 속도로 기어 올라갔다. 혹여 떨어질세라 묘는 내 목을 끌어안고 필사적으로 매달려 있었다. 놈들은 탑에 가까이 달라붙지 않고 몇 미터 떨어진 거리에서 창을 쏘았다. 한데 겁만 주려는 것이었는지 날아오는 창들은 계속 우리를 빗나갔다. 이윽고 우린 4층 전망대에 다다랐다. (그사이 곳곳에서 시가전이 벌어지고 있었다. 갑자기 파리는 프랑스 혁명의 한가운데 있었다. 사방에서 민병대와 왕의 군대가 뒤엉켜 격렬한 살육전을 벌이고 있었다.) 박쥐인간들이 온통 전망대 둘레를 포위했다. 그제야 놈들은 탑으로 바짝 다가와 창을 겨누었다. 놈들이 우리를 창끝으로 찌르려는 순간 하늘에 광채가 나타났다. 나는 보았다. '유에프오'였다. 놈들이 놀라 바스티유 광장(Place de la Bastille) 쪽으로 달아났다. 거기서도 치열한 전투가 벌어지고 있었다. 놈들은 속속 왕의 군대로 변해 바닥으로 내려앉았다. 유에프오가 아래 출입구를 열었다. 출입구에서 우리를 향해 광선 통로가 내려왔다. 우린 광선 통로를 타고 유에프오 속으로 빨려 올라갔다. 유에프오 내부에는 아무도 없었다. 사면에 복잡하고 정교한 계기판들이 보였다. 아마 조종석인 듯 한쪽 계기판 앞에 세 개의 팔걸이의자가 놓여 있었다. 가운데는 윈저 체어(Windsor chair)였고 그 좌우는 랭카셔 체어(Lancashire chair)였다. 우린 따로따로 의자에 앉았다. 내가 가운데 앉고 좌측에는 묘가 우측에는 우가 앉았다. 투명한 앞 유리 밖으로 시야가 확 트였다. 그때 동체가 움직였다. 그러면서 이상한 노래가 흘러나왔다. 일종의 랩송이었다. 우린 파리를 벗어나 밤하늘을 날았다. 한동안 여유롭게 별빛 바다를 유영했다. 문득 노래가 멈추었다. 전투기 몇 대가 나타났다. 그들이 동체를 에워쌌다. 그리고 동시에 공격을 개시했다. 동체가 크게 흔들렸다.

– 블루! 블루! 블루!

순간 미지의 목소리가 외쳤다(남자). 나는 파란색 버튼을 눌렀다. 동체 끝에서 방사형으로 푸른 광선이 발사됐다. 전투기들은 광선에 맞아 먼지처럼 흩어져 버렸다. 멀리 초승달이 떠올랐다. 우린 그 쪽으로 날아가 달 주위를 서너 바퀴 선회했다. 다시 별빛 속으로 나아갔다. 바다가 나타났다. 바다 위에 초호화 크루즈선이 떠 있었다.

– 레드! 레드! 레드!

같은 목소리가 외쳤다.

나는 붉은색 버튼을 눌렀다. 동체 이마에서 빨간 광선이 곡선을 그리며 발사됐다. 광선이 크루즈선의 우현을 때렸다. 선체가 요동쳤다. 격벽이 부서지고 해수가 밀려들었다. 배에 비상벨이 울렸다. 순식간에 물이 차올랐다. 배는 아수라장이 되었다. 승객과 승조원들이 뒤섞여 갈팡질팡 어쩔 줄을 몰랐다. 그러다 쾅 무언가에 부딪히고 말았다. 누군가가 급히 외쳤다. "충돌! 충돌! 빙산 충돌!" 배는 전속력으로 후진했다. 뱃머리가 가라앉고 있었다. 반쯤 잠겼다. 누군가가 또 외쳤다. "침몰! 침몰! 타이타닉 침몰!"

얼마가 지났다. 우린 계속 바다 위를 날고 있었다. 그때 저만치에 배 한 척이 보였다. (반쯤 가라앉고 있는) 낡은 여객선이었다. 우린 그리로 날아갔다. 우리가 다가서는 순간 배 안에서 다급한 외침이 들려왔다. "살려주세요! 살려주세요!", "도와주세요! 구해주세요!", "살려주세요! 도와주세요, 제발!", "살고 싶어요! 살고 싶어요!", "살려주세요! 살려주세요, 제발!" 유에프오가 우뚝 멈췄다.

"그린! 그린! 그린!"

아까 그 목소리가 외쳤다. 나는 초록색 버튼을 눌렀다. 곧 여러 갈래의 초록 광선이 배 위로 발사됐다. 배에 닿는 순간 광선들은 밧줄로 변했다. 광선 밧줄들이 배를 묶었다. 유에프오가 서서히 공중으로 날아올랐다. 배가 조금씩 수면 위로 건져 올려지기 시작했다. 이윽고 배가 수면 위로 인양되는 찰나 수십 대의 전투기가 나타났다. 전투기들이 동시에 유에프오를 공격했다. 수십 기의 미사일이 유에프오를 향해 날아왔다. 유에프오는 즉각 광선으로 방어하며 신속히 그 자리를 피했다. 광선에 맞은 미사일은 성냥개비처럼 졸아들었다. 미사일은 끊임없이 날아왔다. 그러는 사이 배를 묶었던 광선 밧줄이 끊겼다. 배는 다시 바닷속으로 가라앉기 시작했다. 배 안에서 또다시 안타까운 외침이 들려왔다. 그리고 얼마 안 가 배는 완전히 침몰하고 말았다. 전투기들은 잇달아 미사일을 쏘며 우리를 쫓아왔다. 전투기들은 한참을 뒤쫓다가 홀연 방향을 돌려 모습을 감췄다.

우린 그렇게 그곳을 떠났다. 시간이 흘렀다. 그사이 우린 다섯 군데를 차례로 돌아보았다. '대한민국 첨성대, 호주 에어즈록, 미국 데블스타워, 스리랑카 시기리야록, 아이슬란드 엘디섬.' 이곳들을 돌아보는 동안 또 하나의 목소리가 가이드가 되었다(여자). 목소리는 곳곳의 소개와 그에 얽힌 이야기를 들려주었다. 요약하면 이렇다. 우리 외계인들은 유에프오를 타고 이들 다섯 곳을 즐겨 찾곤 했다. 우린 종종 지구를 찾는다. 지구의 자연은 경이롭다. 수백억년 동안 우주를 여행하면서 이처럼 아름다운 곳을 보지 못했다. 그러나 지구는 점점 죽어가고 있다. 인간들은 끝없이 자연을 파괴한다. 지구인들은 아직도 지구의 진정한 가치를 모른다. 지구인들은 자연을 파괴와 정복으로 대상으로 간주한다. 지구인들은 피를 선호한다. 서로가 서로를 죽이고, 서로가 서로의 피를 부른다.

이제 우린 세 군데를 주로 찾는다. 데블스타워(Devil's Tower)는 '악마의 탑'이라는 단어 때문에 찾지 않는다. 본래는 그 지역 인디언 부족의 숭배의 대상이었을 뿐 이름이 없었다. 그러다 누군가 '곰 아저씨 오두막(Uncle Bear's Lodge)'이라고 이름을 지었다. 그때까지만 해도 우린 이곳을 방문했다. 시기리야록(Sigiriya Rock)은 '피의 역사'가 깃들어 있어 찾지 않는다. (궁금하면 인터넷을 검색해봐라.) 나머지 셋은 여전히 우리의 여행 코스다. 이중 엘디섬(Eldey island)은 북양가마우지의 군거지다. 이곳은 인간들이 쉬이 접근하지 못한다. 이들 수만 마리의 가마우지들은 새로 변장한 우리의 군병들이다. 가마우지들은 언제든 군사가 된다. 이곳은 바로 우리의 숨겨진 군사기지다. 에어즈록(Ayers Rock)은 우리의 안식처다. 본래 이름은 '울루루(Uluru)'로 이 지역 원주민들의 성지다. 지구의 깊은 밤. 우린 이곳에 내려앉아 여행의 고단함을 씻는다. 경주의 첨성대(瞻星臺)는 신라시대의 천문대다. 현존하는 것으로는 동양에서 제일 오래되었다. 오래전. 이곳에서 우린 한 여왕을 만났다. 그녀는 신라 최초의 여왕이었다. 백성들은 그녀를 선덕여왕(善德女王)이라 불렀다. 그녀는 몸소 이곳 꼭대기에 올라 우리를 영접했다. 여왕은 온 백성과 더불어 성대한 연회를 베풀었다. 그 순간만큼은 신분의 껍질을 벗고 온 나라가 한 덩어리로 어우러졌다. 우린 여왕에게 우주의 신비와 천문의 비밀을 전해주었다. 여왕은 첨성대 꼭대기에 서서 우리를 전송했다. 첨성대 아래에서 문무백관과 백성들이 우리를 향해 손을 흔들었다. 그러면서 울었다. 그들의 눈에서는 물이 흘렀다. 그것은 '눈물'이라 부르는 인간들만의 액체였다. 그 뒤로 우린 두 번 더 여왕을 배알했다. 여왕이 세상을 떠난 뒤 우리의 공식적인 방문은 중단되었다. 이곳은 여전히 우주를 향해 열려 있다. 지금도 우린 이곳을 방문한다. 이곳은 우주의 통로이며 사차원의 입구이다. 모두가 잠든 시각. 누구든 꼭대기에 오르라. 유에프오를 외쳐라. 외계인을 부르라. 우주인을 부르라. 우린 다시 이곳으로 날아오리라.

그 뒤 우린 다음과 같은 여정을 거쳤다.

(뉴욕 자유의 여신상, 시리아 팔미라 유적, 안데스 고원,

히말라야 산맥 등을 지났다. 한니발과 스키피오의 자마 전투를 보았다. 스파르타 레오니다스 왕의 테르모필레 전투를 보았다. 한산대첩, 살수대첩, 살라미스 해전, 트라팔가르 해전을 보았다. 트로이전쟁을 보았다. 나치의 유태인 학살을 보았다. 핵폭탄의 폭발과 버섯구름을 보았다. 양차 세계대전을 보았다. 종교전쟁을 보았다. 참혹한 주검과 파괴된 도시, 아비규환의 참상을 보았다. 메마른 야생의 들판과 말라죽은 동물들의 사체를 보았다. 홍수와 지진, 폭풍우, 물에 잠긴 도시를 보았다. 환락가의 광휘와 빈민가의 암흑을 보았다. 마천루의 우월감과 지하방의 패배감을 보았다. 스위트룸의 단잠과 지하도의 한뎃잠을 보았다. 벽난로의 아늑함과 길바닥의 동사자를 보았다. 럭셔리 세단을 모는 젊은이와 낡은 리어카를 끄는 노파를 보았다. 상류 클럽의 축배와 하류층의 절망을 보았다……)

마침내 유에프오가 지상 가까이 내려앉았다. 지면에서 5미터쯤 떨어진 거리에서 동체가 섰다. 유에프오가 아래쪽의 출입구를 열었다. 곧 바닥과 출입구 사이에 원통형의 광선 통로가 만들어졌다. 우린 막 바닥으로 내려섰다. 로마 교황청 앞이었다. 광선 통로가 사라졌다. 유에프오가 출입구를 닫고 스르르 날아올라 하늘 저 멀리 자취를 감췄다. 우린 교황청으로 들어갔다. 어느 비밀의 방으로 다가갔다. 살짝 열린 문틈으로 소곤대는 소리가 새어나왔다. 알 수 없는 속삭임들. 방에서는 콘클라베(비밀회의)가 진행되고 있었다. 나는 확 방문을 열어젖혔다. 백색의 교황과 적색의 추기경들이 돌아보았다.

- 유에프오를 믿으라!

내가 소리쳤다.

- 사탄이 우릴 쫓는다!

교황이 성호를 긋고는 뭐라고 명령했다. 한 추기경이 작은 종을 흔들었다. 우린 폭풍에 휘말리듯 문밖으로 튀어나갔다. 그대로 벽에 부딪혔다. 나는 기적적으로 묘를 감쌌다. 큰 소리로 문이 닫혔다. 우린 일어섰다. 도망치듯 교황청을 나왔다. 한참을 걸었다. 우린 막 크렘린 궁 앞에 다다랐다. 저만치에 포장마차가 보였다. 그곳으로 갔다. 검은 천으로 얼굴을 감싼 노파가 인사를 건넸다. 러시아어였다. 우린 한쪽 자리에 앉았다. 주문을 하려는데 미리 음식이 나왔다. 홍합이 들어간 일종의 막국수였다. 그것을 먹고 있는데 두 명의 사내가 들어왔다. 둘은 군복을 걸쳤다. 독일군 복장이었다. 그들이 노파에게 러시아어로 주문을 했다. 곧 음식이 나왔다. 이번에는 홍합 대신 굴이 들어간 국수였다. 후루룩후루룩! 잽싸게 그릇을 비우고 내가 노파에게 다가갔다. 먹은 음식 값을 치러야 하는데 돈도 없고 러시아어로 뭐라고 말해야 할지 몰라 우물쭈물하고 있었다. 노파가 고개도 들지 않고 손사래를 쳤다. 그냥 가라는 뜻이다. 나는 러시아어로 '고맙다'고 말했다. "당케, 당케!" 우린 밖으로 나왔다. 조금 걸었다. 그제야 실수를 깨달았다. 그건 러시아어가 아니라 독일어였다.

나는 당케(danke)가 아니라 '스파씨바(спасибо)'라고 말했어야 했다. 조금 가자 갑자기 졸음이 쏟아졌다. 우리 셋은 그대로 바닥에 쓰러졌다. 잠이 들었다. 얼마 후. 절로 눈이 떠졌다. 우린 천문대 꼭대기에 매달려 있었다. 우즈베키스탄 사마르칸트에 있는 울루그베그(Ulugh Beg) 천문대였다. 순간 놈들이 나타났다. 박쥐인간들이 창을 겨누었다. 놈들이 바짝 다가와 창끝으로 쿡쿡 찌르기 시작했다. 이내 비명이 터져 나왔다. 상처에서 줄줄 피가 흘렀다. 우린 결국 혼절하고 말았다. (죽은 것이다.) 눈을 다시 떴을 때는 만리장성 위였다. 전투가 벌어지고 있었다. 사방에서 횃불이 타올랐다. 그사이 상처는 말끔하게 나았다. 옷에 물든 핏자국도 사라졌다.

— 우린 셋이라 목숨도 셋이지.

우가 말했다.

— 각자 세 번씩 죽어야 진짜 죽는 거야.

순간 백마 두 마리가 다가왔다. 우린 말을 타고 초원을 달렸다. 묘는 내 앞에 앉아 말 등에 바짝 엎드렸다. 수백의 기병들이 우릴 쫓기 시작했다. 우린 말에게 운명을 맡겼다. 그때 누군가가 외쳤다. "호첸(火箭)! 호첸! 호첸!" 곧바로 불화살이 날아왔다. 불화살 사이로 한참을 달렸다. 말이 화살에 맞았다. 말이 퍽 쓰러진다. 우린 말에서 떨어져 바닥을 뒹굴었다. 어느 산비탈을 한없이 굴러 내려갔다. 나는 필사적으로 묘를 감쌌다. 이윽고 첨벙! 물속으로 떨어졌다. 그때 물속에서 용 한 마리가 솟구쳤다. 용이 불을 토하며 밤하늘을 맴돌았다. 용이 커다란 울음소리를 냈다. 용은 번쩍하며 시야에서 사라졌다. 우가 즉시 곰으로 변신했다. 묘와 나를 등에 태우고 곰이 물가로 나왔다. 우는 다시 인간으로 변신했다. 우는 바닥에 누워 거친 숨을 토해냈다.

– 따라 오시오.

불쑥 목소리가 들렸다. 고개를 돌렸다. 한 노파가 호롱불을 들고 서 있었다. 몇 마디를 나누었다. 그제야 알았다. 이곳은 바이칼(Baikal) 호수였다. 우린 노파를 따라 어둠 속을 걸었다. 한참을 걸어 어느 외딴집에 다다랐다. 아담한 통나무집이었다. 안으로 들어갔다. 노파가 음식을 내왔다. 음식을 먹고 나자 노곤함이 밀려왔다. 우린 잠이 들었다. 눈을 떠보니 어느 호숫가에 누워 있었다. 푸른 달빛이 수면 위를 비끼고 있었다. 수면 위에 조각배 하나가 떠 있었다. 배가 절로 이쪽으로 다가온다. 배가 물가에서 멈춘다. "헬로우 Hello!" 배가 멈추자 어떤 목소리가 인사를 건넨다. 사람은 보이지 않는다. 배가 다시 움직인다. 같은 목소리가 감탄조로 읊조린다. "오! 아름다워라! 나의 영혼! 나의 심장! 월든 Walden 호수여!" 배는 천천히 물가에서 멀어진다.

우린 일어섰다. 터덜터덜 호수를 따라 걸었다. 걷다 보니 빈 조각배 하나가 보였다. 우린 배에 올랐다. 내가 노를 저었다. 은은한 달빛이 수면 위를 비추었다. 그렇게 얼마를 갔다. 어느 산기슭에 닿았다. 배를 내렸다. 한쪽에 나무 팻말이 서 있었다. 나는 라이터를 켰다. 한글로 이런 글자가 씌어 있었다. 〈백두산 천지〉 우린 산속을 걸었다. 얼마를 갔다. 어느 도시에 다다랐다. 조금 걸었다. 한 건물로 다가갔다. 한쪽 문설주에 세로 현판이 걸려 있었다. 거기에는 한글로 '미국 기밀문서 보관소'라고 씌어 있었다. 나는 호기심이 동했다. 우린 건물 안으로 들어갔다. 벽의 스위치를 찾아 누르자 형광등이 켜졌다. 눈앞에 4단짜리 철재 진열대가 질서 정연하게 서 있었다. 진열대 선반마다 자료들이 빼곡히 쌓여 있었다. 나는 유에프오와 외계인에 관한 자료를 찾기 시작했다. 한참이 지났다. 진열대 선반을 닥치는 대로 뒤졌지만 나는 아무것도 찾아내지 못했다.

우린 건물을 나왔다. 잠시 후. 뉴욕 지하철 입구로 들어갔다. 드문드문 사람들이 보였다. 곧 지하철이 다가왔다. 우린 지하철에 올랐다. 좌석은 반쯤 차 있었다. 셋은 좌석에 앉았다. 승객들의 표정은 어두워 보였다. 조금 지나자 묘가 졸린다며 내게 머리를 기댔다. 나는 팔로 묘를 감쌌다. 우린 깜박 잠이 들었다. 나는 꿈을 꾸었다. 꿈속에서 승객들이 모두 갈까마귀로 변했다. 커다란 갈까마귀들이 좌석에 앉아 있었다. 조금 지났다. 그때였다. 갈까마귀들이 동시에 박쥐인간으로 변했다. 박쥐인간들이 우르르 일어나 우리 셋을 둘러

샀다. 돌연 장면이 바뀌었다. 우린 무지갯빛 스펙트럼 속에
갇혀 있었다. 우린 갑자기 아래쪽으로 미끄러지기 시작했다.
얼마나 지났을까. 우리가 막 바닥으로 떨어지려는 찰나 쾅!
하는 소리가 들렸다. 그 소리에 번쩍 잠이 깼다. 주위를 둘
러보았다. 우린 지하 감옥에 갇혀 있었다. 창살문은 쇠줄로
칭칭 감겨 있었다. 창살 밖 벽에 횃불 하나가 타고 있었다.
곧 계단을 내려오는 발소리가 들렸다.

　박쥐인간 셋이 나타났다.

　(셋은 이마에 뿔이 달렸다.)

　－ 곧 화형식이 있다.

　한 놈이 말했다.

　－ 잘 가거라. 한 줌의 재가 되어라.

　다른 놈이 말했다.

　놈들은 계단을 올라갔다.

　－ 이거 큰일인데. 저들이 머리 셋이야.

　우가 근심어린 목소리로 말했다.

　－ 이마에 뿔이 달렸지.

　－ 걱정할 게 뭐 있어?

내가 말했다.

― 아직 두 번의 목숨이 남았는데.

― 아니야. 불에 타면 끝장이야.

― 끝장?

― 그래. 몸뚱이가 있어야 되살아나지.

순간 묘가 아기고양이로 변신했다. 앞발로 한구석을 파기 시작했다. 우도 곰으로 변신하여 묘를 도왔다. 마침내 커다란 구멍이 뚫렸다. 우린 몰래 감옥을 빠져나왔다. 조금 가자 세비야의 츄러스(churros) 맛집 '코메르시오'가 나왔다. (Bar El Comercio. 1904년 개업.) 가게의 불은 꺼져 있었다. 그때 저쪽에서 함성이 들려왔다. 우린 그쪽으로 달려갔다. 도로 한복판에 수천 명의 시위대와 군대가 대치하고 있었다. 군대가 하늘을 향해 공포를 쏘았다. 시위대가 술렁거렸다. 하지만 아무도 대열을 이탈하진 않았다. 누군가가 소리치자 시위대가 행진을 시작했다. 그대로 군대를 향해 질서 있게 전진했다. 군대가 돌연 발포를 시작했다. 잇달아 시민들이 쓰러졌다. 전진은 멈추지 않는다. 발포도 멈추지 않는다. 시민들의 시체가 바닥을 뒤덮는다. 묘가 놀라 가슴으로 파고든다. 우가 갑자기 곰으로 변신했다. 우가 사나운 울음소리를 토해냈다. 우가 냅다 군대를 향해 돌진한다. 군대의 총부리가 우를 향한다. 총탄이 빗발친다. 우의 몸은 끄떡하지 않는다. 흡사 방탄벽처럼 총탄을 튕겨낸다. 우가 달려들자 군의 대오가 흐트러진다. 겁먹은 병사들이 총을 버리고 달아난다. 그 틈에 시위대가 군대를 제압한다. 순간 사위를 흔들며 요란한 말발굽 소리가 울려온다. 이내 저쪽에서 기병대가 몰려온다. 기병들은 모자와 제복을 갖추고 검과 권총으로 무장하고 있었다. 곧장 시위대와 기병대의 혈투가 벌어졌다. 우가 즉각 시위대를 이끌며 기병대와 맞섰다. 조금 지났다. 그때 세비야 공항(Aeropuerto de Sevilla) 쪽에서 전투기 한 대가 날아온다. 전투기가 연거푸 폭격을 가한다. 군대와 시위대 모두 처참한 주검으로 변한다. 전투기가 임무를 마치고 스페인 광장(Plaza de Espana) 쪽으로 사라진다. 나는 묘를 안고 우에게로 달려간다. 널브러진 주검 사이로 우의 몸뚱이가 보인다. (죽은 것이다.)

우에게는 아직 한 번의 목숨이 남아 있었다. 나는 기다렸다. 한참을 기다렸지만 우는 깨어나지 않았다. 다시 한참을 기다렸다. 우는 여전히 살아나지 않았다. 결국 묘와 나는 그곳을 떠났다. 우린 타지마할(Taj Mahal)에 이르렀다. 무굴 제국 제5대 황제 '샤 자한(Shah Jahan)'을 만났다. 황제로부터 융숭한 대접을 받았다. 〈타지마할은 '궁전의 왕관(Crown of the Palace)'이란 뜻이다. 이곳은 샤 자한 황제가 사랑하는 왕비 '뭄타즈 마할(Mumtaz Mahal)'을 위해 세운 묘당으로 훗날 자신도 이곳에 묻힌다. 뭄타즈 마할은 '선택받은 궁전(the elect of the palace)'이란 뜻이다.〉 황제는 우리에게 애마 한 필과 3천의 기병을 내주었다. 황제는 몸소 궁전 밖으로 나와 우리를 전송했다. 우린 황제의 애마를 타고 군사들의 호위를 받으며 궁을 떠났다. 얼마 후. 우리 일행은 사막에 이르렀다. 군사들이 웅성거렸다. 십자군의 기습이었다. 곧 처절한 전투가 벌어졌다. 수백의 군사들이 결사적으로 우리를 보호했다. 적은 점점 군사들의 보호벽을 뚫고 거리를 좁혀오고 있었다. 우린 끝내 포로가 되었다. 황제의 군사는 전멸했다. 우린 말에 탄 채 어딘가로 끌려갔다. 나는 서툰 영어로 그들에게 말했다.

- 우린 어느 편도 아니오.

- 종교는 종교일 뿐. 우리와는 무관하오.

- 나는 십자가도 사랑하고 초승달도 사랑하오.

그들은 대꾸하지 않았다. 얼마가 흘렀다. 이윽고 십자군은 어느 파괴된 마을에 다다랐다. 마을 한복판에 높다란 화형대가 마련되어 있었다. 그들은 우리의 손발을 묶고 화형대 위에 올려놓았다. 문득 우의 목소리가 떠올랐다. "불에 타면 끝장이야." 또 한 번의 죽음은 두려울 게 없다. 그러나 화형을 당한다면 부활은 없다. 그들이 화형대 밑에 불을 붙였다. 불길은 삽시간에 타올랐다. 나는 두발로 힘껏 묘를 밀어냈다. 묘는 화형대 밑으로 떨어졌다. 묘는 바닥에 머리를 찧고 죽었다. 불길은 더 거세게 타올랐다. 나도 다급히 화형대 밖으로 몸을 굴렸다. 퍽 하는 소리와 함께 의식은 사라졌다. (죽은 것이다.) 눈을 떠보니 내 방이었다. 나는 침대에 누워 있었다. 나는 곧 무아의 잠 속으로 빨려들었다.

12월 10일 밤. 11시 59분.

나는 대문을 나왔다. 담배 한 대를 피워 물었다. 대문 앞에 서서 그들을 기다렸다. 우와 묘. 둘은 약속대로 이곳으로 올 것이다. 밤바람이 매섭게 불었다. 보라. 그들이 온다. 곰과 아기고양이다. 그들은 이쪽으로 다가오며 동시에 사람으로 변신했다. 나는 태우다 만 담배를 길바닥에 튕겼다. "이제 오는군!" 내가 말했다. 묘가 조르르 달려와 내 손을 잡았다. 우는 한손에 서류가방을 들고 있었다. 우린 천천히 어둠 속으로 나아갔다.

　— 이제 조심해야 돼.

우가 말했다.

　— 세 번의 목숨 중에 하나만 남았으니까.

나는 고개를 끄덕였다. 조금 걷자 주위는 사막으로 변했다. 얼마를 걸었다. 달빛 아래 거대한 피라미드의 윤곽이 드러났다. 우린 피라미드로 다가갔다. 묘가 아기고양이로 변해 비밀의 통로를 찾아냈다. 우가 돌을 치워 통로의 입구를 넓혔다. 묘는 다시 소녀로 변신했다. 우린 그 안으로 들어갔다. 나는 라이터를 켰다. 좁은 통로를 따라 한참을 갔다. 마침내 빛이 보였다. 곳곳에 조명등이 드러났다. 조금 더 나아갔다. 눈앞에 황금의 문이 나타났다. 한데 문손잡이가 없었다. 내가 우를 바라보았다. 우가 손을 대보라는 시늉을 했다. 내가 손을 대자 웅 소리가 났다. 문이 회전했다. 우린 안으로 들어갔다. 벽에 보석들이 박힌 화려한 공간이 나왔다. 바닥은 황금이었고 천장은 다이아몬드였다. 어디선가 웃음소리가 들렸다. 그 웃음소리를 따라 한쪽 벽으로 다가갔다. 내가 귀를 기울였다. 곧 소리가 멈추었다. 우가 내게 손을

대보라고 말했다. 내가 벽에 손을 대보았다. 몇 초가 지났
다. 순간 그 자리에 구멍이 드러났다. 손바닥만 한 크기의
동그란 구멍이었다. 내가 바짝 눈을 대고 그 안을 들여다보
았다. 은밀하고도 으리으리한 공간이었다. 몇몇 남녀가 뒤엉
켜 술판을 벌이고 있었다. 바닥에는 양탄자가 깔려 있었고
천장에는 휘황한 샹들리에가 걸려 있었다.

  ─ 황구. 봉황. 고루. 주구.
우가 말했다.
  ─ 무슨 말이야?
내가 물었다.
  ─ 저들 말이야. 그게 이름이지.
  ─ 말레보스(malevos무뢰배들)!
우가 혼잣말로 덧붙인다.

  ─ 당신들 누구요?
돌아보니 한 사내가 서 있었다.
  ─ 당신이 '대형'이군.
우가 말했다.

– 나를 아시오?

– 알지. '설매' 마담의 기둥서방이잖소.

그가 우를 위아래로 훑었다.

– 당신들 누구요? 어디서 왔소? 누가 보냈소?

– 마담을 좀 봅시다.

우가 말했다.

대형은 곧 시야에서 사라졌다. 잠시 후 그는 설매와 함께 나타났다. 설매는 얼굴이 넙데데하고 가슴이 큰 여자였다. 풍만한 미인이었다. 그녀는 살가운 미소를 띠고 우리의 행색을 살폈다. 나는 비니를 내려쓰고 청바지에 바머(bomber) 점퍼 차림이었고 우는 허름한 양복에 다 떨어진 중절모를 쓰고 있었다. 묘는 파란색 원피스에 빨간색 카디건을 입고 머리에는 귀여운 나비 핀을 꽂고 있었다.

– 재밌는 조합이네.

그녀가 말했다.

– 자, 설매가 왔어요. 말해 봐요. 무슨 일이죠?

– 전쟁을 선포하러 왔소.

우가 말했다.

– 전쟁?

설매가 무덤덤하게 물었다.

– 그렇소. 다시 말해 선전포고 하는 거요.

설매가 푹 웃음을 터트렸다.

– 당신, 취했나요? 보기엔 멀쩡한데.

– 비웃는 건 자유요.

– 이봐, 조심해! 여긴 보통 술집이 아니야.

대형이 말했다.

– 알고 있소. 살찐 두꺼비들만 오는 곳이지.

– 말조심해! 통구이를 만들기 전에.

대형이 으름장을 놓았다.

우가 양복 안주머니에서 종이 한 장을 꺼냈다. 반의반으로
접힌 A4용지였다. 그것을 설매에게 건네며 우가 말했다.
"이것을 전하시오. 저 안의 두꺼비들에게." 대형이 확 종이
를 낚아챘다. 그것을 펼치고 소리 내서 읽는다. 〈포고문. 우
린 오늘 전쟁을 선포한다. 세상의 권력과 사회의 적들에게
하늘의 징벌을 가하리라. 내일 밤 우린 '서울역 광장'에 집
결할 것이다. 그리고 너희들을 향해 진군할 것이다. 너희는
미리 대비하라. 우린 결코 비겁한 승리를 원치 않는다. 너희

와 당당히 맞서 위대한 승리를 쟁취하리라. 분연히 일어나 영광의 죽음을 향해 나아가리라.〉

대형이 비웃음을 흘린다.

– 용기는 가상하군. 허나 틀렸어. 무모한 용기야.

대형이 말했다.

– 우린 가겠소. 이것으로 전쟁은 시작된 거요.

우가 말했다.

– 주먹이 아무리 세도 개머리판은 못 이겨요.

설매가 말했다.

– 우린 이기려는 게 아니오. 저항하는 것일 뿐.

우가 응수했다. 우린 그곳을 떠났다. 대형이 휘파람 소리를 냈다. 즉시 세 사람이 달려왔다. 셋은 박쥐인간으로 변신했다. (이마에 뿔이 달렸다.) 대형이 고갯짓을 했다. 셋은 은밀히 우리의 뒤를 밟았다. 우린 어느 저택 앞에 다다랐다. 대문으로 다가가 초인종을 눌렀다. 잠시 후 누구냐는 물음. "저승사자요." 내가 장난스럽게 대답했다. 곧 문이 열리고 우락부락한 사내들이 튀어나왔다. 전부 가죽잠바를 입고 있었다. 하나같이 건장한 어깨들이었다. "너희들 뭐야? 누가 보냈어? 어디서 장난질이야? 겁대가리 없이! 여기가 어딘 줄 알고 까불어!" 하나가 말했다.

— 주인을 만나러 왔소.

우가 말했다.

— 이것들이 근데! 귓구멍이 막혔나!

다른 사내가 쏘아붙였다.

우가 무시하고 대문으로 들어가려 했다. 한 사내가 팔을 벌려 가로막았다. 그가 두 손으로 우의 가슴을 퍽 밀친다. 우가 서류가방을 내게 맡겼다. 우가 한손으로 그 사내의 멱살을 쥐었다. 곧 다른 사내들이 달려들었다. 우가 순식간에 사내들을 제압했다. 사내들은 바닥을 뒹굴며 신음했다. 우린 안으로 들어갔다. 주인 부부를 깨웠다. 우가 나에게 묶을 것을 찾으라고 말했다. 나는 옷장에서 여러 개의 넥타이를 챙겼다. 우가 팬티 차림의 영감을 어깨에 메고 집을 나왔다. 사내들은 여전히 바닥에서 신음하고 있었다. 조금 가자 전신주가 보였다. 전신주 위쪽에 가로등이 달려 있었다. 우가 전신주에 영감을 묶었다. 우가 서류가방을 달라고 말했다. 우가 서류가방을 열고 그 안에서 무언가를 꺼냈다. 흰색 두건이었다. 우가 내게 서류가방을 다시 맡겼다. 우가 흰색 두건을 영감 머리에 씌웠다. 우는 바지주머니에서 빨간 매직을 꺼냈다. 그리고 두건에 이렇게 썼다.

'착취범!'

우린 다시 걷기 시작했다. 스무 걸음쯤 갔다.

— 자네, 피사의 사탑에 묶인 착취범을 보았나?

우가 물었다.

— 아니. 그게 가능한 일인가?

— 뒤돌아보게.

나는 뒤돌아보았다. 그러자 그것이 보였다. 바로 피사의 사탑 꼭대기에 묶인 착취범의 초상이었다. 그사이 전신주는 '피사의 사탑(Torre pendente di Pisa)'으로 변해 있었다. 한참이 지났다. 우린 냇가에 다다랐다. 냇물 위로 다리가 나 있었다. 우린 다리를 건넜다. 우가 이곳은 '중앙 개천'이라고 말했다(Arroyo del Medio. 아로요 델 메디오). 나는 계속 서류가방을 들고 있었다. 다리를 건너 얼마를 가자 저쪽에 '트레비 분수(Fontana di Trevi)'가 보였다. 분수는 꺼져 있었다. 분수대 너머에서 시끄러운 소리가 들렸다. 그리로 갔다. 한 무리의 소년들이 패싸움을 벌이고 있었다. 얼마쯤 떨어져서 잠시 지켜보았다. 자세히 보니 싸우는 게 아니었다. 그저 싸우는 시늉만 하고 있었다. 일종의 장난 싸움이었다. "제군들! 싸우고 싶나?" 우가 불쑥 소리쳤다. "싸움을 원하나?" 소년들이 동작을 멈추고 우리를 돌아보았다. 잠시 정적. "우린 싸움을 원합니다! 싸움이 아니면 우리의 분노를 어디다 풉니까!" 한 소년이 외쳤다.

— 거기, 이름이 뭔가?

우가 물었다.

— 내 이름은 백구입니다.

그가 대답했다.

— 그래, 백구. 자네의 분노는 무엇인가?

— 바로 이 나라, 이 사회, 이 도시, 나쁜 어른들, 엿 같은 제도, 뭐든 다 불만입니다! 특히 그놈! 바로 그 대형이란 놈은 절대 가만두지 않을 겁니다! 언젠가 반드시 묵사발을 만들고 말겁니다! 그놈과 놀아나는 설매라는 암탉도 함께 말입니다! 우린 그 날을 위해 이렇게 비밀리에 모의전을 치르는 겁니다!

— 대형이라면 제군들을 돌보는 그 사람이 아닌가.

— 맞습니다. 그놈입니다.

— 알 수 없군. 그는 제군들을 돌보는 은인이 아닌가.

– 쳇! 똥이나 처먹으라지! 모르는 소리 하지 마십쇼. 그놈은 위선잡니다. 겉으로는 불우한 아이들을 돌보는 독지가인 양 행세하지만, 속에서는 우리를 노예처럼 부려먹는단 말입니다. 그놈은 양의 탈을 쓴 늑대입니다. 천사의 가면을 쓴 악마입니다. 그놈의 일거수일투족. 모든 게 겉치레고 가식이란 말입니다. 말을 듣지 않으면 하루 종일 굶기고 개처럼 두들겨 패고 캄캄한 지하실에 가두어 버립니다.

– 대형! 대형! 대형!

– 죽일 놈! 죽일 놈! 죽일 놈!

소년들은 한목소리로 외쳤다.

– 좋아! 좋아! 자네들의 울분을 알 거 같군! 이봐, 제군들! 내 제군들에게 기회를 주지. 그 울분을 터트릴 절호의 기회를 말이야. 자, 잘 듣게 백구. 내일 밤. 12시. 서울역 광장으로 모이는 거야. 제군들 모두. 하나도 빠짐없이 전부.

우린 그곳을 떠났다. 서울역 광장에 도착했다. 지하도 계단을 내려갔다. 사방에 노숙자들이 보였다. 바닥에 박스를 깔고 신문지를 덮고서 그들은 초라하게 누워 있었다. 여기저기서 콜록콜록 기침소리를 냈다. 우는 더 안쪽으로 들어갔다. 이윽고 한 노숙자에게 다가갔다. 그는 벽을 향한 채 새우잠을 자고 있었다.

— 당신이 '포구'요?

우가 말했다. 그 말에 노숙자가 몸을 뒤척였다. 그러나 돌아보지는 않았다. "보시오, 포구. 내일 밤. 12시. 이곳 광장에 노숙인들을 모두 집결시키시오." 우가 말했다. "우린 인간이오. 인간은 누구나 인간다운 대접을 받아야 하오. 가난하다는 이유로, 돈이 없다는 이유로 한겨울에 이처럼 지하도 바닥으로 내몰릴 순 없는 것이오. 우린 저항해야 하오. 항거해야 하오. 인간답게 싸우고 인간답게 죽어야 하오."

우린 발길을 돌렸다. 포구는 돌아보지 않은 채 깊은 한숨을 토해냈다. 이윽고 우린 지하도를 나왔다. 우는 내게 노숙자에 대해 말해주었다. (그는 전에 JJ은행 영업부 과장이었다.) 잠시 후 숭례문광장을 지나 남대문 시장 쪽으로 걸었다. 우린 곧 시장 안으로 들어섰다. 얼마를 가자 온갖 나라의 방송국 건물이 보였다. KBS, BBC, CNN, ARD, RAI, FR3, NHK, MRS 등. 우는 KBS 쪽으로 다가갔다. 정문 앞에서 돌연 방향을 바꿨다. CNN 쪽으로 향했다. 건물 안으로 들어갔다. 두 명의 경비가 우리를 제지했다. 둘은 머리에 '케피스'를 쓰고 있었다(quepis원통형 모자). 하나가 영어로 말했다. "지금은 방문 시간이 아닙니다." 우가 내게 물었다. "뭐라고 하는 거야?" 내가 우에게 말했다. "방문객은 싫대" 그러자 우가 말했다. "우린 방문객이 아니오. 잠시 이곳을 접수하러 왔소. 당신들은 죄가 없소. 나는 당신들을 해할 생각이 없소. 그러니 비키시오."

우가 내게 통역하라고 말했다. 나는 자신이 없었다. 일단 문장이 너무 길다. 그래서 단지 이렇게만 전했다. "헤이 맨! 셧업! 겟 로스트! 히 이즈 어 람보! 유 노우! 얌마, 닥쳐! 꺼져! 그는 람보야! 알아!" 결국 시비가 붙었다. 경비들은 우의 상대가 되지 못했다. 우가 당수(손날 치기)로 그들을 기절시켰다. 상처나 충격은 거의 없었다. 우는 그들을 저쪽 로비 의자에 앉혔다. 로비 한쪽에 스타벅스 커피점이 보였다. 커피점의 불은 꺼져 있었다. 우린 승강기를 타고 올라갔다. 승강기 내부 천장 한 켠에 시시티브이(CCTV)가 보였다. 나는 그쪽으로 얼굴을 들고 찡긋, 윙크를 날렸다. 거의 동시에 우가 돌아보았다. 눈이 딱 마주쳤다. 내가 멋쩍게 웃었다. 우린 승강기를 내렸다. 곧장 주조정실로 들어갔다. 직원 몇 사람이 보였다. 우가 말했다. "잠시 이곳을 접수하겠소. 당신들은 죄가 없소. 나는 당신들을 해할 생각이 없소. 그러니 비키시오." 우가 다시 통역하라고 말했다. 나는 또 이렇게 말했다. "헤이, 젠틀먼! 셧업! 겟 로스트! 히 이즈 어 킹콩! 유 노우! 어이 신사들! 닥쳐! 꺼져! 그는 킹콩이야! 알아!" 그들이 한껍에 우리 쪽으로 달려들었다. 그들 역시 우의 적수가 아니었다. 우가 이번에도 당수(손끝 찌르기)로 그들을 잠재웠다. 우가 서류가방을 달라고 말했다. 우가 서류가방을 건네받았다. 우가 그 안에서 종이 세 장을 꺼냈다. 한 장은 '우'가 쓴 거였고, 또 한 장은 '묘'가 쓴 거였다. 그리고 마지막 한 장은 우의 친구, 바로 남극의 신사 '아델리 펭귄(Pygoscelis adeliae)'이 쓴 '시詩'였다.

우의 글: 인간의 오만으로 인해 지구가 병들고 있다. 대기의 오염과 기후변화로 인해 만년빙과 만년설이 녹고 있다. 아마존이 파괴되고 있다. 무분별한 개발을 멈추라. 매연과 공해를 추방하라. 루소를 기억하라. 자연으로 돌아가라. 인간성을 회복하라. 느림의 행복을 되찾으라. 더딤의 미학을 되살려라. 인류 공동의 번영과 상생을 추구하라. 있는 자들은, 없는 자들을 돌아보라. 성공한 자들은, 실패한 자들을 돌아보라. 높은 자들은, 낮은 자들을 돌아보라. 앞선 자들은, 뒤처진 자들을 돌아보라. 나는 '우'다. 나는 멸종의 기로에 선 또 하나의 위기종이다. 너희들은 나를 '북극곰(Ursus maritimus)'이라 부른다. '우'는 한자로 '근심(憂)'을 뜻한다. 다시 말해 나는 '근심에 잠긴 북극곰'이다. 나는 동물이며 또한 인간이다. 나는 너희와 다름없이 영혼을 가진 존재이다.

묘의 글: 우린 버려지고 있어요. 방치되고 있어요. 소외되고 있어요. 우릴 버리지 마세요. 아이들을 버리지 마세요. 동물들을 버리지 마세요. 사람이나 동물이나 똑같은 생명이에요. 부탁이에요. 우리도 사랑해 주세요. 버려진 우리를 거두어 주세요. 버려진 아이들을 거두어 주세요. 저는 '묘'예요. 버려진 아기고양이죠. 저는 고양이지만 아이의 영혼을 가졌어요. 저는 고양이지만 사람이기도 해요. (이제야 밝히지만, 묘는 사실 자폐 소녀다. 묘가 본디부터 자폐아인지, 아니면, 그 어떤 원인으로 인해 자폐아가 되었는지 나로선 알 길이 없다. 허나 분명한 건, 지금 이 사회가, 지금 이 세계가, 아이들을 점점 더 '자폐의 상자' 속으로 밀어 넣고 있다는 사실이다.)

아델리 펭귄의 시: 갈수록 인간의 시간은 늘어간다. 갈수록 인간의 삶은 길어지고, 갈수록 인간의 수명은 길이를 더

한다. (그러나 어찌 인간은 거꾸로 가는가?) 갈수록 인간의 시간은 조급해진다. 갈수록 인간의 삶은 피폐해지고, 갈수록 인간의 수명은 불안을 더한다. (그러나 어찌 인간은 거꾸로 가는가?) 인간은 더 빠르게 인간은 더 서둘러 인간은 더 무섭게 달려가면서. 인생을 더 누린다고 인생을 더 향기롭다고 인생을 더 가치 있다고 착각하는가? (그러나 어찌 인간은 거꾸로 가는가?) 현대의 시간 100년보다 원시의 시간 30년이. 현대의 수명 100년보다 원시의 수명 30년이. 외려 더 느긋하고 외려 더 넉넉하고 외려 더 따듯하고. 외려 더 너그럽고 외려 더 풍요롭고 외려 더 여유로웠으니.

글은 모두 (아니, 憂자만 빼고) 한글로 적혀 있었다.

우가 내게 말했다. "문서 말미에 이렇게 쓰게. 이 내용을 번역하여 세상 곳곳에 알려달라고." 나는 잠시 생각한 뒤 문서 말미에 영어로 끼적거렸다. '오, 베리 베리 쏘리. 디스 이즈 어 코리언 랭귀지. 미안, 미안. 이건 한국말이야.' 그리고 다시 끼적거렸다. '투모로우. 투웰브 엣 나이트. 서울 스테이션 플라자. 익스클루시브 스쿠프! 라지 스케일 프로테스트 앤드 데먼스트레이션. 내일. 밤 12시. 서울역 광장. 단독 특종. 대규모 항의 집회.' (처음에는 그냥 우의 말대로 쓰거나,

아니면 '인터넷이나 페이스북 같은 데 올리라고 할까'도 생각했다. 헌데, 지금 상황과 분위기엔 어울리지 않는 것 같아 내 식으로 내용을 바꿨다.)

우는 이 문서를 한 남자의 가슴에 올려놓았다. 우린 발길을 돌렸다. 잠시 후 승강기를 내렸다. 경비원들은 여전히 망각 속을 떠돌고 있었다. 우린 막 CNN 건물을 나왔다. "그들이 방송에 내보낼까?" 내가 물었다. "어쩌면." 우가 대답했다. "그건 내보내지 않을 수도 있다는 말이잖아?" 내가 물었다. "그건 중요치 않아. 어쨌거나 사람들은 우리 메시지를 들었으니까. 사람들은 이미 메시지의 핵심을 읽었잖아. 자네의 묘사. 자네의 입을 통해서." 듣고 보니 그랬다. 이 글을 읽는 사람은 이미 지면을 통해 그 메시지를 읽은 것이고, 또한 이 글이 영상으로 그려진다면 다른 누군가(일테면 배우들)의 입을 통해 그 메시지가 전해질 것이기 때문이다. 나는 생각했다(내일 밤. 12시. 서울역 광장. 올까. 그들이 올까. 우는 모른다. 문서에 뭐라고 썼는지. 우는 단지 자신이 의도한 대로 적은 줄로 안다).

우린 NHK 건물 쪽으로 걸었다. 건물에서 두 여자가 나왔다. 기모노 차림이었다. 둘은 웃으면서 우리 곁을 스쳤다.

"곰방와!" 내가 불쑥 말했다. 둘이 돌아본다. "하이, 곰방와." 둘이 고개를 끄덕하며 말했다. 나는 뭔가 더 말하고 싶었지만 기억나는 일본어가 없었다. 둘은 돌아섰다. 우리도 돌아섰다. 그때 불현듯 몇 마디가 떠올랐다. 나는 둘을 향해 이렇게 외쳤다. "오겡끼데스까(안녕하십니까)! 오메데또고자이마스(축하합니다)! 하이, 와까리마시타(예, 알겠습니다)! 고멘나사이(미안합니다)! 스미마셍(죄송합니다)! 이떼키마스(다녀오겠습니다)!" 우린 막 BBC 건물 모퉁이를 돌았다. 길고양이 한 마리가 잽싸게 달아났다. 길바닥에 얼음이 얼어 있었다. 묘가 불쑥 고양이 소리를 냈다. 길고양이가 달아나다 말고 우리 쪽을 바라보았다. 녀석은 머리를 갸웃갸웃하더니 건물 사이로 후다닥 모습을 감췄다. 나는 문득 이런 생각이 떠올랐다(그래, 복수를 하는 거야. 이참에 만용이 녀석, 혼찌검을 내주는 거야. 우를 데리고 가는 거야. 망치로 얻어맞은 놈 홍두깨로 친다고. 이자까지 톡톡히 쳐서 단단히 앙갚음을 하는 거야. 그래. 한바탕 늘씬 패주는 거야. 건방진 자식. 어디 한번 얻어터져 봐라. 백두 녀석도 문제없어. 녀석이 완력이 세다 한들 우를 이기진 못할 테니까).

이윽고 우린 달기의 카페 앞에 도착했다. 놈이 보였다. 한쪽에 백두도 앉아 있었다. 나는 통유리 벽으로 다가갔다. 놈이 나를 본다. 인상을 찌푸린다. 나는 오른손을 들었다. 주먹을 쥐고 중지를 세웠다. 그러고는 보기 좋게 주먹쑥덕 한 방을 먹였다. 놈이 벌떡 일어선다. 밖으로 튀어나온다. 백두도 따라 나온다. 나는 몇 걸음 물러섰다. 달기는 통유리로 다가와 불안스레 지켜보고 있었다. 놈은 고급 수제 양복 비스포크(Bespoke) 슈트를 빼고 있었다. 놈이 백두에게 턱짓을 했다. 백두가 내 앞으로 다가왔다. 놈이 딱 버티고 서서 한손으로 내 멱살을 틀어쥔다. 우가 백두의 팔목을 움켜쥔다. 둘은 눈싸움(기싸움)을 벌인다. 몇 초가 흐른다. 백두가 멱살을 푼다. 우가 움켜쥔 팔목을 놓는다.

– 난 이 친구에게 유감 없수.

백두가 나를 보며 말한다.

– 내가 손볼 놈은 따로 있수.

백두가 만용을 돌아본다. 백두가 놈에게 다가간다. 놈이 흠칫 놀라 주춤한다. 백두가 비웃음을 흘린다. 놈이 엉거주춤하며 뒤로 물러선다. 순간 백두가 주먹을 날린다. 그대로 놈의 턱에 일격을 가한다. 놈이 퍽 쓰러진다. 백두가 달려든다. 발질을 시작한다. 인정사정없이 짓밟는다. 그러면서 퍼붓는다. "이 개자식! 한번 죽어봐라. 더 이상은 못 참아. 돈 좀 있다고 으시대? 지 아버지 힘만 믿고 까불어? 야, 이 새끼야. 내가 니 종이냐? 내가 니 똥개야? 재수 없는 자식. 싸가지 없는 새끼. 어따 대고 갑질이야! 금수저면 다야! 배운 게 갑질이야! 그래, 이 자식아! 돈 있고 백 있다고 전부 다 발아래로 보이냐! 그래, 임마! 나 흙수저다! 흙수저야! 개뿔도 없는 흙수저다! 으쩔래! 으쩔래! 으쩔래, 이 자식아! 어디 친구를 업신여겨! 어디 친구를 개처럼 부려먹어!"

　백두의 악다구니 소리를 뒤로한 채 우린 발길을 돌렸다. 시간이 흘렀다. 우린 도시의 변두리에 도착했다. 사나운 강바람이 눈보라를 일으키고 있었다. 강 근처에 비닐하우스 철거촌이 있었다. 이곳에는 도시에서 밀려난 가난한 이들이 살고 있었다. 피할 수 없는 선택이었다. 도시는 점점 화려해지고 달동네는 파괴되고 주거비는 천정부지로 치솟았다. 이들은 조금씩 도시의 중심에서 떠밀렸다. 도시는 그들을 쓰레기 치우듯 밀어붙였다. 그들은 끝내 이곳까지 쫓겨 오고 말았다. 도시는 결국 부유한 자들의 공간이었다. 도시는 바로 그네들만의 놀이터였다. 오직 그들만이 도시와 문명을 향유할 수 있었다. 우린 어느 비닐하우스로 다가갔다. 안으로 들어갔다. 내가 라이터를 켰다. 한 노인이 누워 있었다. 바닥에 가마니를 깔고 얇은 누더기 이불을 덮고 있었다.

우가 노인의 곁으로 다가선다.

– 노인장.

우가 말했다. 노인은 반응이 없다.

– 노인장.

그래도 반응이 없다. 우가 주저앉아 노인을 살펴본다. 가느다란 숨소리가 들린다. 우가 노인의 어깨를 흔든다. 그제야 노인은 야윈 몸을 꿈틀거린다. 노인은 밭은기침을 내뱉었다. 노인이 몸을 돌려 우리를 바라본다. "노인장. 때가 왔소. 그날이 다가왔소." 우가 말했다. "내일 밤. 12시. 서울역 광장. 모두 함께 그곳으로 집결하시오. 우린 그동안 더없는 고통과 수모를 겪어왔소. 이제는 끝내야 하오. 이 참상. 이 모욕. 노인장. 이제 우린 마지막 몸부림을 쳐야 하오. 살기 위한 몸부림이 아니오. 죽기 위한 몸부림이오. 그러나 그것은 인간의 몸부림이오." 노인이 손을 내민다. 그리고 말한다. "배가 고프오."

우린 비닐하우스를 나왔다. 그곳을 떠났다. 얼마 안 가 다시 도시의 중심가로 돌아왔다. 어느 고시원 건물. 음울한 복도. 좁은 방들이 다닥다닥 붙어 있다. 어느 방 앞에서 우가 발을 멈췄다. 눈앞의 방문을 연다. 우가 안으로 들어갔다. 방이 비좁다. 나와 묘는 문밖에 서 있었다. 한 사내가 보인다. 그는 이불도 없이 얇은 잠바 차림으로 썰렁한 맨바닥에 누워 있다. 다리를 다 펼 수도 없다. 그는 태아처럼 칼잠을 자고 있었다. 이곳은 방이 아니었다. 감옥이었다. 독방이었다. 아니. 살아 있는 자를 위한 직사각형의 관이었다. 이곳은 바로 산 자의 무덤이었다. 우가 간신히 구석에 기대고 섰다. 워낙 천장이 낮아 우는 엉거주춤 무릎을 굽혔다. 누운 사람을 깔아뭉갤까봐 바닥에 주저앉지도 못한다. 누가 휘갈긴 듯 벽지에 이런 글귀가 씌어 있다(검은 매직). '불안이란 정말로 불안한 게 아니라, 단지 스스로 불안하다고 느끼는 것이다.'

– 그날이 왔네. 내일 밤. 12시. 서울역 광장.
우가 말했다. 바닥은 조용하다.
– 기다리겠네. 자네들. 잊지 말게. 내일 밤일세.

순간 바닥에서 신음 같은 탄식이 올라온다. 우린 고시원을 나왔다. 우는 내게 그 사내에 관해 말해주었다. 그는 2년 전까지 어느 회사의 비정규직 근로자로 일했다. 그러다 해고 통보를 받았다. 얼마 안 가 사글세가 밀렸다. 결국 그는 살던 집에서 나와 이곳 고시원으로 들어왔다. 그의 아내는 딸을 데리고 시골에 있는 친정집으로 내려갔다. 그때부터 이곳에서 살아가며 그는 일자리를 찾고 있었다. 좀 더 나은 일을 찾을 때까지 그는 밤낮으로 날일을 다녔다. 하나 그마저도 끊겼다. 이제 어디서도 일거리를 찾지 못했다. 벌써 두 달째 고시원 월세마저 밀렸다. 주인은 즉시 난방을 껐다. 그는 견뎌야 했다. 모질게 버텨야 했다. 그것은 살기 위한 몸부림이 아니라 죽지 않기 위한 몸부림이었다. 그것은 희망을 잡으려는 발버둥이 아니라 절망을 잡지 않으려는 발버둥이었다. 그것은 화려한 미래를 갈망하는 기다림이 아니라 소박한 과거를 그리워하는 처연한 기다림이었다. 봄이 다시 올 때까지. 밖은 겨울이었다. 그는 갈 곳이 없었다. 이곳이 그에게는 세상의 끝, 운명의 밑바닥이었다. (지지난달에 어떤 청년이 목숨을 끊었고, 지난달엔 옆방 김 씨가 고독사했다.) 한참 뒤 우린 어느 건물 앞에 다다랐다. 건물 정문 한쪽에 작은 천막이 보였다. 우가 그리로 다가갔다. 우가 혼자 천막 안으로 들어갔다. 잠시 후 우가 천막을 나왔다. 우가 걸으면서 그 천막에 대해 말해주었다. (그 천막에는 정리해고를 당한 중년의 사내가 혼자 생활하고 있었다. 그는 부당한 해고에 맞서 복직투쟁을 하며 벌써 3년째 천막생활을 이어가고 있었다.)

얼마 후. 체코 프라하. 바츨라프 광장(Vaclavske Namesti). 저만치 앞쪽. 흥겨운 음악에 맞춰 춤추는 비보이 팀이 보인다. 우린 구경꾼들 사이에서 신나는 퍼포먼스를 보고 있었다. 헤드스핀, 에어트랙, 에어체어, 나인틴, 원핸드 클리켓 등. 그들은 자연스레 리듬을 타며 현란하고 곡예적인 동작들을 자유자재로 구사했다. 한쪽에선 다른 팀이 자전거 묘기를 연습하고 있었다. 두엇은 외발자전거를 탔고, 서넛은 비엠엑스를 타고 있었다.

– 저들에게 가볼까?
내가 말했다. 우린 자리를 옮겨 자전거 묘기를 구경했다. 그때 저벅저벅 군홧발 소리가 들려왔다. 이윽고 철모를 쓴 군인들이 이쪽으로 다가왔다. 그들은 발을 멈추고 광장의 사람들을 향해 소총을 겨누었다. 누군가가 대열 앞으로 나와 알 수 없는 언어로 명령했다. 군대가 일제히 하늘을 향해 공포를 쏘았다. 사람들이 혼비백산하여 달아나기 시작했다. 묘

가 총소리에 놀라 나를 꽉 껴안았다. 순식간에 구경꾼들은
사라졌다. 우리만 남았다. 젊은이들은 동요하지 않았다. 아
무도 달아나지 않았다. 그 위협적인 총성에도 공연과 연습
은 계속되었다. 군대가 이번에는 젊은이들을 겨누었다. 일촉
즉발의 순간. 젊은이들은 흔들리지 않았다. 젊은이들은 결코
동작을 멈추지 않았다. 바로 그때. 같은 목소리가 명령했다.
군대가 즉각 방아쇠를 당겼다. 젊은이들은 총격을 받고 잇
달아 퍽퍽 바닥을 뒹굴었다. 자전거가 널브러지고 신음소리
가 터져 나왔다. 젊은이들이 모두 쓰러지자 군대가 사격을
멈췄다. 군대는 돌연 우리 쪽으로 총구를 돌렸다. 또다시 같
은 목소리가 명령하는 찰나 우가 재빨리 곰으로 변신했다.
손바닥으로 팡팡 가슴을 치며 울음소리를 냈다. 군인들이 흠
칫 놀라 뒷걸음질했다. 군인들은 절로 소총을 떨어뜨렸다.
소총을 떨어뜨리는 순간 군인들은 펭귄으로 변했다. 펭귄 병
정들은 동시에 방향을 바꿨다. 그대로 뒤뚱뒤뚱 줄행랑을 쳤
다.

우린 어느 들판에 다다랐다. 보름달이 떠 있었다. 멀리서
맹수들의 울음소리가 들려왔다. 우린 그 소리를 따라 나아
갔다. 이윽고 놀라운 광경이 펼쳐졌다. 수천의 동물들이 서

로를 향해 으르렁대고 있었다. 몸집과 먹이사슬에 따라 두 편으로 갈라졌다. 한쪽은 몸집이 크고 먹이사슬의 위쪽인 A그룹이었다(티라노사우루스를 위시한 공룡, 사자, 호랑이, 치타, 표범, 코끼리, 하이에나, 늑대......). 다른 쪽은 그 반대인 B그룹이었다(사슴, 토끼, 양, 노루, 염소, 공작, 다람쥐, 코알라......). 마침내 전면전이 개시되었다. 두 그룹이 맞붙어 필사의 혈투를 벌였다. 결과는 처참했다. B그룹은 전멸했다. B그룹은 A그룹의 먹이가 되었다. 한데 B그룹만으로 먹이가 부족하자 A그룹은 그들끼리 사투를 벌인다. 물고 뜯고 죽이고 죽이는 또 한 번의 참극이 벌어진다. 마침내 배가 부르자 그들은 싸움을 멈추었다.

　

　　－ 이봐, 우. 왜 보고만 있었지?

　내가 물었다.

　　－ 보고 있지 않으면?

　우가 되물었다.

　　－ 약자들을 도왔어야지.

　　－ 여긴 달라.

　　－ 다르다니?

　　－ 야생과 인간세계는 다르단 말이야.

우가 말을 잇는다. "아무리 잔인하고 냉혹해 보여도 야생의 세계는 인위적인 개입을 해선 안 돼. 그것은 월권이야. 거기에는 그들만의 방식이 있으니까. 하지만 인간의 세계는 달라. 야생의 그것처럼 약육강식의 세계가 되어서는 안 된다구. 그럼에도 인간들은 야생의 세계를 닮아가도 있어. 아니. 오히려 인간들은 그보다 더 교활하고 탐욕스럽지. 야생의 동물들은 배가 부르면 멈추지만, 인간들은 그렇지 않아. 욕심이 끝이 없어. 가져도 가져도, 먹어도 먹어도, 채워도 채워도 만족을 모르는 게 인간이야. 그로인해 양극화가 생기지. 부유한 자는 더욱더 부유해지고, 가난한 자는 더욱더 가난해지지......"

이윽고 우린 베를린 중앙역(Berlin Hauptbahnhof)에 도착했다. 그때 포츠담광장(Potsdamer Platz) 쪽에서 잇달아 세 개의 불꽃이 솟아올랐다. 그것은 곧장 우리 쪽으로 날아왔다. "그놈들이야. 사냥꾼. 추격자들." 우가 말했다. "그럼 후딱 달아나자구." 내가 말했다. "아니. 이젠 도망치지 않아. 이번엔 결판을 내는 거야. 걱정 마. 나한테 맡겨." 우가 자신 있게 말했다. 저만치 공중에서 불꽃은 연달아 박쥐인간으로 변했다. 박쥐인간 셋이 바닥에 내렸다. (이마에 뿔이 달렸다.) 셋이 우리 앞으로 다가왔다. 손에는 창 대신 환도를 들고 있었다. 우가 주위를 둘러보았다. 얼른 저쪽으로 달려갔다. 우가 바닥에 박힌 '깃대' 하나를 뽑았다. 쇠로 된 깃대였다. 박쥐인간들이 그쪽으로 날아갔다. 우가 깃발을 뜯어내고 두 손으로 깃대를 움켜쥐었다. 그쪽에서 환도 셋과 깃대 하나의 결투가 시작되었다. 셋은 공중으로 날아올라 동시에 우를 공격했다. 우는 무섭게 깃대를 휘둘렀다. 셋은 변칙적인 공격을 시도했다. 둘은 공중에서, 하나는 바닥에서 공격했다. 우가 공중을 향해 깃대를 휘두르는 순간, 바닥에서 재빨리 칼을 내리쳤다. 우는 팔죽지에 상처를 입었다. 우가 주춤하는 사이 공중의 둘이 공격을 감행했다. 우는 등과 어깨에 칼을 맞았다.

우가 깃대를 떨어뜨리고 달아나기 시작했다. 셋이 우를 쫓는다. 그러다 멈춘다. 홱 방향을 돌려 셋은 이쪽으로 날아온다. 우는 시야에서 사라졌다. 묘와 나는 포로가 되었다. 셋은 우리를 데리고 페루의 마추픽추로 날아갔다. (Machu Picchu. 케추아어로 '늙은 봉우리old peak'를 뜻한다.) 거기서는 전쟁이 벌어지고 있었다. 건물이 불타고 총구가 불을 뿜고 사람들의 비명소리가 하늘을 갈랐다. 스페인 군대가 원주민들을 학살하며 황금을 약탈하고 있었다. 박쥐인간들은 우리를 위쪽으로 데려갔다. 그곳 꼭대기에 이르자 그들의 환도는 밧줄로 변했다. 그들은 우리를 '인티후아타나(Intihuatana. 태양을 묶는 기둥)'에 묶었다. 그들의 손에는 다시 창이 들려 있었다. 그들이 하늘을 향해 주문을 외웠다. (그들의 신에게 산 제물의 피를 바치는 주문이었다.) 그들이 주문을 멈추었다. 이제 그들의 신에게 '신선한 피'를 바치는 시간. 그들이 창으로 우리를 겨누었다. 그리고 막 창끝으로 찌르려는 찰나 하늘에 번쩍 광채가 나타났다. 그것은 저쪽 와이나픽추 위로 떠올라 태양처럼 우리를 비추었다. (Wayna Picchu. 케추아어로 '젊은 봉우리young peak'를 뜻한다.)

그것은 점점 우리를 향해 다가왔다.

나는 보았다. 그것은 바로 유에프오였다. 박쥐인간들이 날아올라 유에프오를 향해 창을 날렸다. 유에프오가 그들을 향해 광선을 쏘았다. 박쥐인간들은 광선에 맞아 가루처럼 흩어져버렸다. 광선은 이제 스페인 약탈자들을 겨누었다. 즉시 광선이 발사되고 약탈자들은 흔적도 없이 녹아내렸다. 이윽고 바닥과 유에프오 사이에 원통형의 레이저빔 통로가 만들어졌다. 원주민들은 하나둘 유에프오를 향해 빨려 올라갔다. (죽은 자와 산 자) 원주민들은 모두 유에프오 속으로 모습을 감추었다. 유에프오가 레이저빔을 거두었다. 통로가 사라졌다. 유에프오는 밤하늘로 날아올라 빠르게 어둠 속으로 멀어진다. 우린 그대로 돌기둥에 묶여 있었다. 우린 주저앉은 채로 돌기둥에 서로 등을 맞대고 있었다. 누군가와 대화를 하듯 묘는 혼잣말을 웅얼거리고 있었다.

"우린 서로 다르니까 우리인 거야. 너는 너대로 나는 나대로. 장점도 단점도 얼굴도 성격도. 우린 서로 다르니까 우리인 거야. 너의 모습 나의 모습. 이런 모습 저런 모습. 너의 생각 나의 생각. 이런 생각 저런 생각. 너의 관점 나의 관점. 이런 관점 저런 관점. 너도나도 그렇게 있는 그대로. 우린 서로 다르니까 우리인 거야. 우린 서로 다르니까 소중한 거야. 우린 서로 다르니까 보배인 거야. 우린 서로 다르니까 행운인 거야. 다르니까. 다르니까. 우린 서로 다르니까 행복인 거야......"

묘는 계속 옹알거렸다.

"우리 이제 자신이 되자. 너는 너대로 나는 나대로. 너는 너의 자신이 되고 나는 나의 자신이 되자. 너는 너의 네 길을 가고 나는 나의 내 길을 가자. 나는 나대로 너는 너대로. 우리 서로 저마다 제 길을 가자. 너는 너의 네 길을 걷고 나는 나의 내 길을 걷자. 너는 본래 네 모습으로 나는 본래 내 모습으로. 너도나도 그대로 있는 그대로. 너도나도 그렇게 본래 그대로. 우리 이제 자신이 되자. 비교 말고 그대로 본래 그대로. 차별 말고 그대로 생긴 그대로. 평가 말고 그대로 타고난 대로. 본래 모습 그대로 사랑해주자. 있는 모습 그대로 어루만지자. 생긴 모습 그대로 보듬어주자......"

그때 우가 나타났다. 죽을 듯 숨을 헐떡이고 있었다. "아이고! 나 죽네, 나 죽어! 진짜, 더럽게 높네! 힘들어 죽는 줄 알았네, 진짜!" 우가 투덜거렸다. "아니, 어디 갔다 온 거야?" 내가 반가워 소리쳤다. "어디로 숨었어? 상처는 어때? 괜찮은 거야? 아무튼 제때 잘 왔어? 하마터면 골로 갈 뻔했다구. 빨리 풀어 줘. 어서어서. 우리야말로 힘들어 죽을 지경이야." 우가 속히 밧줄을 풀었다. 조금 지났다. 우린 마추 픽추를 걸어 내려갔다. 묘는 내 등에 업혀 있었다. 묘는 고단했는지 색색 잠이 들었다. 우의 상처는 말끔히 나았다. 우린 도란도란 이야기를 나누며 산턱을 내려가고 있었다.

얼마가 지났다. 우린 거룻배를 타고 바다를 횡단하고 있었다. 그때 멀리서 대포소리가 들려왔다. 조금 지나자 저만치에 해적선 하나가 나타났다. 그쪽에서 우리를 향해 '홍이포(紅夷砲)'를 쏘았다. 잇달아 포탄이 날아왔다. 쾅쾅쾅! 사방에 포탄이 떨어지고 바다가 세차게 요동을 쳤다. 배가 물결에 휩쓸려 위태롭게 오르내렸다. 물결이 채 가라앉기도 전에 또다시 포탄이 날아왔다. 연거푸 거세게 해면이 출렁거렸다. 그 충격에 훌쩍 배가 뒤집혔다. 우가 잽싸게 곰으로 변신했다. 우리를 등에 태우고 우가 무서운 속도로 헤엄을 쳤다. 등 뒤로 은은한 대포소리가 밤바다를 울렸다. 한참을 갔다. 멀리서 등댓불이 보였다. 이제 대포소리는 들려오지 않았다. 순간 허공에서 목소리가 들렸다. "이봐, 다윈Darwin! 저길 보게! 에클레르 등대(Faro Les Eclarireurs)가 보이는군!"

우는 곧장 그쪽으로 헤엄을 쳤다. 이윽고 등대에 다다랐다. 우린 뭍(등대섬)으로 올라왔다. 우가 우리를 내려놓았다. 우가 다시 사람으로 변신했다. 우린 등대를 지나 한참을 나아갔다. 어느 강가에 다다랐다. 강물 위로 길게 돌다리가 나 있었다. 우린 다리 위를 걸었다. 얼마를 가자 다리 끄트머리에 성문이 나타났다. 우린 성문으로 다가갔다. 우가 두 손으로 성문을 밀었다. 꿈쩍하지 않는다. 성문은 굳게 닫혀 있었다. 우린 돌아섰다. 몇 걸음을 걸었다. 순간 묘가 혼잣말을 했다. "로미오, 로미오, 로미오는 어디 있을까?" 그때 등 뒤에서 무슨 소리가 났다. 돌아보니 성문이 열려 있었다. 우린 도로 그쪽으로 걸어갔다. 우린 성문 안으로 들어갔다. 안으로 들어서자 뒤에서 절로 성문이 닫혔다. 처음에는 캄캄하더니 조금 걷자 불빛이 드러났다. 벽에 드문드문 횃불이 타고 있었다. "줄리엣, 줄리엣, 줄리엣은 어디 있을까?" 묘가 다시 혼잣말을 했다. 묘가 말을 멈추는 순간 저쪽 횃불 아래한 남자가 나타났다. 그가 허공을 올려다보며 한숨을 푹 내쉬었다. 잠시 그러고 있더니 그는 고개를 떨구고 이쪽으로 걸어왔다. 그는 수염을 기르고 중세풍의 옷차림을 하고 있었다(갑옷, 망토, 허리에 칼). 뭔가 고민에 빠진 듯 혼자 중얼중얼하며 그는 무심히 우리 곁을 스쳐갔다. (우리 곁을 스치는 순간 그가 문득 고개를 들고 우리 쪽을 흘금 보았다. 그가 우리를 보았는지 못 보았는지, 보긴 보았으나 의식하지 못했는지 알 수 없었다.)

– 헤이 데어Hey there!

내가 불러세웠다. 그가 돌아본다.

– 말 좀 물읍시다. 여기가 어디요?

내가 영어로 물었다.

– 그러는 당신들은 누구요?

그가 뒤돌아서며 영어로 되물었다.

– 우린 여행 중이오. 동방에서 왔소.

– 동방 어디 말이오?

– 코리아란 곳이오.

그가 고개를 갸웃거린다.

– 거긴 어디요? 차이나와 저팬은 압니다만.

– 바로 그 중간에 있소.

잠시 침묵. 그가 다시 입을 열었다.

– 여긴 엘시노어(Elsinore) 성이오.

– 크론보르(Kronborg)라고도 하오.

그가 덧붙였다.

– 허면, '햄릿의 무대'가 아니오?

– 맞소. 내가 '햄릿'이오.

그는 몸을 돌려 빠르게 사라졌다.

순간 허공에서 이런 음성이 울려왔다.

– 투 비 오어 낫 투비, 댓 이즈 더 퀘스천!

(삶이냐, 죽음이냐, 그것이 문제로다!)

우린 더 안쪽으로 향했다. 한참을 가자 돌계단이 나타났
다. 계단 위쪽에 동양풍의 정자 하나가 서 있었다. 정자 처
마에는 홍등이 걸려 있었다. 우린 돌계단을 올라갔다. 돌계
단을 올라 현판을 바라보았다. 거기에는 '방화수류정(訪花隨
柳亭)'이라 씌어 있었다. 우가 무슨 뜻이냐고 물었다. 잠시
생각한 뒤 나는 이렇게 말했다. "꽃과 버들 속에 노니는 정
자." 우린 나무계단을 밟고 정자에 올랐다. 나는 정자 난간
에 서서 먼 곳으로 시선을 던졌다. 그렇게 말없이 도시의 야
경을 바라보았다.

이윽고 우린 정자를 내려왔다. 순간 그곳은 허허벌판으로
변했다. 벌판 한가운데 거대한 성채가 나타났다. 문루의 추
녀 끝에 노란 조등이 걸려 있었다. 우린 성문으로 다가갔다.
"어디서 오는 누구시오?" 문루에서 목소리가 들렸다. 내가
올려다보았다. 아무도 보이지 않았다. "성문을 여시오! 여행
중인 나그네요!" 내가 소리쳤다. 응답이 없다. 그러다 성문
이 열렸다. 우린 성문 안으로 들어갔다. 곧장 문루로 올라갔

다. 주위를 둘러보았다. 다시 목소리가 들려왔다. "달아나시오. 돌아가시오. 몸을 숨기시오. 어서 피하시오. 여긴 위험하오. 때가 되었소. 적들이 몰려올 거요. 어서 떠나시오. 오. 적들이 몰려오고 있소. 당장 투석기에서 돌덩이가 날아올 거요. 연달아 쇠뇌에서 불화살이 쏟아질 거요. 적들은 파성추로 성문을 부술 거요(破城錐. 성문 파괴용 무기). 운제를 타고 성벽을 기어오를 거요(雲梯. 구름사다리). 무자비한 살육이 시작될 거요. 팔이 잘리고 허리가 잘리고 목이 떨어질 거요. 코가 잘리고 귀가 잘리고 배가 찔리고 배 속에서 창자가 쏟아질 거요. 피가 튀고 살이 튀고 고통의 절규가 밤하늘을 뒤덮을 거요. 장졸은 주검이 되고 성채는 불탈 거요. 민촌은 파괴되고 아이들은 종이 되고 부녀들은 능욕을 당할 거요. 무수한 넋들이 구천을 떠돌 거요. 천년의 원혼이 문루를 떠돌 거요. 영겁의 흐느낌이 성채를 맴돌 거요."

우린 서둘러 문루를 내려왔다. 성문을 나왔다. 몇 걸음을 갔다. 등 뒤에서 굉음이 들렸다. 얼른 돌아보았다. 그사이 성채는 간데없고 허름한 구멍가게가 눈에 들어왔다. 낮은 슬레이트지붕에 낡은 몸체는 반쯤 기울어져 있었다. 가게 처마에는 흐린 알전구 하나가 달려 있었다. 가게 입구에 노란 장판이 깔린 나무평상이 놓여 있었다. 평상 위에 작은 재떨이 하나가 놓여 있었다. 재떨이에는 짓이겨진 담배꽁초 하나가 담겨 있었다. 우린 가게 입구로 다가갔다. 내가 미닫이 문을 밀었다. 닫혀 있다. 창을 통해 안을 들여다보았다. 암흑이었다. 탁탁 문을 두드렸다. 응답이 없다. 우가 바지주머니에서 빨간 매직을 꺼냈다. 평상에 깔린 장판에 이렇게 썼다.

'내일 밤. 12시. 서울역 광장.'
'모두 집결하라. 투쟁을 위하여.'

우린 막 발을 돌렸다. (우는 내게 이 가게의 주인에 관해 말해주었다. 이 가게의 주인은 팔순의 노파로 북녘이 고향인 실향민이었다. 그녀는 한국전쟁 때 언니를 따라 남녘으로 내려왔다. 언니는 전쟁통에 죽었다. 그 뒤 오래도록 소외감을 안고 고향을 그리며 힘겨운 삶을 이어가고 있었다. 죽기 전 그녀의 소원은 고향에 다시 가 보는 것, 고향 땅을 다시 밟아보는 것, 고향 땅에 묻힌 부모님의 산소를 돌아보는 것이었다. 또한 비록 살아생전 못 가더라도 죽어서라도 그곳 고향 땅에 묻히는 것이었다. 그녀의 고향은 평양시 강동군 문흥리 대박산 기슭인데, 그곳에는 한민족의 시조인 단군의 능이 있다.)

얼마를 가자 기와집 한 채가 나타났다. 대문 처마에 청등
이 걸려 있었다. 대문으로 다가갔다. 나는 문을 두드리려고
주먹을 들었다. 그러다 멈추고 옛날식으로 사람을 불렀다.
"이리 오너라! 이리 오너라!" 곧 대문이 열리고 하인 복장의
사내가 나왔다. 눈이 크고 수염이 텁수룩했다. "뉘신가유?"
그 사내가 물었다. "지나는 과객인데, 요기 좀 할 수 있겠
소?" 내가 말했다. 그 사내가 주먹으로 코끝을 문지른다.
"잠시 기다리세유." 그 사내가 사라진다. 곧 다시 나타난다.
우린 그 사내를 따라 집으로 들어갔다. 하늘에서 눈발이 날
리기 시작했다. 중문을 지났다. 대청이 나왔다. 갓을 쓰고 한
복을 정갈하게 차려입은 노인이 제상 앞에서 절을 하고 있
었다. 하얗게 센 턱수염이 마룻바닥에 닿았다. 순간 양복을
입은 젊은이가 그 노인에게 다가갔다.
  ─ 이런 건 우상이에요, 할아버지.
  젊은이가 말했다.
  ─ 이게 다 마귀의 농간이에요.
  노인은 묵묵히 술을 갈아 올렸다.
  그런 다음 정성스럽게 재배했다.

– 다 낡아빠진 쓰레기라고요!

젊은이가 한심하다는 듯 톡 쏘았다. 노인은 고개를 조아리고 서글피 흐느꼈다. 젊은이가 한숨을 푹푹 쉬며 노인을 내려다보았다. 그러다 끌끌 혀를 차며 고개를 흔들었다. 노인의 흐느낌이 바람을 타고 올라가 달무리가 되었다. 하얀 달빛 사이로 함박눈이 내리고 있었다. 노인이 고개를 든다. 노인이 눈물 젖은 눈으로 젊은이를 올려다본다. 젊은이가 홱 시선을 돌린다. 마침내 노인이 탄식하듯 말한다.

"너의 조상은 우상이고, 남의 조상은 신이더냐?"

우린 벌판을 걸었다. 멀리 밤하늘에 별들이 명멸하고 있었다. 벌판은 이제 광대무변의 사막으로 변했다. "이런, 가방을 잃어버렸군." 우가 불쑥 말했다. 그러고 보니 서류가방이 없었다. 그사이 그만 서류가방을 잃어버린 것이다. "아차! 미안하네, 우. 여태 몰랐네." 내가 말했다. 한참을 갔다. 가는 길에 보았다. 바닥에는 온통 시체들이 널브러져 있었다. 굶어죽은 아이들의 앙상한 잔해였다. 그때 저만치에 거대한 물체가 나타났다. 그쪽으로 걸어갔다. 그쪽에서 느닷없이 불이 켜졌다. 우린 보았다. 그것은 하늘을 찌를 듯이 솟아오른 초

193

고층 빌딩이었다. 빌딩 정문에 다다랐다. 그곳은 지상 최고의 호사, 10성급 호텔이었다(이곳의 이름은 'VVVVVIP'였다). 그 휘황찬란한 불빛에 시야가 마비될 지경이었다. 우린막 호텔로 들어섰다. 프런트로 다가갔다. 젊은 여자 둘이 보였다. 우가 내게 펜트하우스를 요구하라고 말했다. 나는 생각나는 대로 이렇게 말했다.

– 위 니드 어 펜트하우스.
(펜트하우스 있어?)

"죄송합니다, 손님. 만석입니다. 이미 100년간 모든 객실의 예약이 끝났습니다." 직원 하나가 영어로 말했다. 우가나를 돌아보았다. 해석하라는 것이다. 나는 짧게 말했다. "없대!" 그러자 우가 말했다. "좋소. 상관없소. 만석이라니 더잘 되었소. 우린 이곳에 어떤 자들이 묵는지 알고 있소. 잘들으시오. 지금 곧 이곳을 나가시오. 최대한 멀리 가시오. 어서 가시오. 이곳은 무너질 것이오. 사라질 것이오. 초토화될것이오. 쑥대밭이 될 것이오. 나는 오늘 이곳을 파괴하고 짓밟을 것이오. 당신들은 죄가 없소. 무고한 희생은 원치 않소." 우가 나를 바라보았다. 통역하라는 것이다. 나는 말문이 막혔다. 이렇게 긴 문장을 통역하라고? 내 영어 실력으로론 어림 반 푼어치도 없었다. (고려나 만용처럼 어릴 때부터 엄청난 사교육비를 들여 영재교육을 받았으면 몰라도. 어쨌거나 둘은 영재교육이 아니라 인성교육을 먼저 받았어야 했다……)

내가 말이 없자 우가 다시 나를 보았다. 당장 통역 안 하고 뭐하느냐, 묻는 눈빛이었다. 더는 머뭇거릴 수 없었다. 나는 겨우 입을 열었다. "위 해브 어 밤. 디스 호텔 윌 비 컬렙스. 우린 폭탄이 있어. 이 호텔은 붕괴될 거야." 말을 전하고 곧장 뒤돌아 호텔을 나왔다. 열두 걸음쯤 갔다. 그때 호텔 안에서 보안 요원들이 쏟아져 나왔다. 못해도 스물은 되었다. 웬만한 기동대를 방불케 했다. 수류탄, 기관총, 테이저 건, 헬멧, 진압봉, 무전기, 방패 따위로 무장하고 있었다. "스탑(멈춰)! 프리즈(꼼짝 마)! 돈 무브(움직이지 마)!" 하나가 외쳤다. 그들이 순식간에 우리를 에워쌌다. 곧 하나가 다가왔다. 그가 아랍어로 무언가를 말했다. 나는 간신히 시작과 끝만 알아들을 수 있었다. 그건 같은 단어였는데 '알라후 아크바르(신은 위대하다)'였다. 내가 멍히 바라보자 그가 씩 웃더니 다시 영어로 말했다. 대충 해석하면 이렇다. 우리를

'호텔 폭파 미수범으로 긴급체포'한다는 것. 그가 처음에 영어가 아닌 아랍어로 말한 것은, 나를 아랍인으로 여겼거나 아니면 단지 자신의 어학 실력을 자랑하고 싶어서였을 것이다. 나는 얼른 '농담joke'이었다고 말했다. 그리고 열없게 웃었다. 그런 다음 '빈방이 없다기에 골이 나서 그런 거'라고 덧붙이고 싶었는데, 머릿속에서 그만 단어들이 엉켜버렸다. 다시 하나하나 단어들을 배열하고 있는데, 우가 그들을 밀치고 달아나기 시작했다. 그들이 황급히 우를 쫓는다.

"파이어(발사)! 파이어! 파이어!"

요원 하나가 외쳤다. 요원들이 일제히 사격을 개시했다. 우는 어둠 속으로 사라졌다. 그들이 주변을 샅샅이 훑는다. 그때였다. 별안간 곰으로 변신한 우가 그들에게 달려들었다. 그들은 우왕좌왕 허둥대며 마구대고 총을 쏘았다. 우는 맨몸으로 총탄을 막아내며 그들을 공격했다. 그들은 속수무책으로 당했다. 그들은 물리고 치이고 할퀴고 짓밟히다 몇몇만 겨우 무기를 버리고 달아났다. 순간 우가 거대한 몸집(킹콩)으로 변했다. 우가 쿵쿵 가슴을 치며 호텔로 다가간다. 나는 묘를 안고 얼른 자리를 피했다. 나는 묘를 안고서 저만치 떨어져 지켜보았다. 우가 주먹으로 호텔을 쳐부수기 시작했다. 오른손 주먹으로 단번에 펜트하우스를 날려버렸다. 이어 무릎으로 제겨 건물의 옆구리를 부쉈다. 다시 주먹으로 해머를 내리치듯 건물을 내리찍었다. 건물은 그대로 폭삭 주저앉았다. 우는 거대한 발바닥으로 건물의 잔해를 철저히 짓뭉갰다. 우는 고개를 들고 미친 듯 포효하며 가슴을 쳤다. 순간 하늘에서 뇌성벽력이 일고 한바탕 거세게 폭풍우가 몰아친다.

〈설매의 요정〉

대형과 설매는 우의 포고문을 들고 룸으로 들어갔다. 대형이 눈짓하자 반라의 여자들이 룸을 나갔다. 설매가 상석에 앉은 '봉황'에게 다가갔다(그는 이마가 툭 튀어나오고 양쪽 눈썹이 하얬다. 그는 늘 코감기라도 걸린 듯 독특한 코맹맹이 소리로 말했다). 설매가 봉황에게 귀엣말을 했다. 봉황의 오른쪽에는 '고루'가 앉아 있었다(그는 퉁방울눈에 윗입술이 유독 두툼했다). 봉황의 왼쪽에는 '주구'가 앉아 있었다(그는 날카로운 눈매에 코끝이 살짝 얽은 주먹코였다). 고루 옆에는 '황구'가 앉아 있었다. 그는 키가 작고 턱살이 처졌으며 몸집이 드럼통처럼 비대했다. 설매가 귀엣말을 한 뒤

주구 옆으로 가 앉았다. 대형이 설매 뒤로 간다. 거기 서서 포고문을 읽었다. 봉황의 표정이 굳어졌다. 눈썹이 가늘게 떨렸다. 눈 밑의 음영이 더 짙어졌다. 대형이 읽는 것을 마쳤다. 그는 설매 옆자리에 앉았다.

잠시 정적이 감돌았다.

그들의 머릿속에선 치열한 두뇌 싸움이 벌어지고 있었다. 저마다 치밀하게 득실을 따지고 있었다. 원로 정치인이자 최고의 실력자인 봉황. 그는 이 사태를 어떻게 처리할까 하는 단순한 문제를 고민하고 있었다. 하지만 다른 이들은 아니었다. 그들은 달랐다. 현역 국회의원 고루. 그의 머릿속이 제일 복잡했다. 다소 난감했다. 어느 편에 서야 할까. 아니, 어떤 선택을 해야 할까. 짐짓 어떤 시늉을 해야 내게 유리할까. 물론 그는 강자의 편이다. 아니. 그 자신이 강자다. 문제는 선거였다. 곧 국회의원 선거가 있다. 선거에선 아무래도 약자의 편에 서는 게 (그러는 척하는 게) 유리한 것이다. (어느 분야나 마찬가지지만 정치인은 뭐니 뭐니 해도 이미지가 중요하다. 특히 선거에선 더 그렇다. 선거에선 무조건 '친서민 코스프레'를 해야 한다. 예컨대 평소엔 거들떠보지도 않는 고물상 아저씨, 노점상 아주머니, 폐지 줍는 할머니, 독거노인, 소년소녀가정, 공사판의 일용직 노동자, 비정규직 노동자, 재래시장 상인들, 달동네 주민들 따위랑 다정히 사진을 찍는다든가. 또 동물이라면 질색을 하면서도 반려동물을 품에 안고 활짝 웃는다든가. 또 서민들이 자주 가는 대폿집에 들러 잘 마시지도 않는 막걸리 대폿술을 한 잔 걸쭉하게 들이켜는 시늉을 한다든가. 뭐 그런 것들 말이다......) 그렇지만 지금은 드러내 놓고 약자의 편을 들 수도 없다. 그것은 자칫 정치적 생명을 앗아갈 수 있는 치명적 모험이기 때문이다. 부패한 경찰 간부 주구. 그는 속으로 쾌재를 부르고 있었다. 겉으로는 부러 심각한 표정을 지었지만 은연중에 드러나는 득의의 미소마저 감출 수는 없었다. 그에게 이것은 행운이자 기회였다. 바로 공을 세울 기회. 봉황의 신임을 공고히 할 기회. 그리하여 조직의 총수로 등극할 일생일대의 기회. 만용의 아버지이며 정치적 야심이 큰 황구. 그 역시 이번이 호기였다. 단박에 고루를 제치고 봉황의 오른팔이 될 수 있는 절호의 기회. 그는 어떻게든 이번 기회를 잡아야 했다. 그는 이미 다양한 방법들을 구상하고 있었다. 비밀리에 주먹들을 동원하여 사전에 미리 사태를 무마시키는 것도 한 방법이었다. 대형과 설매. 둘은 같은 생각을 하고 있었다. 즉

적당히 동조하는 척하다가 꽁무니를 빼는 것. 그것이 최선이었다. 이런 일에 휘말리는 건 어느 모로 보나 이로울 게 없었다. 그들에겐 어느 쪽에도 눈에 나지 않는 고도의 전략이 필요했다. 둘은 그 방법을 알았고 그것에 충실할 것이다.

이윽고 그들은 토론을 시작했다. 대응방법을 놓고 자잘한 시비가 오갔다. 의견이 분분했다. 주구는 강경대응을. 고루는 신중하고 온건한 대응을. 황구는 필요하다면 사적인 힘이라도 동원해야 한다고 말했다. 봉황이 군대 개입의 필요성을 물었다. 모두 반대했다. 주구가 특히 적극적이었다. '경찰력만으로도 충분하다. 군대는 무리다. 군대가 개입하면 사태는 걷잡을 수 없이 커지고 만다.' 이것이 그의 주장이었다. 하지만 속셈은 다른 데에 있었다. 그는 군대에게 공을 빼앗기는 걸 철저히 경계했던 것이다. 얼마 후 그들은 토론을 끝내고 요정을 떠났다. 이제 룸에는 대형과 설매만 남아 있었다. 둘은 노래를 부르고 블루스를 추고 입안 깊숙이 키스를 하고 서로를 더듬고 부드럽게 사랑을 나눴다. 이윽고 둘은 주섬주섬 옷을 입었다. 그때 벌컥 문이 열리고 한 사내가 뛰어 들어왔다.

– 습격입니다, 사장님!

– 무슨 소리야, 인마?

대형이 물었다.

– 그 놈들입니다. 사장님이 돌보시는.

– 뭐?

– 그 백구란 놈 말입니다.

대형은 부리나케 일어섰다.

– 임잔, 여기 있어.

그녀가 브래지어 후크를 채우며 고개를 끄덕했다. 방금 그 사내가 그녀의 젖가슴을 훔쳐본다. 그녀가 눈치를 채고 무심하게 웃는다. 대형과 사내는 룸 밖으로 뛰어나갔다. 밖은 전쟁터였다. 백구가 몰고 온 소년들과 검은 양복의 사내들이 뒤죽박죽 엉겨 붙어 있었다. 몸집으로나 주먹으로나 공정한 싸움이 아니었다. 소년들의 절대적인 약세였다. 그러나 양상은 거꾸로 가고 있었다. 핵심은 숫자였다. 소년들의 숫자가 압도적으로 많았다. 양복 하나에 대여섯의 소년이 달라붙었다. 물고 뜯고 악을 쓰며 소년들은 마치 굶주린 개 떼처럼 달려들었다. 양복의 사내들은 당황했다. 소년들의 울분을 이해할 수 없었다. 소년들은 때려도 때려도 악착같이 들러붙었다. 순간 사내들은, 설명할 수 없는 낯선 공포, 이질적 감정, 즉 심리적 위축감을 느꼈다. (게다가 사내들은 일종의 동료애, 그러니까 소년들과 서로 '한 식구'라는 인식을 지니고 있었다.)

그때 대형이 사내들을 자극했다. "저것들은 도적들이다. 돈을 훔치러 왔다. 근본도 모르는 잡종 새끼들. 은혜도 모르는 개자식들. 짐승도 주인은 물지 않는 법. 저런 것들은 거두어 줄 가치도 없다. 죽여라. 죽여 없애라. 다 때려죽여 파묻어버려라." 그 말에 사내들은 본연의 모습을 되찾았다. 다시 소년들을 짓밟기 시작했다. 그대로 신들린 듯 무참히 때려눕혔다. 소년들은 처참한 패배자가 되어 바닥을 뒹굴었다. 모두 피범벅이 되었다. 사내들은 멈추지 않았다. 한 번 끓어오른 격노를 억누르지 못하고 더욱더 사납게 소년들을 밟아 뭉갰다. 대형은 어금니를 꽉 문 채 만족의 미소를 흘리고 있었다.

– 멈춰! 멈춰!
백구가 소리쳤다.

모두 룸 쪽을 바라보았다. 문 앞에 설매가 꿇어앉아 있었다. 완전히 발가벗겨진 채 그녀는 등 뒤로 손이 묶여 있었다. 서너 명의 소년이 그녀를 향해 방망이를 겨누고 있었다. 그렇게 소년들이 요정을 장악했다. 얼마 후 요정 밖. 하늘에는 초승달이 떠 있었다. 백구의 지시에 따라 대형의 부하 서넛이 구덩이를 팠다. 다른 부하들은 모두 요정 안에 갇혀 있었다. 이윽고 그 자리에 두 개의 구덩이가 생겼다. "둘 다 구덩이에 처넣어." 백구가 지시하자 사내들은 대형과 설매를 구덩이에 집어넣었다. 둘 다 발가벗겨진 채였다. 수십 명의 소년들이 이들을 둘러싸고 있었다. 백구의 지시대로 사내들은 머리통만 남기고 둘을 묻었다. 백구가 고갯짓을 하자 사내들은 주춤주춤 어둠 속으로 달아났다. 두 머리통 뒤에 요정이 서 있었다. 요정은 바로 거대한 피라미드였다. 백구가 지시하자 소년들이 몇 명씩 머리통에 다가가 오줌을 누웠다. 그렇게 마지막 하나까지 두 머리통을 위한 세례식을 거행했다. 마침내 소년들은 피라미드 뒤로 자취를 감췄다. 이제 그 자리엔 두 개의 머리통만 남았다. 푸른 달빛이 머리통을 비추었다. 조금 지나자 달이 구름 속으로 얼굴을 감춘다. 빛은 사그라졌다. 사위는 완전한 암흑이었다. 그때 거대한 굉음이 울렸다. 무언가 와르르 내려앉는 소리가 났다. 달이 구름 뒤에서 다시 얼굴을 내밀었다. 그러자 대형과 설매, 두 개의 머리통이 보였다. 둘은 살아 있었다. 그러나 피라미드는 보이지 않았다. 요정은 사라졌다. 땅 밑으로 폭삭 가라앉았다. 그때 사방에서 지원군이 몰려들고 있었다. 두 머리통을 구원하러 오는 자비의 군단. 바로 사막의 모래 알만큼 무수한 흰개미 떼가 몰려오고 있었다.

12월 11일 밤. 11시 59분 59초.
마침내 그 시각. 서울역 광장.
그들 두 세력이 대치하고 있었다.
(시름시름 눈이 내리고 있었다.)

광장 바닥은 온통 인간의 발바닥으로 뒤덮였다. 방패와 헬멧, 진압봉 등으로 무장한 경찰병력과 맨주먹으로 무장한 시위대였다. 그쪽 경찰진압대의 통솔권자는 주구였다. 주구는 부하들과 달리 정복에 정모를 쓰고 짙은 선글라스로 눈을 가리고 있었다. 그의 곁에는 기동복에 근무모를 쓴 부관 하나가 서 있었다(그는 오른손에 확성기를 들고, 가슴에는 적외선 쌍안경을 매달고 있다). 둘 다 허리에 권총띠를 찬 채였다. 이쪽 시위대의 리더는 우였다. 시위대는 11시 30분쯤 이곳에 집결했다. 각 집단의 대표들이 따로 한쪽에 모였다. (우와 신라, 묘, 포구, 백구, 철거촌 노인, 고시원 사내, 천막의 사내, 구멍가게 노파......) 모두 함께 회의를 가졌다. 안건은 하나였다. '무기를 들 것인가? 맨몸으로 맞설 것인가?' 의견이 갈렸다. 상대는 분명 무기를 쓸 것이다. 그러니 우리도 무장을 해야 한다. 아니다. 무기는 불가하다. 어차피 질 것이다. 승패는 자명하다. 우린 그들을 이길 수 없다. 이 길 수 없다면 맨몸으로 맞서자. 차라리 맨몸으로 대항하다 깨끗이 죽자. 아니다. 나는 생각이 다르다. 이건 싸움이다. 목숨을 건 싸움이다. 우린 지려고 싸우는 게 아니다. 이기려 고 싸우는 거다. 우리라고 이기지 말란 법은 없다. 싸움은 싸움이다. 승패는 모른다. 붙어보자. 붙어 싸우자. 죽기 살기 로 붙어보자. 이에는 이, 눈에는 눈. 무기는 무기로써 대적 해야 한다. 맞다. 옳은 말이다. 싸우기도 전에 패배부터 떠 올린 순 없다. 그렇다. 나도 그 말에 찬동한다. 주먹으로 진 압봉을 대적할 순 없다. 맨몸으로 방패를 막아낼 순 없다. 혓바닥으로 총부리를 상대할 순 없다. 그건 자살행위다. 자 해행위다. 바보짓이다. 순전히 어리석은 짓이다. 저들을 보 라. 저들은 우리를 믿고 따라왔다. 저들은 죽기 위해 온 것 이 아니다. 살기 위해 온 것이다. 살아남기 위해, 살아가기 위해 온 것이다. 그러니 무기를 들자. 살아가기 위해, 살아

남기 위해 무기를 들자. 모두 무장을 하고 최후까지 싸우자. 우리에겐 총검보다 무서운 결사의 의지가 있다. "참나! 왜들 이러실까! 아니, 아저씨들. 뭐가 그리 복잡해요. 무슨 햄릿도 아니고. 이럴까, 저럴까. '사느냐, 죽느냐, 그것이 문제로다!' 지금 한가하게 이런 거나 따질 형편이 아니잖아요. 그냥 아무거나 움켜쥐고 무조건 까부시고 때려눕혀 버리자구요." 백구의 말이었다. 양쪽의 의견은 팽팽하게 맞섰다. 서로 한 치도 물러서지 않았다. 자칫 분열을 초래할지 모를 만큼 쌍방의 주장은 강경했다.

마침내 우가 입을 열었다.

― 여러분. 잘 들었습니다. 그렇습니다. 모두 옳습니다. 우린 오늘 최후의 결전을 치릅니다. 우리 모두 결사의 각오로 이 자리에 섰습니다. 우린 맞서야 합니다. 저항하고 항거해야 합니다. 그러나 여러분. 피는 피를 부릅니다. 악은 악을 부릅니다. 칼로 흥한 자 칼로 망한다 했습니다. 여러분. 무기를 버립시다. 맨손으로 대항합시다. 맨몸으로 싸웁시다. 여러분. 저 위를 보십시오. 하늘을 보십시오. 하늘이 내려다봅니다. 저곳에 신이 있다면 우리를 도울 겁니다. 여러분. 우린 외롭지 않습니다. 우린 행복합니다. 땅에는 동지들이 있

고 하늘에는 신이 있으며 세상에는 진리가 있고 역사에는 정의가 살아있기 때문입니다.

우린 결국 맨몸으로 대지에 섰다. 우리들은 외쳤다. 목을 놓아 소리쳤다. "우리의 권리를 보장하라! 인간의 가치를 보호하라! 생명의 가치를 존중하라! 생존권을 보장하라! 노동권을 보장하라! 상생의 도를 실천하라! 빈부의 격차를 해소하라! 없는 자를 존중하라! 철거민을 보호하라! 공정한 사회를 구현하라! 투명한 사회를 구축하라! 사회적 약자에 대한 탄압을 중단하라! 가진 자의 횡포를 중단하라! 강자의 폭거를 중단하라! 우리의 터전을 짓밟지 마라! 달동네를 파괴하지 마라! 민초의 집을 허물지 마라! 민초의 꿈을 갈아엎지 마라......"

그들은 우리에게 무력진압을 경고하고 해산을 종용했다. 우린 계속 소리쳤다. 세 번째 경고가 끝났다. 우린 멈추지 않았다. 마침내 그들은 최루탄(캡사이신)을 쏘기 시작했다. 대번 눈물 콧물이 솟고 사방에서 기침소리가 들렸다. 우린 흔들리지 않았다. 조금 지났다. 이번에는 물대포가 날아왔다. "전진하라!" 우가 외쳤다. 우린 물대포를 뚫고 전진했다.

그러자 음향대포가 날아왔다. 모두 귀를 막았다. 전진을 멈추었다. 고막이 찢어지고 머릿골이 흔들리며 참기 힘든 고통이 전신을 꿰뚫었다. "전진하라! 멈추지 마라!" 우가 다시 소리쳤다. 우린 다시 전진했다. 순간 진압대가 본격 진압작전을 개시했다. 진압봉, 방패, 테이저 건을 들고 무차별 공격을 감행했다. 사방에서 신음과 비명이 솟구쳤다. 우린 물러서지 않았다. 맞고 터지고 찢기고 쓰러지고 밟히면서 전진하고 또 전진했다.

(광장 건너편!) N경찰서 둘레에는 겹겹으로 경찰 차벽이 쳐져 있었다. 바로 그 건물에 그들 셋이 모여 있었다. '봉황, 고루, 황구.' 그곳 서장실(상황실)에서 시시각각 주구의 보고를 받으며 봉황은 사태를 지켜보고 있었다. 바로 옆방에는 얼굴에 검은 칠을 한 특수부대 장교 둘이 대기하고 있었다. 하나는 소위, 또 하나는 중령이었다. 둘 다 베레모를 쓰고 앞가슴에 수류탄을 2개씩 달고 허리에는 권총띠를 차고 있었다. 중령은 적외선 망원경으로 광장의 상황을 주시하며 봉황에게 따로 비밀보고를 하고 있었다. 중령을 대신하여 소위가 양쪽 방을 오가며 보고 내용을 전달했다. 봉황에게 보고를 마치고 소위가 막 상황실을 나왔다. 그는 곧장 옆방으로 들어갔다. 그때 상황실 문을 열고 황구가 나왔다. 이쪽저

쪽 복도를 살펴본 뒤 아무도 없자 그는 어딘가로 전화를 넣었다. 잠시 후 정체불명의 사내들이 시위대를 향해 달려들었다. 그들은 쇠몽둥이를 들고 무자비하게 시위대를 공격했다. 그중 일부는 경찰 기동대와 뒤섞여 경찰서 건물을 에워싸고 건물 안의 VIP들을 호위했다. (황구가 이들을 동원하면서 봉황의 허락을 받았는지, 어떠한지는 알 수 없다. 어쩌면 공을 세울 욕심으로 그가 무단으로 벌인 일인지도 모를 일이다.)

나는 묘를 안고 우의 등 뒤로 달라붙었다. 그들은 섣불리 우에게 다가서지 못했다. 우는 맨손으로 정체불명의 사내들을 때려눕혔다. 이윽고 봉황은 주구의 무전을 받았다. 다급한 목소리였다. "사태가 급박합니다. 상황이 불리해지고 있습니다. 발포를 재가해 주십시오." 봉황은 고민했다. '발포를 재가할 것인가? 그냥 물러설 것인가? 좀 더 지켜볼 것인가? 군대를 부를 것인가?' 그때 주구의 목소리가 떠올랐다. '경찰력만으로도 충분합니다! 군대가 개입하면 사태는 걷잡을 수 없이 커지고 맙니다!' 봉황은 결국 발포를 재가했다. 그러면서 '가능한 한 공포를 쏠 것이며 인명피해는 최소화하라'는 단서를 붙였다. 그러나 주구에겐 단서 따위는 들리지 않았다. 그런 것쯤은 아무래도 좋았다. 그는 오직 공명심에 사로잡혀 있었다. 그의 혼은 온통 출세욕에 휩싸여 있었다. 그는 부관에게 즉각 병력을 후퇴시키라고 명했다. 부관이 확성기를 들고 연달아 후퇴를 외쳤다. 경찰 병력이 신속히 시위대 속에서 물러났다. 이제 그 자리엔 시위대 세력과 쇠몽둥이를 든 괴한들이 뒤엉켜 있었다. 경찰 병력의 후퇴는 아랑곳없이 두 세력은 계속 처절하게 혈투를 벌였다. 우는 곰으로도 킹콩으로도 변신하지 않고 끝까지 인간의 몸으로 맞서 싸우고 있었다.

— 지시가 떨어졌다. 발포하라.
주구가 부관에게 명령했다.
— 공포입니까? 직접 발포입니까?
부관이 놀라 물었다.
답이 없자 부관이 다시 물었다.
— 직접 발포입니까?
주구가 고개를 끄덕였다.

부관이 불안한 표정으로 거듭 물었다. "다시 확인합니다. 직접 발포입니까?" 순간 주구가 확성기를 잡아채며 부관의 가슴팍을 퍽 찼다. 부관이 바닥에 쓰러졌다. 주구가 확성기에 대고 소리쳤다. "명령한다! 발포하라! 발포하라! 시위대를 향해 발포하라!" 병력이 웅성거린다. 발포를 꺼린다. "발포하라! 명령이다! 즉각 발포하라!" 주구가 다시 소리쳤다. 주구는 권총을 뽑아들고 자신이 먼저 시위대를 향해 발포했다. 하지만 정작 사람이 아닌 허공을 겨눈 총질이었다(그가 누구인가. 그는 결코 자신의 총으로 피를 보는 어리석은 과오를 범하지 않는다). 그때 진압대 쪽에서 누군가가 실수로 방아쇠를 당겼다. 거의 동시에 시위대 쪽에서 소년 하나가 총에 맞고 쓰러졌다. 백구였다. (발포는 실수가 아니었다. 실수를 가장한 음모였다. 그는 바로 혼란을 조장하기 위해 주구가 심어놓은 심복이었다. 그는 주구가 공포를 쏘는 것을 신호로 즉각 방아쇠를 당기라는 밀령을 띠고 있었다.) 소년의 죽음이 시위대의 분노를 촉발했다. 광분한 시위대가 진압대를 향해 달려들기 시작했다. 우가 시위대의 대오를 유지시키려 안간힘을 썼다. 그러나 통제 불능이었다. 그사이 괴한들은 흔적도 없이 사라졌다. 그들은 발포와 동시에 쥐떼처럼 흩어져 버렸다. 시위대가 몰려들자 위험을 감지한 진압대가 본능적으로 발포를 시작했다. 순간 부관이 주구를 향해 달려든다. 부관이 주구를 밀쳐 넘어뜨린다. 주구가 쓰러지면서 확성기를 떨어뜨린다. 부관이 바닥에서 확성기를 집는다. 그리고 소리친다. "중지! 중지! 발포중지!" 부관이 돌연 바닥으로 고꾸라진다. 주구가 권총으로 그의 머리를 쏜 것이다. 발포는 계속되었다. 그때 난데없이 헬기 두 대가 나타났다. 헬기에는 영어로 이런 글자가 찍혀 있었다. 'CNN' 그것을 본 봉황은 즉각 자리를 박차고 일어나 상황실을 떠났다. 고루와 황구도 함께였다. 그들은 황망히 옥상으로 올라갔다. 옥상 헬리포트에서 군용헬기 한 대가 프로펠러를 가동하며 이륙 준비를 하고 있었다. 그들이 막 헬기에 올랐다. 하나같이 가쁜 숨을 몰아쉰다.

– 어디로 모실까요?

군복을 입은 조종사가 물었다.

– 힘든 밤이구먼. 한잔 해야겠네. 요정으로 가세.

특유의 그 코맹맹이 소리로 봉황이 말했다.

– 제가 피마리드에 전화를 해 놓겠습니다.

황구가 설매에게 전화를 건다.

헬기가 이륙했다. 잠시 선회하다가 헬기는 곧 힐튼 호텔 너머로 사라진다. 순간 중령이 무전기를 든다. 누군가에게 명령한다. "1단계 작전개시!" 즉시 하늘에 전투헬기 몇 대가 날아온다. 전투헬기가 동시에 CNN 헬기를 공격한다. CNN 헬기가 추락한다. 전투헬기가 광장을 향해 발포를 시작한다. 전투헬기는 시위대와 경찰 병력을 구분하지 않는다. 놀란 진압대가 총구를 돌려 전투헬기를 공격한다. 경찰서 건물을 호위하던 기동대가 전투헬기를 향해 총을 쏘며 진압대에 합류한다. 경찰 병력이 필사적으로 전투헬기를 공격한다. 그러나 역부족. 광장은 이미 주검들로 뒤덮이고 있었다. (그사이 중령과 소위는 봉황이 버리고 간 서장실로 방을 옮겼다.) 그때 중령이 또 무전기를 들었다. "2단계 작전개시!" 거의 동시에 전투헬기가 공격을 멈췄다. 곧 어둠 속에서 탱크 한 대가 나타나더니 이어 특수부대원들이 모습을 드러냈다. 그들은 사방에서 나타나 순식간에 광장을 포위했다. 철모와 방탄복으로 무장한 특수부대원들이 경찰과 시위대를 향해 무참히 총격을 가했다. 경찰과 특수부대원들 사이에 총격전이 벌어졌다. 탱크는 광장 한편에서 바위처럼 버티고 서 있었다. 특수부대원들을 호위하듯 전투헬기는 천천히 광장 위를 선회하고 있었다. 얼마 안 가 결국 시위대도 경찰 병력도 특수부대원들에게 전멸당하고 말았다.

순간 하늘에 커다란 광채가 나타났다. 유에프오였다. 곧 사방에서 북양가마우지들이 몰려들었다. 새들은 즉시 외계인 병사로 변신했다. (머리는 새. 몸은 날개 달린 인간. 손에는 기름한 광선총을 들고 있었다.) 외계인 병사들이 특수부대원들을 공격하며 무수히 광장으로 내려앉았다. 광장은 이제 외계인 병사들과 특수부대원들의 격전장으로 변했다. 하늘에선 전투헬기가 유에프오를 공격하고 있었다. 아무리 공격해도 끄떡없자 전투헬기는 허겁지겁 달아나기 시작했다. 전투헬기는 얼마 못 가 유에프오가 쏜 광선에 맞아 플라스틱처럼 녹아내린다. 광장에서 탱크가 급히 포탑을 돌렸다. 탱크가 유에프오를 향해 대포를 쏘았다. 유에프오가 포탄을 피하며 탱크 쪽으로 날아왔다. 탱크가 연신 대포를 날렸다. 포탄이 연이어 목표물을 빗나갔다. 유에프오가 탱크를 겨냥해 광선을 쏘았다. 탱크는 광선을 맞고 찌그러진 주전자처럼 오그라들었다. (다시 서장실!) 중령이 무전기를 들고 급히 외쳤다. "출격! 출격! 출격!" 즉시 하늘에 전투기들이 나타났다. 전투기들이 단숨에 유에프오를 에워쌌다. 전투기들이 동시에 유에프오를 공격했다. 유에프오가 연거푸 미사일에 맞아 요동을 쳤다. 유에프오가 광선을 쏘며 빠르게 날아올랐다. 전투기들이 즉각 따라붙었다. 이제 하늘은 유에프오와 전투기들의 결전장으로 변했다. 유에프오는 계속 미사일에 맞아 위태롭게 흔들리고 있었다. 유에프오는 광선으로 응사하며 가까스로 방어하고 있었다. 전투기들은 광선에 맞는 즉시 눈가루처럼 흩어져버렸다. 전투기들은 꼬리에 꼬리를 물고 날아왔다. 전투기들은 악착같이 달라붙었다.

광장에선 외계인 병사들과 특수부대원들이 맞붙어 마지막 사투를 벌이고 있었다. 특수부대원들은 죽여도 죽여도 어둠 속에서 속속 모습을 드러냈다. 그들은 흡사 유령처럼 나타나 동료대원들의 주검을 밟고 연신 광장으로 밀려들었다. (다시 공중!) 이윽고 전방위로 날아드는 미사일 공격에 그만 유에프오가 폭발 직전의 위기에 처했다. 바로 그때. 번쩍 빛을 발하며 유에프오가 거대한 첨성대로 변신했다. 첨성대는 이어 택시로 변했다. 택시는 이어 전투로봇으로 변했다. 그 전투로봇이 거대한 주먹으로 전투기들을 후려쳐 박살을 냈다. 전투기들은 산산이 부서져 사방으로 흩어지고 말았다. 마침내 전투기들은 모두 파괴되고 하늘에는 그 전투로봇만 남아 있었다. 이제 전투기들은 어디서도 날아오지 않았다. (다시 광장!) 하늘에서 전투기들이 사라지자 특수부대원들 또한 더는 나타나지 않았다. 남은 특수부대원들은 그예 외계인 병사들에 의해 전멸하고 말았다.

(다시 서장실!) 중령이 막 무전기를 버리고 문밖으로 달아

난다. 소위가 뒤따른다. 문밖에는 이미 외계인 병사들이 서 있었다. 둘이 권총집에서 권총을 꺼내려는 찰나 광선총이 발사된다. 둘은 광선총을 맞고 흐물흐물 녹아내린다. (다시 광장!) 그사이 전투로봇은 다시 유에프오로 변해 광장 하늘에 떠 있었다. 이윽고 외계인 병사들은 일제히 밤하늘로 날아오른다. 외계인 병사들은 다시 북양가마우지로 변한다. (광장과 유에프오를 남겨두고) 새들은 거대한 무리를 지어 엘디섬으로 날아간다. 그때 유에프오가 아래쪽의 출입구를 연다. 곧 광장 바닥과 유에프오 사이에 광선 통로가 이어진다. 그러자 바닥에서 주검들이 잇달아 광선을 타고 유에프오 속으로 빨려 올라간다. (우와 묘, 포구, 백구, 철거촌 노인, 고시원 사내, 천막의 사내, 구멍가게 노파……) 각 집단의 대표들이 모두 빨려들자 곧바로 광선 통로가 사라진다. 유에프오가 스르르 출입구를 닫는다. 바로 그 순간. 광장은 홀연 밤바다로 변한다. 유에프오가 다시 출입구를 연다. 곧 유에프오와 바다 사이에 광선 통로가 이어진다. 그대로 광선이 바닷속으로 침투한다. 광선이 바다 밑을 비춘다. 그곳에 침몰한 여객선이 보인다. 해저는 다시 어둠에 잠긴다. 이제 수면과 유에프오 사이에 광선 통로만 보인다. 잠시 후. 수면 위로 불쑥 사자들이 솟아오른다. 잇달아 수백의 사자들이 날아올라 유에프오 속으로 빨려든다. 이윽고 유에프오가 출입구를 닫는다. 동시에 광선 통로가 사라진다. 바다는 다시 광장으로 변한다. 유에프오가 굉음을 낸다. 서서히 동체가 움직인다. 유에프오는 멀리 밤하늘로 날아오른다.

신라의 방.

나는 침대에 기대앉아 있었다. 나는 자학적인 고뇌에 휩싸였다. 배신자. 비겁한 도망자. 홀로 살아남았다는 죄책감에 나는 영혼이 찢어질 듯 고통이 밀려왔다. (소년이 쓰러지고 시위대가 달려들고 진압대가 발포를 시작하기 직전. 나는 묘를 안고 도망쳤다. 대략 200미터쯤 달아났을 때 묘가 내려달라고 말했다. 나는 묘를 내려놓았다. 묘가 아기고양이로 변신했다. 묘는 빠르게 광장 쪽으로 달려갔다. 다급히 묘를 쫓았다. 묘는 저만큼 앞서가고 있었다. 묘는 광장에 다다랐을 때 다시 소녀로 변신했다. "우 아저씨! 우 아저씨!" 연달아 우를 부르며 묘는 광장으로 뛰어들었다. 나는 차마 광장으로 뛰어들지 못하고 우뚝 멈춰 섰다. 울컥 눈물이 솟았다. 나는 발을 돌렸다. 그대로 울면서 집으로 내달았다.)

나는 침대에 기대앉은 채로 잠이 들었다. 문득 눈을 떴다. 12월 12일 밤이었다. 나는 대문 밖으로 나왔다. 풀풀 눈발이 날리고 있었다. 바닥에는 수북이 눈이 쌓였다. 저만치서 가로등 불빛이 눈송이를 비춘다. 우와 묘. 둘은 오지 않는다. 돌아오지 못한다. 둘은 떠났다. 둘은 영영 죽은 것이다. 나는 믿을 수 없다. 왈칵 서러움이 밀려온다. 나는 바닥에 주저앉아 흐느껴 운다. 문득 발소리가 들려온다. 누군가가 다가온다. "신라, 신라, 신라." 누가 이름을 부른다. 나는 고개를 든다. 아무도 없다. 순간 바닥에 오르골 하나가 나타난다. 내가 뚜껑을 열자 음악이 연주되고 아기 천사 인형이 춤을 춘다. 나는 춤추는 인형을 보며 고통을 잊는다. 이윽고 음악이 멈춘다. 절로 뚜껑이 닫힌다. 그때 음성이 들려온다. "일어나라. 떠나라. 첨성대로 가라. 밤이 내리고 세상이 잠든 시각. 홀로 꼭대기로 올라가라. 유에프오를 외쳐라. 외계인을 부르라. 우린 외계인이다. 우린 우주인이다. 우리를 부르라. 우리가 너를 데리러 가리라." 나는 방으로 돌아왔다. 당장 떠날 채비를 했다. 조금 뒤 방을 나서려는데 한 가지 생각이 떠올랐다. 나는 책상에 앉았다. 낡은 컴퓨터를 켰다. 곧 글을 쓰기 시작했다. 〈제목. '나는 첨성대로 간다.'〉

12월 13일 새벽 2시30분:

신라는 작성을 마친 문서를 첨부하여 고려에게 메일을 보냈다. 메일 제목은 〈첨성대, UFO, 외계인〉이었다. 그는 메일을 전송한 뒤 문서의 제목만을 남겨둔 채 모든 내용을 삭제했다. 그는 한동안 그대로 앉아 있었다. 마침내 그는 컴퓨터를 끄고 방을 나왔다. 그는 부모님 방 앞에 섰다. 조용히 큰절을 올렸다. 마음속으로 하직인사를 드렸다. 한 줄기 눈물이 흘렀다. 그는 막 대문을 나왔다. 3시가 지났다. 그는 어둠 속으로 걸어갔다. 곧 택시 한 대가 섰다. 절로 조수석 문이 열렸다. 그는 택시 조수석에 앉았다. 운전석에 검은 두건을 쓴 사내가 앉아 있었다. 택시 바퀴가 구르기 시작했다. 속력이 오른다. 5분쯤 달렸다. 갑자기 웅 하는 소리와 함께 차체가 번쩍 날아올랐다. 10분쯤 날았다. 차가 바닥에 내려앉았다. 첨성대 앞이었다. 운전석의 사내가 문을 열고 나갔다.

신라도 문을 열고 밖으로 나왔다. 순간 차가 앞머리를 일으키더니 기다란 사다리로 변해 첨성대에 기대어졌다. 두건을 쓴 사내가 손가락으로 첨성대 꼭대기를 가리켰다. 신라는 사다리로 다가갔다. 사다리를 오른다. 중간쯤 올랐다. 첨성대의 네모난 창구(출입구)가 보였다. 잠시 멈추고 뒤를 돌아보았다. 두건을 쓴 사내가 다시 꼭대기를 가리켰다. 신라는 그대로 통로로 들어갔다. 곧장 내부 사다리를 통해 꼭대기로 올라갔다. 이윽고 그가 꼭대기로 올라서는 순간, 외벽에 기대어져 있던 사다리가 줄어든다. 그것은 다시 바퀴 달린 택시로 변한다. 두건을 쓴 사내가 문을 열고 운전석에 올라탄다. 택시가 움직인다. 저만큼 달리다가 하늘로 붕 날아오른다. 그대로 섬광처럼 시야에서 멀어진다. 신라는 첨성대 '맨 꼭대기(정자석井字石)'에 서서 두 팔을 번쩍 쳐들고 유에프오를 외친다. 큰 소리로 외계인을 부른다. 우주인을 부른다. 그리고 기다린다. 며칠이 흐른다. 낮에는 내부에서 몸을 숨기고 밤에는 또 꼭대기로 올라선다. 그는 다시 팔을 쳐들고 유에프오를 외친다. 외계인을 부른다. 우주인을 부른다. 그리고 기다린다. 다시 며칠이 흐른다.

12월 22일 오전 11시 30분경:

맑은 날씨였다. JCTB 방송국 촬영팀이 첨성대로 다가왔다. 이번에 단독으로 〈신라 선덕여왕과 첨성대 특집〉을 준비하고 있었다. 첨성대 내외부를 비롯한 다양한 화면구성을 위해 '지미집(JimmyJib), 스테디캠(SteadyCam), 헬리캠(helicam)' 등도 동원됐다. 11시 50분경. 첨성대 외벽에 알루미늄 사다리가 기대어졌다.

그때 하늘에 구름이 끼고 날씨가 흐려지더니 이내 포슬포슬 싸락눈이 날리기 시작했다. 남자 스태프 하나가 사다리를 올라갔다. 그가 첨성대 창구를 통해 안으로 들어갔다. 곧 비명소리가 울렸다. 그 안에서 그는 한 남자의 주검을 보았다. 그 남자는 내벽에 기대 앉아 고개를 젖히고 눈을 뜬 채 죽어 있었다. 마치 하늘을 향해 무언가를 갈망하는 것처럼. 잇달아 두 사람이 사다리를 타고 첨성대 안으로 들어갔다. 죽은 자는 그 순간 무슨 생각을 했을까. 그에게는 이것이 세상으로부터 받은 처음이자 마지막 관심이었다.

12월 25일 새벽 2시 30분경:

고려는 막 읽는 것을 마쳤다. 그는 자리에서 일어나 창가로 갔다. 그는 커튼을 열고 창밖을 내다보았다. 가로등이 보였다. 그 가로등 아래 잡다한 쓰레기들이 잔뜩 쌓여 있었다. 거리 건너편 교회에서 크리스마스트리 불빛이 반짝이고 있었다. 그는 안경 속에서 미소를 머금었다. 그는 생각했다. '그래, 좋아. 네 말대로 하는 거야. 소설을 쓰는 거야. 놀라워. 신비로워. 굉장한 이야기야. 물론 믿기지는 않아. 어찌 보면 미친 소리야. 허무맹랑해. 하지만 문제없어. 어차피 소설이니까. 아. 장편이 좋을까. 단편이 좋을까. 그래. 장편이 좋겠지. 장편을 쓰는 거야. 근데 나 말이야. 실은 꽤 걱정했어. 네가 사라졌다는 전화를 받고 얼마나 놀랐는지 몰라. 제일 먼저 너한테 빌려준 그 돈이 떠올랐어. 못 받으면 어떡하나. 돈을 날리면 어쩌나. 너의 부모님은 너무 늙으셨어. 게다가 가난하고 능력도 없지. 아, 신라. 난 꼼짝없이 빌려준 돈을 떼이는 줄 알았다고. 그런데 말이야. 이게 웬 횡재냔 말이야. 아. 난 이제 유명해질 거야. 그러면 즉각 만용을 제치고 달기를 차지할 수 있어. 저 오만한 만용이 녀석에게 멋지게 복수할 수 있어. 아, 사랑스런 마르가리타! 오, 신이여. 당신은 참 자비롭군요. 당신은 늘 내 편이군요. 이렇듯 저에게 성탄 선물을 주시는군요. 그래. 어차피 세상은 힘 있는 자들이 지배하는 거야. 결국 승리는 가진 자들의 것이지. 봐. 보라고. 신조차도 너를 버렸잖아. 신도 아는 거야. 강자의 편에 서야 대접을 받는다는 사실을. 오, 고려! 눈부신 내일을 향해! 화려한 미래를 향해! 완전한 성공을 향해! 앞으로! 앞으로!'

12월 25일 새벽 3시경:

고려는 만족스러운 눈으로 거리를 내다보고 있었다. 인적은 없다. 푸슬푸슬 가랑눈이 내리고 있었다. 고려는 다시 신라가 보낸 '선물'을 떠올렸다. 그는 생각했다. (제목을 뭐로 할까. 뭐가 좋을까. 신라가 보낸 대로 '나는 첨성대로 간다'가 좋을까. 아니면 간단히 '첨성대'가 나을까. 음. '어느 외로운 루저의 죽음'은 어떨까. 아니면 '지구여 안녕'은? '잘 있거라 지구여'는? '고통이여 안녕'은 어떨까……) 조금 지났다. 그는 갑자기 인상을 찌푸렸다. 문득 그 물체가 보였다. 창문 밖 가로등 아래에서 추위에 얼어 죽은 거렁뱅이의 시체가 눈에 들어온 것이다. 아까는 보이지 않았는데 그제야 불쑥 눈에 띄었다. 태아처럼 몸을 웅크린 채 그 물체는 태연히 쓰레기더미에 뒤섞여 있었다. 순간 그 자리에 손수레를 끄는 노파가 나타났다. 허리가 기역(ㄱ)자처럼 굽은 앙상한 노파였다. 손수레에는 반쯤 폐지가 실려 있었다. 그 노파가 손수레를 멈추고 쓰레기더미로 다가간다. (뒤적뒤적) 쓰레기더미를 뒤진다. 그러다 섬 뜩 동작을 멈춘다. 그대로 딱 얼어붙어 움쩍도 하지 않는다. 몇 초가 흐른다. 노파가 다시 쓰레기더미를 헤친다. 박스 두어 장과 빈병 몇 개를 집어 손수레에 싣는다. 노파는 손수레를 끌고 묵묵히 그 자리를 떠난다. 노파는 곧 어둠 속으로 스러진다. 바람은 자고 눈발은 점점 굵어진다. 신의 품처럼 온유하고 은혜로운 밤이다. 거리 건너편 교회에서 크리스마스트리 불빛이 반짝인다. 고려는 확 커튼을 쳤다. 그러면서 말했다.

"에잇, 더러운 것들!"

슬픈 지하도

정신병자 A는 칠순을 훌쩍 넘긴 풍채 좋은 노인이었다. 그는 평생을 부유하고 안락하게 살던 사람이었다. 물론 '정신병자가 되기 전'까지는 말이다. 그는 오랫동안 어느 내로라하는 대기업의 이사로 있었다. 퇴직 후 그는 남은 생을 유유자적하며 천국과도 같은 행복한 삶을 누리고 있었다. 모든 것이 완벽했다. 가족들은 건강했고, 자녀들은 성공했으며, 친구들은 그를 존중했고, 사람들은 그를 존경했다.

어느 겨울 밤.

그는 조용히 길거리를 걷고 있었다. 그의 머리에는 비버 털로 만든 중산모가 얹혀져 있었다. 그의 오른손에는 하얀 상아지팡이가 들려져 있었다. 사위는 고요했다. 바닥에는 군데군데 살얼음이 얼어 있었고, 거리에는 쌩쌩 칼바람이 불고 있었다. 그는 기분 좋게 술기운이 올라와 추위를 거의 느낄 수 없었다. 그는 이제 콧노래

까지 흥얼거리고 있었다. 모든 것이 만족스러웠다. 탄탄대로! 그
랬다. 아무리 생각해도, 아니 생각을 거듭하면 할수록 자신의 삶
은 끝없는 축복과 행운의 연속이었다.

그때였다.

"선생님! 선생님!"

불쑥 목소리가 들렸다.

그는 주위를 둘러보았다.

아무도 없다.

"선생님! 선생님!"

그는 계속 주위를 두리번거렸다.

"선생님! 선생님!"

순간 오른쪽으로 고개를 돌렸다.

"누구십니까? 누구십니까?"

그가 어둠 속을 응시하며 말했다.

대답이 없다.

"누구십니까? 거기 누구십니까?"

여전히 대답이 없다.

조금 지났다. "선생님! 선생님!" 다시 오른쪽에서 목소리가 들렸다. 그는 계속 오른쪽을 바라보았다. 그때 어둠 속에서 한 여인이 모습을 드러냈다. 그녀가 조심조심 그를 향해 다가왔다. 작은 키. 야윈 몸. 다 떨어진 누더기. 흐트러진 머리. 팔초한 얼굴. 나이는 삼십대 후반쯤으로 보였다. 그가 놀란 눈으로 그녀를 훑어 내렸다.

"도와주세요, 선생님."

그녀가 말했다.

"아이들이 아파요, 선생님."

"아이들이라뇨?"

그가 받아치듯 물었다.

그녀가 옷소매로 눈가를 훔쳤다.

"선생님, 우린 꼬박 열흘을 굶었어요.

"아주머니, 댁이 어딥니까?"

그가 다그치듯 말했다.

"나랑 같이 가봅시다!"

술기운에 객기를 부린 걸까.

그는 이상하게도 의협심이 솟았다.

얼마가 지났다. 어느 음산한 지하도 입구. 두 사람은 막 발을 멈추었다. 그때 우두둑우두둑 빗방울이 듣기 시작했다. 버려진 공간인 듯 지하도 입구는 반쯤 무너져 있었다. 그녀가 입구로 들어갔다. 둘은 길고 어두컴컴한 계단을 따라 지하도 안으로 스며들었다. 인기척에 놀란 쥐들이 발밑으로 잽싸게 달아났다. 한 걸음, 한 걸음, 어둠의 밑바닥으로. 둘은 더 깊숙이 빨려들어 갔다.

이윽고 그녀가 걸음을 멈추었다.

"여기예요, 선생님."

그는 주위를 둘러보았다.

아무것도 보이지 않았다.

"애들아, 엄마란다."

"엄마……"

한 아이의 목소리가 들렸다.

곧 아이들의 신음소리가 들렸다.

"애들아, 조금만 참으렴."

그녀가 말했다. 그녀는 흐느끼고 있었다.

순간 아이들의 목소리가 들렸다.

"엄마, 배고파요. 밥 주세요."

"엄마, 나 아파요. 병원에 가야 해요."

"추워요, 엄마. 너무 춥고 무서워요."

아이들은 간신히 목소리를 내뱉고 있었다.

다시 아이들의 신음소리가 들렸다.

그때 하나가 겁에 질린 소리로 말했다.

"엄마! 형아가! 형아가 이상해요!"

A는 급히 라이터를 꺼냈다. 그는 라이터를 켜고 어둠 속을 비추었다. 마침내 그는 보았다. '그 아이들, 그 눈동자, 그 고통, 그 공포, 그 절망, 그 죽음!' 그는 꼼짝도 하지 않았다. 그대로 얼어붙고 말았다. 그것은 충격이었다. 그의 영혼과 심장에 가해진 극심한 타격이었다. 그는 지팡이와 라이터를 떨어뜨리고 지하도 계단 쪽으로 달아나기 시작했다. 그는 보이지 않는 무언가에 발을 부딪혔다. 그는 무언가를 밟고 바닥에 넘어졌다가 물컹한 무언가를 짚고 몸을 일으켰다. 그때 사방에서 신음소리가 들려왔다. 그는 머리털이 곤두섰다. 오싹 소름이 끼쳤다. 그는 달렸다. 숨도 쉬지 않고 내달렸다. 그곳은 '지옥'이었다. 그 소리는 지옥의 신음이었다. 그 소리는 지옥의 비명이었다. 그 소리는 버림받은 영혼들의 탄식이었다. 그 소리는 지옥의 밑바닥에서 토해내는 악령들의 아우성이었다.

그는 막 지하도를 빠져나왔다. 그는 숨이 넘어갈 듯 가쁜 숨을 몰아쉬었다. 이제 하늘에선 빗줄기가 쏟아지고 있었다. 그의 중산모는 보이지 않았다. 달아나는 도중 지하도에 떨어뜨린 모양이었다. 그는 허겁지겁 외투 안주머니를 뒤져 반지갑을 꺼냈다. 저도 모르게 손이 벌벌 떨렸다. 온몸에서 식은땀이 배어나왔다. 빗물인지 땀방울인지. 그는 겉도 속도 축축이 젖고 말았다. 그는 반지갑을 지하도 계단 저 아래쪽, 바로 그 지옥의 밑바닥으로 있는 힘껏 내동댕이쳐버렸다. 그는 발작하듯 몸을 떨었다. 그는 발광하듯 괴성을 내질렀다. 그는 한바탕 자지러지게 웃어대기 시작했다. 기이한 순간이었다. 이윽고 목이 터져라 절규하며 그는 맹렬히 빗줄기 속으로 내달았다.

미인美人

주름이 아니어요

이랑이랑 일렁이는

삶과 애환의 물결이어요

검버섯이 아니어요

한점 두점 피어나는

인생의 바다 위 섬들이어요

백발이 아니어요

한올 한올 드러나는

성찰과 완성의 빛깔이어요

노인이 아니어요

미인이어요

늙음이 아니어요. 성숙이어요

오랜 인내 끝에 다다른 존재의 정점

한 인간과 그 역사의 민낯이어요

노인과 의자

정신병자 B는 사십대 중반의 나이로 별 볼일 없고 그저 그런 무명작가였다. 타고난 재능도 없는데다 문학적 소양조차 형편없었다. 그가 가진 것이라곤 무모할 정도의 호기심과 근거 없는 감수성뿐이었다. 한때 그는 가정을 꾸렸으나 얼마 안 가 냉정히 버림을 받았다. 그것은 불을 보듯 당연한 결과였다. 그는 구제불능이었다. 그는 가난하고 괴팍하고 몽상적인데다 고집스럽기까지 했던 것이다.

그가 사는 '옥탑방'에서 그리 멀지 않은 곳에 오래된 쌀가게가 있었다. 겨우 5평이 될락 말락 한 허름한 구멍가게였다. 가게 바닥에는 쌀 말고도 보리, 콩, 조, 기장, 밀, 수수 같은 곡식들이 차곡차곡 쌓여 있었다. 한쪽 벽면에는 3단짜리 녹슨 철제 진열대 하나가 놓여 있었다. 선반에는 잡다한 생필품들이 두서없이 진열되어 있었다. 그나저나 찾는 사람이 거의 없었다. 쌀이건 잡곡이건 생필품이건 손님이라곤 눈에 띄지 않았다. 그렇게 세월의 먼지만 뒤집어쓴 채 쓸쓸히 '화석'처럼 잠들어 있었다.

B는 줄곧 이 가게에서 쌀을 팔아다 먹었다.

이 가게의 주인은 작은 키에 몸이 비쩍 마른 팔순의 노인이었다. 머리털은 거의 다 빠졌다. 수염과 눈썹은 하얗게 세었다. 그것은 꽤 길면서도 독특했다. 이를테면 그 수염은 고양이를 닮았다. 거의 대머리에 고양이처럼 양쪽으로 뻗친 흰 수염을 상상해보라. 눈썹 또한 마찬가지였다. 용수철 같은 흰 눈썹 몇 가닥이 양쪽으로 탄력 있게 뻗쳐 있었다. 노인의 모습은 뭐랄까. 얼핏 보면 산중에서 막 내려온 수도승 같고, 한편으론 인간의 삶을 오래도록 관조한 대철학자 같은 모습이었다.

노인은 평생 독신으로 살고 있었다.

노인은 쌀가게 한 켠에서 먹고 자는데, 사시사철 변함없이 거무칙칙한 작업복을 걸치고 있었다. 하도 여러 군데를 덧대고 기워 입어 성한 부분을 찾기가 어려울 지경이었다. 노인은 노상 혼자였다. 노인을 찾아오는 일가붙이나 친구들도 전혀 없었다. 손님 또한 몇 날 며칠이고 눈에 띄지 않았다. 그건 어쩌면 필연적인 결과였다. 대략 백 걸음 정도만 가면 무엇이든 더 싸고 편리하게 살 수 있는

'기업형 슈퍼마켓'과 '대형 할인마트'가 들어와 있었기 때문이다. 이 쌀가게의 입구에는 세 짝으로 된 함석문이 달려 있었다. 그것은 스스로 세월의 흔적을 드러내고 있었다. 군데군데 녹이 슬고 볼품없이 찌그러져 있었다. 왼쪽부터 두 짝은 항시 떼어진 채 바깥 벽에 기대어져 있었고, 나머지 한 짝은 닫혀 있었다. 그것은 이제 껏 단 한 번도 떼어진 적이 없었다. 이 닫힌 함석문 앞쪽에는 낡은 손수레가 자리를 지키고 있었다. 바로 이 초라한 손수레가 이곳 쌀 가게의 용달차인 셈이었다. 이 손수레의 옆쪽으로 두어 걸음 떨어진 곳에 등받이가 높은 나무의자가 놓여 있었다. 밤이 되면 어김없이 세 짝의 함석문이 모두 닫힌다. 이제 손수레와 나무의자도 보이지 않고, 노인의 모습도 눈에 띄지 않는다. 한번 함석문이 닫히고 나면, 동이 트기 전까지는 누구도 노인을 깨울 수가 없다. 누군가가 아무리 함석문을 두드려도 그 안에선 끝내 아무런 반응도 돌아오지 않는다.

　B는 두 달에 한번쯤 쌀을 사갔다.

　그때마다 노인은 손수레로 배달을 해주곤 했다.

　B는 매번 자신이 끌겠다며 노인을 만류했다.

　"오늘은 제가 끌고 갈게요."

"아닐세. 그건 도리가 아니지."

노인은 한사코 거절했다.

"무슨 말씀이세요, 영감님."

"이보게, 젊은이."

"예, 영감님."

"자네가 누구신가?"

"……"

"우리 가게 하나뿐인 브이아이피 아니신가."

그는 잠시 할 말을 잃고 서 있었다.

"그러시면 뒤에서 밀어드릴게요."

"아닐세, 그럴 필요 없다네."

"그렇지만 영감님."

"괜찮네, 내 걱정은 말게나."

노인은 갑자기 오른손 주먹을 치켜들었다. 그러고는 천천히 힘을 주어 어깨 쪽으로 꺾었다. 그런 다음 왼손으로 오른팔의 알통을 톡톡 두드리며 말했다. "자, 보게. 아직도 난 이만큼 쌩쌩하다네." 그는 목구멍이 탁 막히는 것 같았다. 노인이 말했다. "자넨 너무 착한 게 탈일세. 이 세상이 어디 착한 사람이 배겨낼 수 있는 곳인가? 사람 착해봐야 아무짝에도 쓸데없다네. 매사 손해를 보는 건 둘째 치고, 병신 소리나 듣지 않으면 다행이지. 소용없어. 다 소용없다네. 이보게, 젊은이. 요새 같은 세상에는 말일세. 지나치게 착한 것도 죄가 된다네. 아암, 죄가 되고말고. 너무 착한 죄 말일세."

노인의 손수레가 구불구불 이어진 달동네의 언덕길을 오르고 있다. (삐걱삐걱. 끙끙. 헐헐. 뻘뻘.) 보다 못해 그가 손수레를 밀어보지만 노인은 끝내 도움을 마다한다. 이윽고 손수레는 언덕 끝자락에 다다랐다. 노인이 손수레를 멈춘다. 어느 다가구주택 앞이었다. 그제야 노인은 허리를 펴고 이마의 땀을 훔친다. 바로 그 집 꼭대기에 B의 방이 있었다. 그는 그 옥탑방을 익살스럽게 '펜트하우스'라 불렀다. 그는 냉큼 쌀포대를 둘러메고 옥탑방으로 뛰어 올라간다. 그렇게라도 미안함을 덜어내고 싶은 것이다. 손님이 없다보니 노인은 항상 가게 앞 나무의자에 앉아 우두커니 생각에 잠기곤 했다. 노인은 마치 나무의자와 한 몸이라도 되는 양 그대로 몇 시간씩 꿈쩍도 하지 않는다. 어느 날 그는 쌀가게 앞을 지나다가 나무의자에 앉아 있는 노인과 마주쳤다. 햇살이 포근한 오후 나절이

었다. 이날도 노인은 그가 다가온 것도 모른 채 멍히 허공을 응시
하고 있었다.

"안녕하세요, 영감님!"

B가 인사를 건넸다.

노인이 고개를 돌려 그를 바라보았다.

"햇살이 참 좋네요, 영감님."

노인은 여전히 멍한 눈빛이었다.

"죄송해요. 쉬고 계신데 방해했나 보네요."

그는 막 발을 돌렸다.

순간 노인이 입을 열었다.

"이보게, 젊은이."

"예, 영감님."

그가 되돌아서며 말했다.

"자네, 글을 쓴다 했던가?"

"예, 영감님."

"음, 작가라……"

노인은 다시 생각에 잠겼다.

그리고 잠시 후.

"그래, 어떤 글을 쓰는가?"

"예, 이것저것……"

"자네, 사람들이 왜 죽기 살기 경쟁하는지 아는가?"

너무 뜬금없는 질문이었다.

"그야 뭐……" 그가 덧붙인다.

"성공하기 위해서겠죠."

"허면, 성공이란 무엇인가?"

"그야, 최고가 되는 거죠."

"허면, 최고가 된다는 건 무엇인가?"

"그건, 이 나라의 1프로가 된다는 거죠."

"허면, 이 나라의 1프로란 무엇인가?"

"그야 뭐 이런 거죠." 그가 덧붙인다. "이 나라의 1프로만이 가질 수 있는 것들. 즉 최고급 자동차, 집, 직업, 교육, 특권……" 잠시 침묵. "그렇다네. 그것이 현실이라네." 노인이 말했다. "그래요, 영 감님. 씁쓸한 현실이지요." 그가 말했다. "하지만 젊은이, 이 나라 의 1프로가 된다는 건 그런 의미가 아니라네." 그렇게 말하고 노인이 푹 한숨을 내쉬었다. "그러면요?" 그가 물었다.

"자네, '화석 인류의 사랑'을 읽어 보았는가?"

"그게 뭔데요?"

"소설책일세."

"그런 책도 있었나요?"

"그 책을 보면 말일세." 노인이 말을 이었다. "이 나라(세계)의 1 프로라 함은, 나머지 '99프로의 이웃들을 위해 봉사하고 헌신하며 고민하는 사람들'이라고 나와 있다네." 순간적인 침묵. "마찬가지로……" 노인이 다시 말을 이었다. "이 나라의 10프로라 함은 나머지 90프로의 이웃들을 위해, 이 나라의 20프로라 함은 나머지 80프로의 이웃들을 위해, 이 나라의 30프로라 함은 나머지 70프로의……"

그 뒤 몇 분이 흐른다.

노인이 물었다.

"자네, 영혼이 있다고 생각하는가?"

"글쎄요, 영감님."

"자네, 궁금하지 않은가?"

"인간의 영혼, 영혼 말일세."

노인이 덧붙인다.

"궁금하지 않다면 거짓말이겠죠, 영감님."

그가 대답했다.

"저 역시 인간의 영혼에 대해

큰 호기심과 궁금증을 가지고 있습니다."

그가 덧붙인다.

"아, 그런가?"

"그럼요, 영감님."

"그럼 말해 보게. 영혼이 있다고 생각하는가?"

"솔직히, 뭐가 뭔지 모르겠습니다."

(잠시 침묵)

"허면, 영혼이 있었으면 좋겠는가,

영혼이 없었으면 좋겠는가?"

B는 생각에 잠겼다. 그러고 나서 말했다. "솔직히 그런 문제에 대해선 생각해 본 적이 없습니다. 하지만 영감님, 만약 인간에게

영혼이 없다고 생각해 보세요. 그럼 어떻게 될까요. 영혼이 없는 인간들의 삶. 그건 상상만 해도 소름이 끼칩니다."

"오, 어째서 말인가? 어째 소름이 끼친단 말인가?" 노인이 물었다. "한번 생각해 보세요, 영감님." 그가 말했다. "만약 인간에게 영혼이 없다면, 선과 악이 무슨 소용이며, 종교와 신앙이 무슨 소용이며, 이승과 저승이 무슨 소용이며, 내세가 무슨 소용이 있겠습니까? 다시 말해 권선징악이 무슨 소용이며, 인과응보가 무슨 소용이며, 바르고 착하게 사는 게 무슨 소용이며, 인간답게 사는 게 무슨 필요가 있겠습니까?"

B는 갑자기 이상하리만큼 열기를 띠며 말했다. "영감님, 생각해 보세요. 우리 인간들이 동물과 다른 게 무엇이겠습니까? 바로 내세, 내세에 대한 두려움과 기대가 아니겠습니까. 바르고 착하게 살면 복을 받고, 못되고 악하게 살면 벌을 받는다는 믿음. 그리고 이승에서의 행동거지에 따라 천국이냐 지옥이냐 그 갈 길이 정해진다는 믿음. 이런 믿음과 인식이 있기에 그나마 인간들이 염치를 알고, 도리를 알고, 윤리와 도덕을 알고, 내 이웃에 대한 사랑을 알고, 모든 생명을 가진 것에 대한 가치와 존엄을 아는 게 아니겠습니까. 그런데 영혼이 없다고 해보세요. 만일 그렇다면 이런 믿음

과 인식들이 일순간에 깡그리 허공으로 날아가고 말겠지요. 그리고 세상은 이전투구와 아귀다툼, 적자생존과 약육강식이 끊이지 않는, 아비규환의 생지옥으로 변하고 말겠지요."

그는 마치 혼잣말하듯 덧붙였다.
"바로 생지옥. 생지옥 말입니다. 영감님."

잠시 후. 노인이 다시 입을 열었다. "하지만 말일세. 정작 중요한 건 그런 것들이 아니라네." 순간적인 침묵. "나는 말일세. 그따위 영혼 같은 건 아무래도 좋다네. 그따위 내세 같은 건 아무래도 좋단 말일세. 생각해 보게. 그게 무에 대수란 말인가. 그따위 영혼이 있으면 무엇 하겠나? 그따위 내세가 있으면 또 무엇 하겠나? 만에 하나 그 모든 것을 주관하는 신이 없다면 말일세."

그는 이미 노인에게 빠져들고 있었다.
"자네, 신의 존재를 믿는가?"
"글쎄요, 영감님."
"믿는다는 말인가, 아니라는 말인가?"
그는 머뭇거리지 않을 수 없었다.

"실은, 믿을 때도 있고, 믿지 않을 때도 있습니다."

노인은 잠잠히 그의 눈을 응시했다.

그가 말을 이었다.

"그러니까 영감님. 필요할 때는 믿고,

필요치 않을 때는 믿지 않는 거지요. 제가 생각해도

터무니없이 이기적인 행동이지요."

노인이 물었다.

"허면 자네, 신에게 기도를 드려본 적 있는가?"

"예, 영감님."

"어떤 기도를 드렸는가?"

"그냥 이런저런……"

"자넨 그럼, 진화론을 믿는가, 창조론을 믿는가?"

"글쎄요, 영감님."

그가 대답했다.

그러자 노인이 말했다. "이보게. 아까 말한 화석 인류의 사랑이
란 책을 보면 말일세. 진화론도 옳고, 창조론도 옳다고 나와 있다
네. 다시 말해, 진화라고 부르는 현상 또한 신의 위대한 섭리 안에

서 이루어지는 수많은 작용과 원리 가운데 하나라는 뜻이라네. 그러니까, 진화라는 현상 또한 신의 거룩한 섭리 안에서 이루어지는, 아름답고 성스러운 또 하나의 창조의 과정이라는 뜻이라네." 잠시 멈췄다가 노인이 말을 이었다. "게다가 말일세. 그 책에서는 또 이런 이론까지 주장하고 있다네. 즉 현재의 우리 인류는 창조론에 기인한 '아담의 자손들'과 진화론에 기인한 '호미니드(hominid. 진화 인류의 모체)'의 자손들이 서로 공존, 공생하고 있다고 말일세."

B는 생각에 잠겼다.

노인이 다시 말을 이었다.

"신은 없다네."

"예!".

"신은 없다네. 어디에도 없다네."

"……"

노인은 돌연 역정을 내듯 말을 이었다.

"아아, 이놈의 세상, 이놈의 세상을 한번 들여다보게. 썩을 대로 썩고, 찌들 대로 찌들고, 곪을 대로 곪고, 메마를 대로 메마른 이놈의 세상을 한번 들여다보란 말일세. 아아, 신은 없다네. 신은 없다네."

"......"

"이보게, 자네도 한번 생각해 보게. 만의 하나 신이 있다면, 어떻게 지금까지 이놈의 세상을 참고 본단 말인가. 이보게, 우리 인간들은 이제 신의 권위에 도전하고, 신의 영역을 침범하고, 신의 얼굴에 따귀를 갈기고, 신의 무르팍에 발길질을 해대고 있다네. 헌데 어찌하여, 신은 여지껏 존재를 드러내지 않고 침묵과 무관심으로 수수방관하고 있단 말인가. 이보게, 이제 인간들은 탕아요 패륜아요 망나니요 거지발싸개로 변해버리고 말았다네. 헌데 어찌하여, 신은 아직도 인간들을 징벌하지 않는단 말인가. 아아, 신은 없다네. 신은 없다네. 어디에도 없다네."

(잠시 침묵)

"하지만 영감님." B가 입을 열었다. "지진이나 홍수, 가뭄, 기아 같은 것을 생각해 보세요. 이런 기상이변이나 천재지변으로 인해 얼마나 많은 사람들이 고통 속에 신음하고 있습니까. 이런 것들을 보면, 신이 뭔가 인간들에게 경고의 메시지를 보내는 게 분명해요." 그러자 노인이 말했다. "아닐세, 아니야. 그런 것은 다 신하고는 무관하다네."

"그럼요, 영감님?"

"그건 자연이 주는 형벌, 자연이 보내는 경고라네."

"그렇다면 영감님." 그가 덧붙인다.

"자연이 곧 신이고, 신이 곧 자연이 아닐까요?"

두 사람은 침묵에 잠긴다.

그러다 또 대화를 시작한다.

"자네, 철학에 대해 아는가?

 노인이 물었다.

"철학에 대해서요?"

"으응, 철학 말일세."

"그냥 조금......"

"자네, 인간이 신을 찾는 이유가 뭐라고 보는가?"

"두려움 아닐까요."

"허면, 인간이 종교를 믿는 이유는 뭐라고 보는가?"

"그 역시 두려움 아닐까요."

"허면, 그 두려움이란 무엇을 말하는 건가?"

"죽음에 대한 두려움, 사후세계에 대한 두려움이겠죠."

"그럼 자네, 이런 것들에 대해 생각해 본 적 있는가?"

"......"

"그러니까 말일세." 노인이 덧붙인다. "우리 인류의 과학문명이 극도로 발달한 먼 미래에는, 신과 종교를 바라보는 인간들의 시각이 어떻게 변해 있을지 말일세." 그는 생각에 잠겼다. 그리고 나서 말했다. "아마도 이런 모습 아닐까요. 그러니까 인류가 죽음을 완전히 정복하거나 혹은 과거나 미래 어디로든 시간 여행이 가능한 타임머신을 개발하기 전까지는 신과 종교에 대한 인간들의 시각은 크게 달라지지 않을 거라 생각합니다."

"......"

"하지만 영감님." 그가 말을 이었다. "인류의 과학문명이 발달하면 할수록, 누군가는 더 신과 종교를 향해 다가가려 할 테고, 누군가는 더 신과 종교에서 멀어지게 되겠죠. 왜냐면 어떤 이들은 신의 진노가 극에 달해 멸망과 심판의 날이 더 임박했다고 믿을 것이고, 어떤 이들은 반대로 신이 있다면 여태껏 침묵하고 있을 리가 없다고 전제하면서 신과 종교를 더 부정하게 될 테니까요."

(얼마간 침묵)

노인이 다시 입을 열었다.

"헌데 자네, 가장 좋아하는 철학자는 누구인가?"

"당연히 소크라테스지요."

"소크라테스?"

"예, 영감님."

"허면, 소크라테스를 좋아하는 이유는 무엇인가?"

"그 당당하고 의연한 죽음 때문이죠."

"응, 그렇구만."

(몇 초간 침묵)

"이보게. 난 말일세."

노인이 다시 입을 열었다.

"최고의 철학자는 고흐라고 생각한다네."

"예! 고흐를요?"

"그렇다네."

"하지만 고흐는 철학자가 아니잖아요?"

"모르는 소리."

"그럼 고흐가 철학자라고 생각하세요?"

"그렇다네."

"왜요? 왜 그렇게 생각하세요?"

"화석 인류의 사랑."

"그게 왜요?"

"그 책에도 그렇게 나와 있다네."

"고흐가 위대한 철학자라고."

노인이 덧붙인다.

"그래요? 왜요? 이유는요?"

그가 물었다.

"인생의 고통이란 살아 있는 그 자체이다."

노인이 말했다.

"그건, 고흐가 한 말이잖아요."

"바로 그걸세."

그 뒤로 달포가 지났다. 오후 2시경이었다. 햇살은 따스했고 바람은 향기로웠으며 하늘에는 하얀 뭉게구름이 흘러가고 있었다. B는 다시 쌀가게를 찾아갔다. 먹던 쌀이 다 떨어졌기 때문이었다. 쌀가게 쪽으로 다가가자 여느 때와 다름없이 노인의 나무의자와 손수레가 보였다. 노인의 모습은 보이지 않았다. 노인의 나무의자 위에선 비쩍 마른 고양이 한 마리가 나른히 엎드린 채 졸고 있었다. 처음 보는 고양이었다. 쌀가게의 문은 열려 있었다. 한데 이상했다. 평소처럼 두 짝이 아니라, 세 짝이 모두 떼어진 채 한쪽 벽에 기대어져 있었다. 이런 일은 처음이었다. 그는 문턱으로 바짝 다가갔다. 그 자리에 서서 쌀가게 안을 들여다보았다. 마치 처음부터 그랬었던 것처럼 쌀가게 안은 아무것도 없이 텅 비어 있었다. 그는 문턱을 넘어 들어갈까 말까 잠시 망설였다. 그러다 문턱을 넘었다. 환한 낮이었지만 그곳은 흡사 동굴 속처럼 어두컴컴했다. 왠지 으스스한 느낌이 등을 스쳤다. 그러면서 자꾸만 불안감이 피어올랐다. 무슨 일일까. 영감님은 어디 가셨을까. 그는 애써 불안감을 털어내며 쌀가게를 나왔다. 그는 잠시 쌀가게 주변을 둘러보았다. 그런 다음 노인을 기다리며 손수레에 걸터앉아 있었다. 노인은 나타나지 않았다.

그는 몸을 일으켰다. 나무의자에서 졸고 있는 고양이에게 다가갔다. 그는 가만가만 머리털을 쓰다듬어주었다. 고양이는 살며시 눈을 뜨는가 싶더니 그대로 가르릉 하고 눈을 감았다. 그는 바닥에 쭈그리고 앉았다. 그는 미소를 머금고 고양이의 얼굴을 바라보았다. 고양이는 짙고 짙은 검정빛을 띠고 있었다. 그러면서도 수염만은 유독 하얀빛이었다. 그는 다시 고양이의 머리털을 어루만져주었다. 고양이는 순순히 그의 손에 몸을 맡겼다. 한참이 지났다. 노인은 아직 나타나지 않았다. 그는 옥탑방으로 돌아갈까 하다 잠시 더 기다려보기로 했다. 다시 한참이 흘렀다. 이제 그는 나무의자에 앉아 있었다. (잠든 고양이를 가슴에 안고) 그는 홀로 '하얀 방'에 앉아 있었다.

마놀로 블라닉

정신병자 C는 삼십대 초반의 나이로 매력적인 여성이었다. 그녀는 한때 잘나가는 '패션 스타일리스트'였다. 그녀는 독신이었는데, 그녀의 유일한 취미는 '명품'을 사 모으는 것이었다. 특별히 선호하는 브랜드나 제품이 있는 것은 아니었다. 그러니까 종류 불문하고 닥치는 대로 그것들을 사들였다. 그녀의 집은 점점 명품들의 쓰레기장이 되어갔다. 그녀의 삶은 오직 그것들을 사들이기 위한 인내와 기다림의 연속이었다. 통장 잔고가 쌓일 때까지 그녀는 수없이 자신을 억누르고 억압해야 했다. 시간이 흐르고 그녀는 기다림에 지쳐가고 있었다. 기다림은 견딜 수 없는 고통이 되어 심장을 옥죄어왔다. 이제 더는 기다림을 참을 수가 없었다. 병적인 초조함과 조바심으로 그녀의 삶은 비틀거리기 시작했다. 그녀는 결국 미친 듯 빚을 내어 욕구를 채우기 시작했다. 하나의 욕구를 채우고 나면 곧바로 새로운 욕망으로 불타올랐다. 그것은 시련이었다. 무서운 광풍이었다. 그것은 마치 영원히 채울 수 없는 탄탈로스의 갈증과 같았다. 그 갈증은 갈수록 커졌다. 그리고 끝내 그녀의 영혼을 공허의 나락으로 추락시켰다.

그녀는 아무것도 손에 잡히지 않았고, 어떤 것에도 마음을 집중할 수 없었다. 시간이 갈수록 참담한 무력감이 그녀의 심신을 짓눌렀다. 얼마 안 가 사람들은 그녀를 떠나갔다. 다시는 그녀를 찾지 않았다. 아무도 그녀를 이해하지 못했고, 누구도 그녀의 이야기에 귀를 기울이지 않았다. 그녀는 그렇게 실업자가 되었다. 시간이 흘렀다. 그사이 돈도 떨어지고 카드도 연체되고 더는 누구한테도 빚을 낼 수 없었다. 그러자 될 대로 되란 심정으로 사채에 손을 대기 시작했다. 그녀는 또다시 게걸스럽게 욕망을 채워나갔다. 그리고 어느 날. 모든 것을 빼앗긴 채 부랑자 신세가 되고 말았다. 그날 아침. 그러니까 그자(사채업자)들이 막 들이닥치기 직전. 그녀는 간신히 집 밖으로 도망칠 수 있었다. 푸르스름한 트레이닝복에 허연 맨발 차림이었다. 그녀의 손에는 분홍빛 마놀로 블라닉(Manolo Blahnik) 구두 한 짝씩이 들려 있었다. 왜 그랬을까. 그 긴박했던 순간. 이 구두 한 켤레를 손에 들고 그녀는 허겁지겁 뛰쳐나왔다. 그렇게 겁에 질린 얼굴로 길거리로 내달았던 것이다. 집 안 가득 나뒹구는 그 많은 전리품들을 버려두고. 이제는 소용없는 이야기지만, 그것들을 일부만이라도 처분했더라면 그토록 비참하게 길거리로 내몰리진 않았으리라. 그러나 그녀에게 그것들을 다시 처분할 수 있다는 생각은 상상조차 할 수 없었다. 그것들은 이미 그녀의 영혼이자 생명이나 다름없었다. 그것들을 다시 처분한다는 것은, 그녀의 영혼과 생명을 팔아치우는 악마와의 거래였던 것이다.

  그 구두 한 짝씩을 손에 들고 그녀는 날마다 유명 백화점의 명품관 주변을 어슬렁거렸다. 그때마다 그것들을 향한 열망으로 까무러칠 듯 몸을 떨었다. 여전히 후줄근한 트레이닝복에 맨발 차림이었다. 그녀는 이제 아무것도 눈에 보이지 않았다. 더는 누구의 시선도 의식하지 않았다. 한순간 마법적 유혹에 끌려 그녀는 그것들의 곁으로 다가갔다. 그녀는 살며시 한쪽 손을 내밀었다. 그것은 사랑스러운 젖먹이를 향해 내미는 어느 행복한 엄마의 손길이었다. 그제야 그녀의 얼굴에 미소가 번졌다. 그러다 퍼뜩 정신이 들었을 때, 그녀는 보안원들에게 붙들려 백화점 밖으로 끌려 나가고 있었다. 그리고 몇 달이 지났다. 강남의 한 길가. 그녀는 홀로 어느 명품숍 쇼윈도 앞에 서 있었다. 벌써 몇 시간째 꼼짝도 않고 그 자리에 서 있었다. 그 가게의 점원들이 몇 번씩 나와 그녀를 떨쳐버리려 했다. 그녀는 요지부동이었다. 참다못해 주인 여자가 나와 경찰을 부르겠다며 엄포를 놓았다. 그 또한 헛일이었다. 어쩔 도리가 없었다. 그들은 도무지 그녀의 고집을 꺾을 수가 없었다. 가게에는 쉴새없이 손님들이 드나들었다. 그녀는 이제 가게를 드나드는 손님들을 바라보고 있었다. 질투와 부러움 그리고 저절로 솟구치는 원망의 감정! 그때였다. 그녀는 겁에 질린 눈으로 손을 벌벌 떨기 시작했다. 왈칵 두려움이 엄습했다. 도저히 자신의 눈을 믿을 수가 없었다. 그것은 인간의 얼굴이 아닌 동물들의 얼굴이었다. 그 가게를 드나드는 손님들. 그들은 모두 인간의 두상이 아닌 동물의 두상을 하고 있었다.

'여우, 기린, 돼지, 개, 말, 늑대, 고양이, 족제비, 수달......'

놀라운 일이었다. 그들의 형상. 그것은 악몽이었다. 어깨 아래로는 인간의 생김새였으나, 어깨 위로는 동물들의 머리를 달고 있었다. 그녀는 도망치듯 달려 행인들이 붐비는 길거리로 숨어들었다. 그녀는 얼른 주위를 둘러보았다. 다행이었다. 모든 게 그대로였다. 방금 전에 보았던 그 이상한 물체들은 눈에 띄지 않았다. 그제야 안도의 숨을 쉬며 놀란 가슴을 가라앉혔다. 바로 그때. 말머리를 달고 있는 물체 하나가 저쪽에서 걸어오는 게 아닌가. 그녀는 깜짝 놀라 주위를 둘러보았다. 또다시 사람들 사이사이로 동물들의 두상이 눈에 들어왔다. 그녀는 두려움에 휩싸여 벌벌 몸을 떨었다. 그녀는 보았다. 눈앞에 드러난 가혹한 현실, 바로 그 악몽 같은 광경을. 바로 그들. 그 괴상한 물체들은 모두 명품을 입었거나, 걸쳤거나, 들었거나, 신었거나, 끼었거나, 차고 있었던 것이다. 그리고 그들. 그 기이한 물체들은 모두 고개를 쳐들고 당당한 몸짓으로 활보하는 반면, 대다수의 인간들은 어깨를 축 늘어뜨린 채 침울하게 걷고 있었다. 그녀는 달아나기 시작했다. 두려웠다. 끔찍했다. 소름이 끼쳤다. 얼마를 달렸을까. 그녀는 막 달음질을 멈추었다. 어느 길모퉁이 옷가게 쇼윈도 앞이었다. 그녀는 가쁜 숨을 몰아쉬었다. 얼굴이 창백했다. 순간 구역질이 올라왔다. 여전히 양손에는 그 구두 한 짝씩이 들려 있었다.

"아름답군요!"

누가 불쑥 말을 걸어왔다.

돌아보니 초라한 행색의 걸인이었다.

"아름다워요. 당신의 모습."

그녀가 쇼윈도에 비친 자신의 모습을 바라보았다. 그러자 낯선

몰골이 눈에 들어왔다. 머리털은 산발을 한 채 덕지덕지 먼지 때가 달라붙어 있었고, 얼굴에는 꼬질꼬질 땟물이 흐르고 있었다. 입고 있던 트레이닝복은 구질구질한 넝마 옷으로 변해버렸다. 발은 여전히 맨발이었다. 순간 걸인이 입을 열었다.

"아, 예쁜 신발이군요."

"내 구두예요."

"그럼요. 물론이죠."

"누구도 가져가지 못해."

그가 부드러운 미소를 지었다.

"이리 한번 줘 봐요, 아가씨."

그가 손을 내밀었다.

"안 돼! 안 돼요!"

그녀가 재빨리 구두를 끌어안았다.

"걱정 말아요. 뺏으려는 게 아녜요."

그가 말했다.

"내 구두예요."

"알아요, 아가씨."

"아무도 안 줄 거야."

그가 다시 미소를 지었다.

"무서워 말아요. 날 믿어요.

난 아가씨의 발에 이 예쁜 구두를 한번

신겨주고 싶었을 뿐이에요."

그가 말했다.

"정말? 정말이에요?"

"그럼요, 아가씨."

그녀의 얼굴에 미소가 돌았다.

그녀가 입술을 깨물었다.

"자, 어서요. 어서요, 아가씨."

그가 다시 손을 내밀었다.

몇 초가 흐른다. 그녀가 망설인다. 결국 그에게 자신의 구두를 건네주었다. 그는 마치 여왕을 배알하는 기사처럼 그 자리에 한쪽 무릎을 꿇었다. 그는 그 구두를 한짝, 한짝 차례로 그녀의 발에 신겨주었다. 엄숙하고 섬세하며 부드러운 손길이었다. 그 손길에 발을 맡긴 채 그녀는 흡족히 자신의 발을 내려다보았다. 순간 그녀는 자신이 정말 여왕이나 공주라도 된 듯 가슴이 벅차올랐다. "자,

다 됐어요, 아가씨." 그가 고개를 들어 그녀를 바라보았다. 으악!
그는 외마디 비명과 함께 뒤로 벌렁 자빠지고 말았다. 그는 벌떡
일어나 정신없이 달아났다. 그대로 순식간에 시야에서 멀어지고
말았다. 이윽고 그녀가 쇼윈도를 향해 몸을 돌렸다. 그녀가 쇼윈
도에 비친 자신의 모습을 바라보았다. 그곳에 그녀가 있었다. 쇼
윈도 속에서 여우의 두상을 단 괴상한 물체가 그녀의 눈을 응시하
고 있었다. 우아하게 고개를 쳐들고서! 날카롭고 도도하게!

잠자는 거인

일찍이 아시아의 황금시기에

빛나던 등불의 하나인 코리아

그 등불 한 번 다시 켜지는 날에

너는 동방의 밝은 빛이 되리라.

　　　　　　　　　　　－ 타고르

1

　어느 날 밤. 무명작가 '구' 씨는 글을 쓰다 말고 의자에 앉은 채로 쪽잠이 들었다. 구 씨는 팔짱을 낀 채 의자 등받이에 머리를 기대고 비스듬히 고개를 숙이고 있었다. 그의 책상에는 노트북이 놓여 있고, 노트북의 화면은 절전 모드여서 꺼져 있었다. 노트북 주변은 많은 메모지와 종잇조각들로 에넘느레했다. 비록 불편한 잠이었지만 몹시 고단했던 구 씨는 색색 소리를 내며 깊이 잠들어 있었다. 구 씨는 아까부터 꿈을 꾸고 있었다. 꿈속에서 구 씨는 어린

259

시절로 돌아가 있었다. 소년은 홀로 초등학교 교실에 앉아 있었고 책상 위에는 먼지 덮인 국어 교과서가 놓여 있었다. 조금 지났다. 그때 책이 꿈틀하더니 이어 스르르 책장이 펼쳐졌다. 낡은 책상 위로 묵은 먼지가 폴폴 피어올랐다. 먼지가 흩어지자 비로소 책장의 글자들이 드러났다. 이윽고 이런 제목이 눈에 들어왔다.

'큰 바위 얼굴'

그랬다. 책장의 제목은 바로 '너새니얼 호손(Nathaniel Hawthorne)'의 단편소설 '큰 바위 얼굴(The Great Stone Face)'이었다. 소년은 한 장 한 장 책장을 넘기며 어린 '어니스트(Earnest)'와 큰 바위 얼굴의 이야기를 읽기 시작했다. 얼마 후 소년은 책장을 덮고 겉표지를 살살 쓰다듬었다. 낡은 겉표지 위쪽에 검고 굵은 글씨로 '국어'라고 새겨져 있고, 아래쪽에 흐릿하게 글자가 씌어 있었다. 그것은 다름 아닌 책 주인의 이름 세 글자였다.

'구정봉'

2

이튿날 구 씨는 책장에서 낡은 책 한 권을 뽑아 읽어 보았다. 아. 언제 읽어 보고 다시 읽는 것인가. 너무 아득해서 기억조차 가물가물했다. 책은 그사이 군데군데 좀이 슬고 사방에 곰팡이가 피어 있었다. 책을 다 읽고 나자 구 씨는 새삼 어린 시절이 떠올랐다. 구 씨는 절로 미소를 지었다. 이내 가슴에서 추억들이 솟아나와 그의 머릿속을 휘감았다. 구 씨는 자리에서 일어나 창가로 다가갔다. 휙휙 찬바람이 불고 길에는 수북이 낙엽들이 뒹구는 늦가을의 오후였다. 구 씨는 책을 손에 든 채 창밖을 바라보았다. 창밖에는 푸슬푸슬 눈이 내리고 있었다. 이제 막 겨울의 도착을 알리는, 그 해의 첫눈이었다. 구 씨는 너새니얼 호손의 큰 바위 얼굴을 손에 든 채 한참을 창가에 서 있었다.

3

구 씨는 책을 다시 책장에 꽂아놓고 책상머리에 앉았다. 곧 인터넷으로 화이트 마운틴(White Mountain)의 큰 바위 얼굴을 검색해 보았다. '산의 노인(Old Man of the Mountain)'으로 불리는 이 바위는 호손의 단편소설 큰 바위 얼굴의 실제 모델이었다. 잠시 후 구 씨는 인터넷 화면을 통해 놀랍고도 안타까운 사실을 알게 되었다. 구 씨는 적이 충격을 받았다. 그때까지 구 씨는 그 사실을 모르고 있었다. 아니 어쩌면 알고 있었는데도 그간 관심을 버린 탓에 잊고 있었는지도 모른다. 어쨌거나 그 바위는 심한 폭풍우를 견디지 못해 이미 그 형태를 잃고 말았던 것이다. 이제 큰 바위의 얼굴은 자애롭고 듬직하던 노인의 얼굴이 아닌 이목구비가 모두 사라져버린 얼굴 없는 누군가의 잔해일 뿐이었다. 구 씨는 갑자기 자기 어린 시절의 한 조각을 박탈당한 느낌이었다. 그것은 또한 자기 자신도 생각지 못한 뜻밖의 상실감이었다. 구 씨는 오래전 자신과 함께했던 마음속의 친구, 바로 그 어니스트 소년을 잃어버린 것이다.

구 씨는 문득 어니스트를 떠올렸다. 아. 어니스트의 마음은 얼마나 슬플까. 자신의 우상 큰 바위 얼굴을 잃어버린 어니스트를 떠올리자 구 씨는 마치 어니스트가 된 듯 가슴이 아렸다. 구 씨에게 어니스트와 큰 바위 얼굴은 단지 소설 속의 이야기가 아니었다. 초등학교 시절. 구 씨는 이들과 함께 신비롭고 아름다운 미래를 꿈꾸지 않았던가. 구 씨는 이들을 가슴에 품고 세상의 빛이 되는 참된 인생에 대한 이상을 꿈꾸지 않았던가. 구 씨는 날마다 너새니얼 호손을 선망했고, 자라서 마침내 작가가 되지 않았던가. 그런 생각을 하자 구 씨는 서글픈 공허감과 함께 자기 자신에 대한 반성 어린 자책감이 밀려왔다.

4

그 뒤로 여러 날이 지났다. 그동안 구 씨는 일이 손에 잡히지 않
았다. 도저히 집중이 되지 않아 거의 글을 쓰지 못했다. 구 씨의 머
릿속엔 여전히 사라진 큰 바위 얼굴에 대한 시린 아쉬움이 떠돌고
있었다. 그로 인해 구 씨는 가슴 저린 허전함과 함께 영혼의 허탈
감에 시달리고 있었다. 구 씨는 홀로 낙엽을 밟고 앙상한 가로수
밑을 걸으며 정처 없이 거리를 배회했다. 춥고 스산한 날씨에도 거
리거리 행인들의 표정은 온화해 보였다. 구 씨는 저만큼 걷다가 우
뚝 멈춰 서서 주위를 돌아보았다. 하늘에서 뿌연 싸락눈이 날리고
있었다. 구 씨는 평화롭게 오가는 사람들을 보며 맘속으로 중얼거
렸다. '저들은 알고 있을까. 거인의 실종을. 큰 바위 얼굴의 증발
을. 어린 어니스트의 슬픔을. 이 세상을 자비롭게 굽어보던 산(山)
노인의 종말을……'

5

그리고 대략 6년여가 지났다. 구 씨는 이제 40대 후반이 되어 있
었다. 구 씨는 여전히 아무도 알아주지 않는 무명작가였다. 지금껏

꾸준히 작품을 발표했지만 어느 것 하나 주목을 받지 못했다. 구 씨는 생계를 위해 닥치는 대로 노동을 했다. 대부분 힘겨운 막일이 거나 보잘것없는 허드렛일이었지만 구 씨는 한 번도 자신의 삶을 후회하지 않았다. 아니다. 단 한 번도 후회하지 않았다면 거짓이리 라. 그렇지만 구 씨는 자신이 선택한 작가로서의 길을 사랑했다. 외려 구 씨는 자신에게 주어진 시련에 감사하며 밤낮으로 꿈을 향 해 전진했다. 분명 구 씨는 자신의 삶을 존중했고 자신이 꿈꾸던 그 하나의 소명에 최선을 다했다. 구 씨의 꿈은 유명 작가가 되는 것도, 화려하게 빛나는 일류 작가가 되는 것도 아니었다. 그의 바 람은 다만 너새니얼 호손의 큰 바위 얼굴처럼 꿈과 희망을 이야기 하는 진실하고 가치 있는 작품을 남기는 것이었다. 주어진 삶에 만 족하며 소박한 행복을 누리는 이상적인 미래의 삶. 그것이 구 씨가 꿈꾸는 희망적인 미래의 모습이었다. 그러나 구 씨에게도 위기는 찾아왔다. 한 달 전 집주인으로부터 방을 비우라는 통보를 받은 것이다. 집주인은 구 씨에게 두 달 간의 여유를 주었다. 이제 어찌 해야 할까. 구 씨는 막막했다. 앞으로 한 달 뒤면 구 씨는 방을 비 워야만 했다. 구 씨는 어디로도 갈 곳이 없었지만 더는 집주인에게 사정을 하지 않았다. (또한 구 씨는 법적인 문제, 이를테면 주택임 대차보호법상 '묵시적 갱신'과 '일정 기간 거주 보장' 등은 전혀 개의치 않기로 했다.) 그것이 집주인에 대한 마지막 예의라고 생각했다. 이미 보증금은 소진되고 게다가 반년 넘게 월세가 밀려 있었기 때문이다. 구 씨가 생각해도 집주인으로선 최대한의 선의를 베푼 것이었다.

6

구 씨는 이제 중대한 결심을 해야만 했다. 마침내 구 씨는 운명의 기로에 선 것이다. 나이 50을 눈앞에 두고 더는 피할 수 없는 막다른 골목에 다다른 것이었다. 그의 결심은 결국 둘 중의 하나이리라. 첫째, 이대로 담담히 자신의 삶을 마감하는 것. 둘째, 그토록 처절하게 이끌어 온 작가로서의 길을 포기하는 것. 그러나 어떤 선택을 하든 구 씨에겐 똑같이 삶의 종말을 의미하는 것이리라. 그런저런 생각을 하자 구 씨는 되레 머릿속이 환해지며 야릇한 만족감이 들었다. 이제 어니스트도 화이트 마운틴의 큰 바위 얼굴도 사라졌지 않은가. 그건 어쩌면 자신의 꿈과 미래에 대한 전조가 아니었겠는가. 일평생 그들을 안고 살아온 자신의 인생과 최후에 대한 암시가 아니었겠는가. 그렇다면 구 씨는 이미 6년여 전 화이트 마운틴의 불운과 함께 사라져야 할 운명이 아니었겠는가. 구 씨는 벌써 수년 전에 자신의 시간을 마감하고 홀연히 그들을 만나러 떠나야만 했던 것이 아닌가.

　구 씨는 이제야 6년여 전 그날의 꿈이 바로 자신을 향한 어니스트와 큰 바위 얼굴의 부름이었다는 걸 깨달았다. 구 씨는 절로 미소가 났다. 구 씨는 조금도 슬프지 않았다. 구 씨는 도리어 행복감을 느꼈다. 더는 생에 대한 아무런 미련도 없었다. 남은 생은 그에게 구차한 군더더기일 뿐이었다. 이제 곧 어니스트와 큰 바위 얼굴을 만난다는 생각을 하자 구 씨는 다시 소년이 된 것처럼 가슴이 부풀어 왔다. 그리고 3주가 지났다. 그사이 구 씨는 신변을 대강 정리하고 날마다 마음의 결심을 다지며 아직 쓰다 만 원고들을 서둘러 마무리했다. 일주일 뒤. 구 씨는 원고들을 모두 모아 어느 출판사로 소포를 부쳤다. 그동안 자신의 글을 출판해 준 도시 변두리의 가난한 출판사였다. 얼마 전부터 출판사는 운영비를 감당하지 못해 휴업 중인 상태였다. 우체국에서 소포를 붙이고 나자 구 씨는 마음의 짐을 내려놓은 듯 홀가분했다. 구 씨는 가벼운 심정으로 근처 분식점에 들어갔다. 구 씨는 찌개 하나를 시키고 반주로 소주 한 병을 마셨다. 구 씨는 주머니를 탈탈 털어 값을 치른 뒤 밖으로 나왔다. 날은 이미 어두워져 있었다. 하늘에서 폴폴 함박눈이 내렸다. 구 씨는 기분 좋게 함박눈을 맞으며 행인 사이를 걸어 자신의 방으로 되돌아왔다. 방으로 되돌아오면서 구 씨는 계속 콧노래를 흥얼거렸다. 그러면서 구 씨는 이런 생각을 떠올렸다. 아마도 자신이 세상에서 제일 축복받은 사람이 아닌가 하는(보라. 이렇게 하늘에서 그의 마지막을 위해 거룩한 눈송이를 뿌려주지 않는가......).

7

구 씨는 밤 11시쯤 책장에서 책을 꺼내 천천히 정성스럽게 읽었다. 바로 너새니얼 호손의 큰 바위 얼굴이었다. 몸에 술기운이 돌아 책의 글자들이 어른거렸다. 새벽 1시쯤 구 씨는 졸다가 잠을 깼다. 구 씨의 가슴에는 아직 호손의 책이 들려 있었다. 구 씨는 책을 들고 자리에서 일어나 창가로 갔다. 구 씨는 한동안 눈 내리는 밤 풍경을 바라보았다. 세상은 너무도 평화로웠다. 참으로 아름다운 설야였다. 이런 순간이야말로 자신의 결심을 실행할 수 있는 최적의 기회라고 구 씨는 생각했다.

8

구 씨는 새벽 3시쯤 방을 나왔다. 손에는 여전히 그 책이 들려 있었다. 바닥에는 수북수북 눈이 쌓였다. 뽀득뽀득 눈 밟는 소리가 귀를 울렸다. 그 소리가 좋아 구 씨는 가슴이 푸근해졌다. 구 씨는 쉬지 않고 어딘가로 걸어갔다. 구 씨의 목적지는 없었다. 구 씨는 무작정 집을 나왔다. 구 씨는 자신의 발이 지쳐 멈출 때까지 걷다가 마침내 그곳에서 기나긴 잠이 들고 싶었다. 언젠가 톨스토이가 집을 나와 마지막 길을 나섰을 때 이런 심정이 아니었을까 하고 구 씨는 생각했다. 한 시간쯤 지났을 때 구 씨는 도시 변두리에 다다랐다. 모두 합해 10호 남짓 되는 작고 쓸쓸한 벽촌이었다. 마을은 무서우리만치 괴괴했다. 이젠 아무도 살지 않는 폐촌인 듯 마을은 빛도 온기도 없이 차갑게 얼어붙어 있었다.

9

구 씨는 걷다가 어느 초가집 담장에 기대앉았다. 오랫동안 사람 손이 닿지 않은 듯 반쯤 허물어져가는 돌담이었다. 담장에 등을 기대고 앉자 곧바로 추위와 함께 피로가 몰려왔다. 구 씨는 여독에 지쳐 저도 모르게 눈이 감겼다. 곧 사르르 졸음이 왔다. 구 씨는 그대로 책을 가슴에 품은 채 잠이 들었다. 잠든 구 씨의 머리 위로 소복소복 눈송이가 내려앉았다. 얼마나 지났을까. 누군가가 구 씨의 어깨를 흔들어 잠을 깨웠다. 그사이 구 씨는 전신에 눈송이를 뒤집어쓴 눈사람이 되어 있었다. 구 씨는 가까스로 눈을 뜨고 주위를 둘러보았다. 그러자 구 씨 앞에 한 노인이 서 있었다. 하얀 도포에 검정 복건을 쓴 미지의 노인이었다. 펄펄 내리는 눈송이 속에서 노인은 구 씨를 내려다보며 흰 수염을 쓸어내렸다. 마치 한 마리 학처럼 고고하고 신비로운 풍모였다.

"나를 따르게."

노인이 불쑥 말했다. 곧 돌아서서 노인은 눈발 속으로 걸어가기 시작했다. 구 씨는 얼른 몸을 일으켰다. 노인은 벌써 저만큼 멀어지고 있었다. 후다닥 눈을 털고 구 씨는 노인 쪽으로 종종걸음을 쳤다. 잠시 후 구 씨는 노인을 따라잡았다. 구 씨는 서너 걸음 뒤에서 노인을 뒤따랐다. 노인은 뒤돌아보지 않고 묵묵히 자신의 길을 걸어갔다. 한 발자국. 두 발자국. 하얀 숫눈 위에 발자국을 남기며 두 사람은 호젓이 눈길을 걸었다. 앞서가는 발걸음이 첫 발자국을 남기고 뒤따르는 발걸음이 그 발자국을 밟아가고 있었다. 마을에서 한참 벗어나자 함박눈은 눈보라로 변했다. 그 뒤로 얼마를 갔을까. 둘은 막 하얗게 물든 겨울 산의 기슭에 다다랐다. 그사이 눈이 그치고 하늘 저 멀리 보름달이 떠올랐다.

환한 달빛 아래 둘은 말없이 산길을 오르기 시작했다. 얼마가 지났다. 그때 노인이 발을 멈췄다. 구 씨도 따라 발을 세웠다. 노인이 대뜸 손을 뻗어 먼 곳을 가리켰다. "무엇이 보이는가?" 노인이 불쑥 물었다. 구 씨가 그쪽을 바라보았지만 보이는 건 다만 달빛 아래 솟아오른 거대한 암벽뿐이었다. 바위 암벽 둘레에는 옅은 밤안개가 덮여 있었다. "커다란 바위 암벽이네요, 어르신." 구 씨가 대답했다. "다시 한 번 보게." 노인이 말했다. 구 씨가 재차 바위 암벽을 바라보았다. 그러자 서서히 밤안개가 걷히면서 놀랍게도 사람의 얼굴이 눈에 들어왔다. 처음에는 흐릿하더니 이내 선명하게 이목구비를 드러냈다. 구 씨는 신기한 눈으로 바위 얼굴을 바라다보았다. "월출산의 신령. '잠자는 거인'이라네." 노인이 말했다. "때론 선비 바위가 되고, 때론 장군 바위가 되고, 때론 학자 바위로 변한다네."

10

그렇게 호손의 책을 손에 든 채 구 씨는 멀리 잠자는 거인의 얼굴을 바라보았다. 그것은 바위 암벽 전체가 또렷이 사람의 얼굴을 하고 있었다. 머리끝부터 턱수염까지. 적어도 100미터가 넘는 장엄한 바위 얼굴이었다. 노인이 다시 발을 뗐다. 얼마 후 두 사람은 굴곡진 산중턱을 오르고 있었다. 이상한 일이었다. 어느새 다

녹았는지 산길에는 이제 눈송이 하나도 보이지 않았다. 사위는 적막하고 산바람은 잠자고 달빛 서린 대기는 밤이슬에 젖었다. 벌써 힘에 부친 구 씨와는 달리 노인은 평지를 걷듯 사뿐사뿐 산길을 걸어 올라갔다. 그 모습은 마치 땅을 밟지 않고 살짝 공중에 떠서 날아가는 신선처럼 보였다.

한참이 흘렀다. 두 사람은 막 바위 얼굴 정수리에 올랐다. 그곳 군데군데 신기로운 우물이 패어 있었다. 크고 작은 우물 가운데 노인은 제일 큰 우물로 다가갔다. 희푸른 우물 속에 또 하나의 보름달이 떠 있었다. 이 우물은 오랜 세월 풍화작용으로 형성된 '풍화혈(風化穴. 또는 나마gnamma)'로 자연 스스로가 조각한 천연의 물웅덩이였다. (이런 구멍을 다른 말로는 '가마솥 바위'로 부른다.) 우물은 그다지 깊지 않았다. 예전에는 이런 우물이 아홉 개가 있다고 하여 이곳 월출산 바위 얼굴 꼭대기를 '구정봉(九井峰)'으로 불렀다. 또한 각각의 우물을 지키는 수호신처럼 우물마다 한 마리씩 아홉 마리의 용이 살았다고 한다. (월출산月出山은 글자 그대로 '달이 떠오르는 산'을 뜻한다.) 두 사람은 나란히 우물가에 서서 우물 속의 보름달을 내려다보고 있었다. 갑자기 우물 속에서 무당개구리 한 마리가 튀어나와 딴 우물로 잽싸게 풍덩 뛰어들었다.

"이곳은 '우주의 숫구멍'일세."

　노인이 순간 입을 열었다. "이곳은 또한 '세상의 숨구멍'이요 '인류의 생명수'라네." 노인은 말을 마치고 복건과 도포를 벗은 뒤 가만가만 우물로 들어갔다. 달빛 어린 우물 속에 앉아 노인은 연거푸 차디찬 물을 끼얹었다. 그렇게 우물에서 재계한 뒤 노인은 밖으로 나와 다시 복건을 쓰고 도포를 몸에 둘렀다. 노인은 정성스레 옷매무새를 가다듬었다. 그러고 나서 우물을 향해 공손히 읍하고는 구 씨에게 말했다.

　"이제 곧 큰 어른을 뵈올 걸세."

11

　그때 하늘에서 가랑눈이 흩날리기 시작했다. 사르륵사르륵. 자디잔 눈가루들 사이로 천고의 아스라한 적막이 내려앉았다. 조금 지나자 우물에서 느닷없이 용 한 마리가 솟구쳐 올랐다. 용은 가만가만 구정봉 하늘을 맴돌더니 이윽고 구 씨의 맞은편 우물가에 내려앉았다.　다음 순간 용은 사라지고 이제 그 자리엔 기골이 장대한 노인이 서 있었다. 그 노인이 맞은편에 서서 이쪽 노인을 바라보았다. 그러자 이쪽 노인이 그쪽 노인을 향해 연달아 세 번 공경히 읍했다. 이쪽에서 읍을 마치자 그쪽 노인이 한 차례 정중히 답읍했다. 순간 이쪽에서 먼저 입을 열었다. "만세사표(萬世師表) 문선왕 공자(孔子)이시여, 인사를 받으소서." 그러자 그쪽에서 노인이 답례했다. "동방예의군자국 왕인 박사여, 그 이름이 거룩하리라." 노인은 말을 마치고 다시 용으로 변해 하늘로 솟아올랐다. 잠시 공중을 맴돌더니 용은 빠르게 낙하하여 우물 속으로 몸을 감췄다.

용은 그렇게 전설의 달 속에서 솟아나와 역사의 달 속으로 되돌아갔다. 순간 우물 속에서 이런 음성이 울려나왔다. "아, 동이여! 동이여! 나는 늘 동이를 동경했노라. 나는 날마다 동이에 가 살고 싶었노라." 그 음성이 잦아들자 우물 속에서 갑자기 또 하나의 용이 솟아나왔다. 용은 회오리치듯 솟구쳐 올라 한바탕 월출산 하늘을 휘돌더니 이윽고 구 씨의 맞은편 우물가에 내려앉았다. 바닥에 닿는 순간 용은 스르르 모습이 변했다. 이제 그 자리엔 고아한 풍채의 노인이 서 있었다. 곧 양쪽 노인이 서로를 향해 공순히 읍했다. 그러고 나자 그쪽에서 노인이 입을 열었다. "오, 내 마음의 선학 왕인 박사여, 인사를 받으소서." 그러자 이쪽에서 노인이 답례했다. "그대, 내 마음의 후학 이퇴계시여, 그 이름이 찬연하리라."

이쪽에서 말을 마치자 그쪽 노인은 다시 용으로 변해 날아올랐다가 이내 하강하여 우물 속으로 모습을 감췄다.

그제야 구 씨는 자신의 곁에 선 노인이 백제 시대 전남 영암의 월출산 자락에서 태어난 '왕인(王仁) 박사'라는 걸 알았다. 〈서기 397년. 왕인 박사는 일본국 응신(應神) 천황의 초청으로 천자문 1권과 논어 10권을 가지고 일본에 건너가 태자의 사부가 되었다. 그리고 그들에게 문자와 경서, 백제 문화와 인륜도덕을 가르쳐 준 덕으로 '문자의 조상(文祖)'으로 숭앙받으며 '아스카(飛鳥) 문화'의 시조가 되었다. 왕인 박사의 묘는 일본 오사카 히라가타(枚方) 시에 있다. 공자와 주자를 잇는 퇴계 이황 선생의 성리학 사상은 일본으로 전해져 그곳 유학자들의 학문형성에 큰 영향을 주었다. 일본 후쿠오카 정행사(正行寺)에는 퇴계 선생 위패를 모신 '경신당(敬信堂)'과 함께 그 공덕을 기리는 '이퇴계선생현창비'가 세워져 있다. 애초에는 도쿄 우에노(上野) 공원 '왕인박사비' 옆에 세워질 계획이었다. 이곳 정행사 법당에는 또한 조선시대 고승 사명대사의 존영이 모셔져 있다.〉

12

왕인 박사는 다시 복건과 도포를 벗고 우물로 들어갔다. 그 속에서 곡진히 몸을 재계하고 난 뒤 다시 물 밖으로 나왔다. 왕인 박사는 이윽고 의관을 정제하고 나서 이렇게 말했다. "이제 곧 '하늘과 땅과 사람(天地人)'의 주인을 뵈올 걸세." 노인은 말을 마치고 우물을 향해 조용히 읍하고 서 있었다. 시나브로 눈발이 굵어지고 있었다. 얼마가 지났다. 그때 하늘에서 푸른 구름을 타고 하얀빛에 휩싸인 사람들이 우물가로 내려왔다. 그들은 구 씨의 맞은편에 둘러서서 이쪽을 바라보았다. 맨 앞쪽에는 온화한 얼굴의 세 노인이 서 있었다. 그들 한가운데 면류관과 흰 도포를 두른 학발노인이 서 있었다. 그 좌우에는 상투관을 쓴 노인 둘이 호위하듯 서 있었다. 그들 뒤편으로 수백의 아리따운 선녀들이 부챗살 모양으로 겹겹이 세 노인을 옹위하고 서 있었다.

순간 왕인 박사가 무릎을 꿇고 맞은편을 향해 납작 몸을 엎드렸다. 구 씨도 얼른 무릎을 꿇고 황공히 머리를 조아렸다. 구 씨는 두려움에 눌려 저도 모르게 몸을 움츠렸다. 자꾸만 바르르 몸이 떨렸다. 그때 맞은편에서 이런 음성이 울려왔다. "나의 자손 왕인 박사야, 이제 너희에게 빛을 주리라. 이제 너희에게 온 세상을 밝힐 등불을 주리라. 이제 너희에게 온 마음을 지필 횃불을 주리라. 이제 너희에게 모든 이를 이끌어 갈 거인을 주리라. 이제 너희가 오래도록 기다려 온 거인이 잠을 깨리라." 말을 마치고 그들은 다시 하얀빛에 휩싸여 밤하늘로 날아올랐다. 그제야 왕인 박사는 몸을 일으켰다. 왕인 박사는 밤하늘을 우러르며 혼잣말로 웅얼거렸다. "오, 하늘과 땅과 사람의 주인이시여. 오, 거룩한 이름! 환인과 환웅과 단군왕검이시여, 부디 성스러운 자비로 온 세상을 굽어살피소서. 부디 맑디맑은 자애로 천하만민을 굽어살피소서."

13

구 씨는 서서히 눈을 떴다. 짙은 안개가 낀 듯 시야가 어룽거렸다. 먼 곳에서 외치는 메아리처럼 아련한 목소리가 들려왔다. 몇 분이 흘렀다. 구 씨는 그대로 눈을 뜬 채 멍하니 드러누워 있었다. 구 씨의 눈은 아직 아무것도 분간할 수 없었다. 그의 가슴에는 여전히 호손의 책이 안겨 있었다. 다시 몇 분이 지나자 구 씨는 차츰 시야가 밝아왔다. 이윽고 구 씨의 머리맡에 앉아 걱정스레 내려다보는 두 개의 눈동자가 눈에 들어왔다. "깨났구려!" 머리맡에 앉아 있던 노파가 입을 열었다. "아이고! 다행이우, 다행! 천만다행이우! 이제 되었수. 정신이 돌아왔으께. 내 영영 깨나지 못할 줄 알았다우." 잠시 멈췄다가 노파가 말을 이었다. "아이고, 하마터면 큰일 날 뻔했수. 내 밖에 나가 보았기 망정이제. 안 그랬담 어쩔 뻔했 수?" 노파가 또 말을 이었다. "내 하도 꿈자리가 요상해 나가 본

거유. 아 글씨, 웬 영감이 꿈에 나타나 호통을 치지 뭐유. 얼른 인나 나가 보라고 말이우. 그래 퍼뜩 잠이 깨고 말았수. 내 별일 다 있다 싶어 후딱 나가 보았수. 아, 그랬더니 웬걸! 이녘이 담장 밑에 쓰러져 꽁꽁 얼붙어......"

"헌디 젊은 양반, 그 책은 뭐유? 아, 뭔 책이길래 죽기 살기 움켜쥐고 있는 거유. 내 아무리 떼어내려 해도 안 돼 포기했수. 아, 얼마나 꽉 움켜쥐었는지 손이 펴져야 말이제......" 노파는 혼자 신이 나서 중얼거렸다. 이제 구 씨의 귀엔 아무 소리도 들리지 않았다. 구 씨는 저도 모르게 책을 더 꽉 움켜쥐었다. 그러면서 마음속에 이런 생각을 떠올렸다. '그래도 난 톨스토이보단 운이 좋구나. 그는 결국 러시아 시골 마을 아스타포보 역장실서 객사했지만, 나는 다시 살아나 또 한 번의 생을 살아갈 테니......' 〈아스타포보(Astapovo) 역은 현재 톨스토이 역으로 바뀌었다. 그의 몸은 생가가 있는 '야스나야폴랴나'에 묻혔다. 야스나야폴랴나(Yasnaya Polyana)는 러시아어로 '밝은 목초지'를 뜻한다.〉

그런 생각을 하자 구 씨는 문득 쓴웃음이 났다. 구 씨는 순간 절대적 진리를 깨달은 듯 머릿속이 환히 열리는가 싶더니 이내 가슴속에 텅 빈 고독감이 스며들었다. 그러나 그 고독감은 단지 하나의 쓸쓸함이 아닌 어딘가 애틋한 달콤함이 배어 있었다. 어쩜 그것은 되찾은 큰 바위 얼굴을 바라보는 그 옛날 어니스트의 소박한 행복감이 아니었을까. 뭐가 그리 재미나는지 노파는 숫제 자기 말에 자기가 취해 수다스레 주절거렸다. 하지만 그 소리는 아무도 듣지 않는 혼자만의 넋두리일 뿐. 조금 지났다. 구 씨는 눈을 감고 생각에 잠겼다. 구 씨는 조용히 간밤의 일을 돌이켜 보았다. 불현듯 왕인 박사의 음성이 되살아왔다. 바로 월출산 구정봉 우물가에서 왕인 박사가 들려준 마지막 음성이었다. 멀리 천년의 꿈을 꾸는 월출산 달빛 아래 둘은 사색하듯 고요히 서 있었다. 아스라이 밤하늘을 감싸며 포근포근 함박눈이 내리고 있었다. "내 마지막으로 시 한 수를 들려줌세." 마침내 왕인 박사가 말했다. 구 씨와 헤어지기 전. 왕인 박사는 그에게 이런 시를 들려주었다.

이제, 거인이 잠을 깨리라.

잠든 거인이 잠을 깨리라.

잠자는 거인이 잠을 깨리라.

오, 하늘과 땅 그리고 사람의 아들

큰 바위 얼굴이 눈을 뜨리라.

한 손에 우주의 등불을 들고

한 손에 하늘의 횃불을 들고

마침내 지상의 어둠을 밝힐

월출산月出山의 거인이 일어서리라.

마침내 인류의 가슴을 지필

구정봉九井峰의 거인이 솟아나리라.

마침내 온 세상의 평화를 이룰

천손의 후예, 거발환居發桓의 자손,

오! 배달국倍達國의 거인이 깨어나리라.

시간의 모든 밤은

저마다의 시련을 안고 있다.

촛불

너를 죽여 밤을 밝히고도
비명도 몸부림도
울부짖음도 없다.

오직 너를 태워
누군가의 빛이 될 뿐

흐르는 건
고통의 눈물이 아니다.

기쁨 희생 헌신 보람
영광의 눈물이다.

진정
희생이란 그런 것이다.

달나라 99번지

(1. 방문객)

불가사의한 일이었다. '이재' 씨가 들려준 이야기를 믿어야 할까. 그 이야기를 하기 전에, 우선 그 사정부터 설명해야겠다. 그가 내 지하방에 찾아온 것은 달포 전이었다. 밤 11시경이었다. 누가 문을 두드리기에 나가보니 낯선 노인이 서 있었다. (처음에는 바람 소리인 줄 알고 나가보지 않았다. 이미 여러 번 바람에게 속았다. 바람이 부는 날이면 문은 늘 덜컹거렸다. 그건 영락없는 노크 소리였다. 혹시나 하는 기대감에 나가보면 기다리는 것은 짙은 어둠과 폐허, 그리고 거대한 침묵뿐이었다.)

노인은 질 좋은 외투에 중절모를 썼으며 한 손에는 지팡이를 들고 있었다. 제법 큰 키에 살집이 적고 얼굴에는 금테 안경을 끼고 있었다. 그가 문밖에 지팡이를 기대어 놓고 방으로 들어왔다. 노인은 곧 모자를 벗어 오른손에 쥐었다. 살짝 눌린 그의 은발이 기품 있게 빛났다. 두 사람은 방바닥에 마주앉았다. 나는 그를 모른다. 짐작건대, 그 또한 나를 알 리가 없다. 하지만 그가 나를 찾아

온 것은 나를 알고 있기 때문일 것이다. 그렇다면, 그는 어떤 경로를 통해 나를 찾아오게 된 것일까. 이제 그 사연을 말해야겠다. 우린 두 시간쯤 대화를 나눴다. 아니. 그보다 조금 더. 그러니까 두 시간 20분가량 이야기를 주고받았다.

그는 어느 걸인으로부터 나에 대해 들었다고 했다(그는 분명 '걸인'이라 말했다). 나를 찾아오기 3일 전이었다. 자정이 좀 넘은 시각이었다. 그는 홀로 밤거리를 걸으며 골몰히 생각에 잠겨 있었다. 인적은 끊기고 거리는 스산했다. 그는 그날 밤(일주일 전, 크리스마스 밤)을 떠올리고 있었다. 얼마가 지났다. 그때 저만치서 무슨 소리가 났다. 그는 무심코 그쪽으로 다가갔다.

한 걸인이 쓰레기더미를 뒤지고 있었다. 키가 작고 허리가 굽었으며 앙상하게 몸이 야윈 절름발이 노인이었다. 노인 곁에는 작은 손수레가 놓여 있었다. 손수레에는 '폐지, 빈 병, 헌 옷' 따위가 수북이 쌓여 있었다. 노인은 넝마주이였다. 이윽고 노인이 허리를 펴고 그를 바라보았다. 그리고 대뜸 이렇게 말했다. "가시오. 가서 말하시오. 그리로 가서 그날 밤의 이야기를 들려주시오." 이재 씨는 뭐가 뭔지 몰라 어리둥절한 표정을 지었다. 노인이 수레를 끌고 그 자리를 떠나려는 찰나 이재 씨가 말했다. "무슨 말입니까?

어디로? 어디로 가란 말입니까?" 노인이 손가락으로 방향을 가리켰다. 이재 씨가 그쪽을 바라보았다. 순간 노인이 말했다. "저기 보이는 달동네. 99번지. 그 지하방으로 가시오. 가서 들려주시오. 당신의 비밀을. 그날 밤의 이야기를. 그곳에 당신을 기다리는 가난한 시인이 산다오."

노인은 그를 뒤로한 채 발을 절룩거리며 어둠 속으로 사라져 갔다. 이재 씨는 그렇게 나를 찾아왔고, 그날 밤(크리스마스 밤)의 이야기를 들려주었다. 그는 내게 자신이 들려준 이야기를 글로 써달라고 부탁했다. 그러니까 자신의 이야기를 (또는 경험담을) 세상에 알리고 싶다는 것이었다. (그것은 뭐랄까. 그는 아직 세례 받은 교인이 아니었지만 굳이 종교적으로 말하면 '간증', 즉 비종교인이 체험한 종교적 이적이었다.) 그러면서 적지 않은 보수(원고료)를 약속했다. 또한 매달 일정 금액의 후원금을 지급하겠으며, 원한다면 더 넓고 쾌적한 작업 공간을 제공하겠다고 덧붙였다. (순간 나는 여러 달 밀린 사글세와 주인아주머니의 곱지 않은 눈초리를 떠올렸다.)

단지 빈말이 아니었다. 그의 눈동자 깊숙이 진심이 어려 있었다.

나는 보았다. 그의 눈빛은 수줍은 듯 떨렸고, 그의 영혼은 동공 속에서 맑고 단호하게 빛났다. 그는 두 입술이 아닌, 내면의 명령으로, 선한 가슴과 지혜로운 직관으로 말하고 있었다. 나는 그에게, 그러겠노라고 말했다. 그러면서 원고료는 원치 않는다고 덧붙였다. 외려 그에게 진실하게 감사를 표했다. (나 같은 무명작가에게) 이처럼 신비로운 이야기를 글로 옮길 수 있는 진기한 행운, 고귀한 기쁨을 선물했기 때문이었다. (아닌 게 아니라. 세상엔 내로라하는 날고 기는 문사들이 넘쳐나지 않는가.)

이재 씨는 아무 말이 없었다. 그저 물끄러미 내 얼굴을 바라볼 뿐이었다. 그러다 가만가만 방안을 둘러보았다. 휑한 방에는 낡은 책상과 밥상, 전기스탠드, 그리고 담요 한 장이 놓여 있었다. 벽은 온통 굵은 거미줄과 검누른 곰팡이로 뒤덮여 있었다. 온기가 사라진 방바닥은 얼음장처럼 차가웠다. 방바닥 아래 하수가 흐르고 있어 장판 밑은 사시사철 물기에 젖어 있었다. 한순간 찍찍 쥐 소리가 들렸다. 바퀴벌레 한 마리가 나타나 스르륵 방바닥을 가로질렀다. 이윽고 그가 자리에서 일어섰다. 나도 따라 몸을 일으켰다. 잠시 후 방문을 나서기 전. 그는 이렇게 말했다. "내 꼭 선생의 글을 출판하겠소." 이쯤에서 서론은 마무리해야겠다. 이만하면 되었다. 예서 더 보태면 사족이 될 것이다. 오늘은 여러분에게, 그가 들려준 그날 밤의 이야기를 전달하는 게 목적이기 때문이다(정확히는 그 일주일 전부터 크리스마스 밤까지의 이야기다).

(2. 성탄절)

성탄절을 한 주일 앞둔 밤이었다. 11시가 조금 넘은 시각이었다. 날씨는 꽤 쌀쌀했지만 거리에는 아직 연인들로 가득했다. 눈은 잠시 내렸다 한참을 쉬었다 하면서, 그들만의 놀이에 빠져 있었다. 어느 가게에서 크리스마스캐럴이 흘러나왔다. 밤이라서 그런지 잔잔한 곡들이었고, 노랫소리도 나지막이 들려왔다. 시간이 흘러 새벽 2시경이 되었다. 이제 거리는 텅 비고 가게마다 문이 닫히고 캐럴도 들려오지 않았다. 이재 씨는 문득 잠이 깼다. 이런 일은 좀체 없는 일이다. 그가 이 시간에 눈을 뜬 건, 지난 몇 달 동안 처음 있는 일이었다. 그는 눈을 뜬 채 그대로 누워 있었다. 한참이 지났다. 그는 침대 머리맡에 있는 전기스탠드를 켰다. 스탠드 아래 놓인 탁상시계가 2시 25분을 가리키고 있었다. 탁상시계 옆에는 그가 벗어놓은 안경과 회중시계가 놓여 있었다.

"괴상한 일이군. 꿈을 꾸다니."

그가 혼잣말로 중얼거렸다. 사실이었다. 그는 본래 꿈이란 걸 꾸지 않는다. 그는 보통 밤 11시께 잠들어, 새벽 4시쯤 잠이 깨는데, 그 사이에 눈을 뜬다거나 꿈을 꾼다거나 하는 일은 찾아보기 어렵다. 그는 눈을 감기 무섭게 드렁드렁 코를 골며 세상모르고 잠에 빠져들기 때문이다. '꿈도 꿈이지만 그 음성은 무얼까?' 그는 맘속으로 자신에게 물었다. 아직도 생생하다. 꿈속에서 어떤 목소리가 들렸다. 그랬다. 그건 너무도 또렷해서 꿈이라기보다 누가 몰래 귀엣말을 속삭이곤 재빨리 어디론가 사라져 버린 것만 같았다. 순간 머릿속에서 꿈속의 음성이 되살아왔다.

"나를 찾으라. 너의 주, 그리스도를 찾으라."

이재 씨는 침대에서 나와 안경을 집어 쓰고 창문으로 다가갔다. 그는 반쯤 커튼을 밀고 실크 잠옷 주머니에 손을 찌른 채 창밖을 내다보았다. 고요한 대기를 적시며 추적추적 진눈깨비가 내리고 있었다. 저만치서 가로등 하나가 어둠을 비추고 있었다. 그는 문득 또 하나의 불빛을 발견했다. 가로등 너머 멀리 보이는 불그스름한 빛깔, 다름 아닌 십자가의 불빛이었다. '처음'이었다. 그곳에 교회가 있다는 것도, 거기서 십자가의 불빛이 빛나고 있다는 것도 그는 처음으로 깨달았다.

　그는 자신의 빌딩 맨 위층에서 창밖을 내다보고 있었다. 올해 그의 나이는 일흔 여섯이었다. 그는 성공한 사업가다. 상당한 부자다. 그러니까 기업체도 여러 개 가졌고, 빌딩과 주택도 여러 채 있으며, 은행 금고에는 각종 주식과 채권으로 그득그득 차 있었다. 그런데 그에 대한 세평은 좋지 않았다. 사람들은 그를, 돈밖에 모르는 수전노, 노랑이, 돈벌레, 자린고비, 또는 샤일록(Shylock)이나 스크루지의 환생이라고 비아냥거리곤 했다. 그가 생각해도 아주 잘못된 표현은 아니었다. 기실 변명의 여지가 없다. 이는 어김없는 응보, 명백한 자업자득이었다. 그에 대한 모든 평판은, 다른 누구도 아닌 그 자신으로부터 비롯된 것이었다. 그는 평생 돈밖에 모르고 살았다. 바로 그 때문에 누군가를 울리고, 마음 아프게 하고, 또 억울하게 만들기도 하였다.

　그가 이런 것들을 깨닫고, 가끔씩 자신의 삶을 되돌아보기 시작한 건, 불과 서너 해 전부터였다. 칠순이 넘어서야 비로소 자신의 삶을 뒤돌아보게 된 것이다. 평생을 함께해 온 아내가 죽고, 하나뿐인 아들마저 교통사고로 목숨을 잃은 뒤였다. (그 사고로 며느리와 어린 손주들까지 목숨을 잃었다.) 잇달아 아내와 아들을 잃고 나자 그는 갑자기 가슴 한복판이 푹 꺼진 듯 몹시도 허전함을 느꼈다. 그 허전함은 너무나 지독해서 그 어떤 슬픔이나 그리움보다 더 그의 가슴을 아프게 했다. 그때부터였다. 비로소 그의 마음에 이전과는 다른 새로운 생각들이 자라기 시작했다. 뭐랄까. 그것은 돈과 재산에 대한 '가치'의 변화, '의미'의 전환, 그리고 그 '쓰임새'의 확장과 재발견이었다. 그러니까 자신의 재산을 나눠 세상을 위해, 이웃을 위해, 이름 모를 누군가를 위해 무언가 도움을 줄 수도 있을 거라는 아름답고 참다운 생각이었다.

하지만 그는 그런 일에 익숙지 못했다. 난생처음 좋은 일을 하는 것이었기에 한편으론 부끄러운 마음이 앞섰다. 어디에, 어떻게, 어떤 방식으로 도움을 주어야 할지 아무것도 몰랐다. 그렇다고 드러내 놓고 그런 일을 할 수도 없었다. 일평생 돈밖에 모르는 구두쇠로 살았는데, 별안간 누군가를 돕는다고 나선다면, 대개는 칭찬을 하기보다 그를 더욱 비꼬면서 비웃음을 줄지도 모를 일이었다. (본디 세상인심이란 그런 것이 아닌가!) 얼마 후. 그는 고아원에서 자랐던 어린 날을 떠올리고는 전국의 고아원을 찾아다니기 시작했다. 그러면서 고아원 각각의 형편에 따라 정성껏 기부금을 전하고, 낡은 건물을 수리해 주고, 이것저것 필요한 것들을 찾아 아낌없이 도왔다. 또한 양로원, 장애시설, 소년소녀 가장, 결식아동,

걸인, 부랑자, 노숙자, 재소자들 할 것 없이 물심양면으로 도움과 온정을 베풀었다. 집도 절도 없이 떠돌던 부랑인들이 어엿한 생활인이 되어 다시 사회의 일원이 되었을 때, 전국의 교도소에서 재소자들이 감사의 편지을 보내왔을 때, 가난한 아이들이 자신을 가리켜 '키다리 할아버지'라고 불렀을 때, 그는 세상 누구도 부러울 게 없는 행복감과 뿌듯함을 느꼈다. 그렇게 2년쯤 지났을까. 그는 마침내 아내와 아들에 대한 상실감을 벗고, 다시금 마음의 평안을 찾을 수 있었다.

(꿈을 꾼 그날) 이재 씨는 계속 그 생각에 붙들려 있었다. 머릿속에서 자꾸만 그 음성이 맴돌았다. 그러다 낮이 가고 한밤중이 되었다. 이재 씨는 그 생각에 붙잡혀 잠을 이루지 못했다. 밤새 뒤척이다 결국 뜬눈으로 밤을 새우고 말았다. 날이 밝아오자 그는 일찌감치 빌딩을 나섰다. 말쑥한 외투 차림에 검은색 중절모를 쓰고 하얀색 상아지팡이를 짚고 있었다.   맨 먼저 그는 도시에게 제일 큰 성당을 찾아갔다. 그는 주임 신부실에서 나이 든 신부와 마주 앉았다. 그는 성당을 위해 기부금을 내겠다는 약속을 하고서 그 자리에 앉았다. 신부의 책상에는 라틴어로 된 책 한 권이 놓여 있었다. 제목은 'De Imitatione Christi(그리스도를 본받아)'였다. 그는

신부에게 자신의 '꿈 이야기'를 들려주었다. 그는 신부로부터 '주님이 그를 부르신다'는 뜻밖의 대답을 들었다. 그가 신부에게, 주님을 뵈려면 어찌해야 하는지 물었다. 신부는 잠시 침묵했다. 그리고 말했다. "선생. 저도 아직 주님을 뵌 적이 없습니다. 헌데, 선생이 무슨 수로 주님을 뵙겠습니까? 다만, 혹시 성당에 더 많은 기부금을 내면 주님을 뵐 수 있을지도 모르겠습니다."

그때부터 이재 씨는 주님을 뵐 수 있는 방법을 알기 위해 이곳저곳 열심히 찾아다녔다. 하루는 도시 중심에 있는 큰 교회의 목사님을 찾아갔다. 목사님은 그에게, 매일 새벽 교회에 나와 간절히 기도를 하면 뜻을 이룰 수도 있다고 말했다. 대신, 주님께서 기뻐하시도록 가능한 한 많은 액수의 감사헌금을 내야 한다면서, 조건 아닌 조건을 달았다. 그는 알았다고 대답한 뒤 자리에서 일어났다. 잠시 후 교회를 나왔다. 교회 정문에는 큼지막한 크리스마스트리가 만들어져 있었다. 거기에는 크고 작은 색색의 전구와 별, 금종, 은종, 리본 따위가 장식되어 있었다.

다음 날도 그는 아침 일찍 빌딩을 나섰다. 전날처럼 그는 운전기사 딸린 승용차에 올라 어디론가 향했다. 그날 그는 명성이 자

자한 성서학자 한 분을 만났다. 그리고 주님을 직접 뵙고 기적의 치유능력을 부여받았다는 꽤 이름 있는 기도원의 원장도 만났다. 그는 저물녘이 되어서야 집으로 돌아왔다. 그날 성서학자는, 아직 연구를 더 해봐야 하니, 일단 연구비를 보태주면 빠른 시일 안에 그 답을 찾아 알려주겠다고 말했다. 또한 기도원 원장은, 구체적인 금액까지 제시하면서 그 돈을 가져오면 자신이 직접 기도하여 '특별히' 주님을 뵙게 해 주겠다고 말했다. 그 뒤로도 이재 씨는 다양한 이들을 만났고 몇몇 기발한 제안과 독특한 대답을 들었다. (어디서 소문을 듣고 이재 씨의 사무실로 찾아온 말쑥한 남자. 그는 연미복에 보타이를 하고 찰리 채플린 식의 중산모를 썼으며 한 손에는 지팡이를 들고 있었다.), (간밤에 꿈에서 주님을 뵙고 성스러운 계시를 받았다는 젊은 여자. 그녀는 흑백이 잘 배합된 수녀복을 입고 있었다.), (주님을 직접 뵌 적은 없지만, 주님이 어디에 거하시는지 알고 있다는 괴상한 노파. 그녀는 매부리코에 긴 백발을 늘어뜨리고 이마에는 머리띠를 묶고 있었다......) 그런데 입이라도 맞춘 듯 결론은 하나같이 금전과 연관되어 있었다. 그중에는 자신이 바로 '부활한 주님'이라는, 괴상한 주장을 하는 사내도 있었다. 그는 작달막한 키에 두건 달린 수도사 복장을 하고 있었다. "당신이 주님이라면 '증거'를 대보시오!" 이재 씨가 말했다. 그 사내가 피식 웃었다. 그가 자신의 능력을 보여주겠다며 대뜸 물구나무를 섰다. 그대로 이쪽저쪽 오락가락하기 시작했다. 그러다 서커스 단원처럼 한 손으로 땅을 짚고 균형을 잡았다. 그런 뒤에 능숙하게 공중제비를 돌았다.

어느덧 크리스마스이브가 되었다. 그날 오후. 이재 씨는 뜻밖에도 전화 한 통을 받았다. 그는 통화를 마치기 무섭게 집을 나섰다. 대략 한 시간 뒤. 그는 어느 고풍스러운 저택에 앉아 있었다. 그와 마주 앉은 노인은 티브이에도 자주 나오는 매우 이름난 성직자였다. 두 사람은 서로 비슷한 연치였다. 이재 씨도 그의 명성과 위덕은 익히 들어 알고 있었다. 그래서인지 이재 씨는 잔뜩 움츠러들었다. 그러면서도 쉬이 범접할 수 없는 그 어떤 거룩함과 마주하고 있다는 사실에 절로 가슴이 벅차오르며 상서로운 영예감에 사로잡혔다. 두 사람은 실로 정반대의 삶을 살았다. 한 사람은 돈과 이윤과 물욕의 화신이었고, 한 사람은 봉사와 헌신과 나눔의 선도자였다. 둘의 일생을 돌이켜볼 때 이재 씨는 너무도 초라한 자신의 심령에 뼈아픈 회한과 부끄러움을 느꼈다. 거실 벽 한쪽에는 해서체로 '雲上氣稟'이라 쓴 편액이 걸려 있었다. (운상기품: 속됨을 벗어난 고상한 기품.)

두 사람은 한동안 대화를 나누었다. 이재 씨는 간간이 맞장구를 치면서 진지한 태도로 상대의 이야기에 귀를 기울였다. 종교와 인간, 과학과 신앙, 세계와 혼돈, 문명과 행복 등 다소 번다한 주제와 담론이 이어졌다. 그러나 결국 그 요체는 하나였다. 즉 주님을 뵐 수 있는 '자기만의 비결'이 있는데, 그것은 바로 해외 선교를 위한 막대한 자금을 그들의 재단에 기부하면 가능하다는 것이었다. 또한 그렇게만 해준다면 그들의 단체에서 높은 직분이나 보임을 받도록 애써주겠다는 언질이었다. 이재 씨는 묵묵히 고개를 주억거렸다. 이재 씨는 그에게, 소중한 비밀을 귀띔해주셔서 고맙다는 인사와 함께, 며칠 생각할 수 있도록 말미를 달라고 말했다. 둘 사이에 몇 마디의 치렛말이 오갔다. 이재 씨는 자리에서 일어나 모자를 다시 쓰고 지팡이를 챙겨 저택을 나왔다. 밖으로 나오자 주위는 어느새 어둑어둑해졌고, 하늘에선 굵은 함박눈이 내리고 있었다.

이재 씨가 뒷좌석에 오르자 곧 차가 출발했다. 그는 운전기사에게 곧장 집으로 가자고 말했다. 그는 이유도 없이 가슴이 답답하고 한숨이 새어나왔다. 그날 밤 꿈을 꾸고 난 뒤, 그는 주님을 뵐 수 있는 방법을 찾아 쉴 새 없이 떠돌아다녔다. 그렇게 여러 곳을 방문했고, 여러 사람을 만났으며, 그들로부터 매번 흥미로운 방법들을 전해 들었다. 하지만 어찌된 영문인지 그 어느 것 하나 마음에 와 닿지 않았고, 그 어떤 확신이나 믿음조차 주지 못했다. 그는 운전기사에게, 차를 돌려 자신의 별장으로 가자고 말했다. 그곳에 가서 하루쯤 쉬었다 오면 답답한 가슴이 좀 풀릴 것만 같았다. 그는 시선을 돌려 멍하니 차창 밖을 바라보았다. 눈은 더욱 거세게 쏟아지고 있었다. "운상기품이라……" 그는 그 성직자의 거실 벽에 걸린 편액을 떠올리며 혼잣말로 중얼거렸다.

이튿날 밤. 이재 씨의 차는 집을 향해 되돌아오고 있었다. 지난밤 그는 잠을 자지 않았다. 운전기사가 잠이 든 뒤 그는 조용히 별장을 나왔다. 평소 텃밭을 가꿀 때 입는 작업복에 챙이 넓은 벙거지를 쓰고 있었다. 그는 어깨에 큼지막한 쌀자루 한 개를 둘러메고 있었다. 자루 속에는 조금 전 금고에서 꺼낸 돈다발이 가득 차있었다. 그는 돈 자루를 트렁크에 싣고 나서 운전석에 앉았다. 곧 차를 몰고 별장을 떠났다. 그가 맨 처음 도착한 곳은 어느 작은 고아원이었다. 그는 운전석 창유리를 내리고 불 꺼진 고아원을 바라보았다. 그러다 차에서 내려 트렁크로 다가갔다. 트렁크에서 돈 자루를 풀고 종이 가방 하나에 돈다발을 담았다. 그는 고아원 마당을 지나 현관문 앞에서 발을 멈췄다. 마치 크리스마스 선물을 놓고 가는 산타클로스처럼 그는 종이 가방을 문 앞에 내려놓았다. 그러고는 살금살금 고아원을 나와 다시 차에 올랐다. 그는 밤새 고아원을 찾아다니며, 같은 일을 반복했다. 마침내 돈 자루가 텅 비었다. 그제야 그는 별장으로 차를 돌렸다.

승용차는 계속 이재 씨의 집을 향해 달리고 있었다. 조금 지났다. 이재 씨는 살짝 잠이 들었다. 이윽고 차는 도시 변두리에 다다랐다. 그때 차가 급제동을 하며 거칠게 휘청거렸다. 위태로운 순간이었다. 차가 눈길을 미끄러지며 저만큼 나아갔다. 그러다 막 멈춰 섰다. "무슨 일인가?" 이재 씨가 말했다. 목소리가 떨렸다. 잠기운은 싹 가셨다. "송구합니다, 어르신." 운전기사가 상기된 목소리로 대답했다. 이재 씨는 놀란 가슴을 가라앉혔다. 그는 모자를 매만지고 안경을 바로잡았다. "괜찮으신지요, 어르신? 어디 다치신 데 없으신지요?" 운전기사가 돌아보며 물었다. 그의 눈망울엔 여전히 흥분과 두려움이 깃들어 있었다. 그의 이마에는 땀방울이 맺혀 있었다. "난 괜찮네. 자네, 안색이 안 좋구먼. 괜찮은가? 많이 놀란 모양일세." 이재 씨가 말했다. "괜찮습니다, 어르신. 심려 끼쳐 송구합니다. 아무래도 헛것을 본 것 같습니다." 운전기사가 대답했다.

"헛것이라니?"

"그게... 갑자기 사람이 보였습니다."

"사람?"

"네, 어르신. 분명 사람이었습니다."

"얼핏 사내 같았는데......" 운전기사가 말끝을 흐렸다. 잠시 침묵이 흘렀다. "내 자네에게 휴가를 좀 줘야 할 것 같네. 그간 너무 무리한 것 같으이." 이재 씨가 다시 입을 열었다. "감사합니다, 어르신." 운전기사가 말했다. "이보게, 자네 안사람의 건강은 좀 어떤가? 이제 좀 나아졌는가?" 이재 씨가 묻자 운전기사가 대답했다. "네 어르신. 어르신의 보살핌 덕에 많이 좋아졌습니다." 이재 씨가 고개를 끄덕였다. "아이들도 잘 자라지? 공부는 잘하는가?" 이재 씨가 물었다. "네, 어르신. 염려해주신 덕으로 잘 자라고 있습니다. 공부도 많이 나아졌습니다." 운전기사가 대답했다. (이재 씨는 이미 유언장을 작성해 두었다. 그는 운전기사와 아이들 앞으로 적지 않은 유산을 배정하고 있었다. 또한 가정부 아주머니와 별장지기, 빌딩 경비원 앞으로도 각각의 몫을 배분해 두었다.)

"이보게, 숨도 돌릴 겸 예서 잠시 쉬어가세." 그렇게 말하고 이재 씨는 혼자 차에서 내렸다. 하늘에서 펑펑 눈이 내리고 있었다.

바닥에는 수북수북 눈이 쌓였다. 주변을 둘러보니 허름한 집들이 모여 사는 쓸쓸한 빈촌이었다. 마을은 어둠에 잠겨 있었고, 골목에는 드문드문 가로등이 서 있었다. 그는 중절모를 고쳐 쓴 뒤 지팡이를 짚고 천천히 골목을 걸었다. 마치 얼어붙은 듯 마을은 고요했다. 사박사박. 발걸음을 뗄 때마다 눈 밟는 소리가 울렸다. 밤바람이 사륵사륵 담벼락을 스쳤다. 한 5, 6분쯤 지났다. 그는 걷다가 발을 멈췄다. 문득 불빛을 보았다. 어느 골목집서 새어나오는 작은 빛줄기였다. 그가 그쪽으로 다가갔다. 불빛은 바로 지하방 창문에서 새어나오고 있었다. 그가 창문 가까이 다가가 그 안을 들여다보았다. 방 하나가 보였다. 깊고 으스스한 방이었다. 휑한 방 한가운데 접시 하나가 놓여 있었다. 접시 위에서 홀로 촛불이 타고 있었다. 순간 두 아이가 나타났다. 둘은 누더기를 걸쳤다. 아이들은 추위에 떨며 촛불을 쬐고 있었다.

이윽고 한 아이가 말했다. "형아, 배고파." 다른 아이가 동생을 바라보았다. 잠시 침묵이 흘렀다. 동생이 또 배가 고프다고 말했다. 형이 그만 눈물을 보였다. 닭똥 같은 눈물이 얼굴을 타고 흘렀다. 형은 동생이 안쓰러워 설움이 북받쳤다. 형이 울자 동생도 울었다. 동생의 눈에도 눈물이 그렁그렁하더니 이내 또르르 눈물이 흘러내렸다. 수정 같은 눈물이 야윈 볼을 적셨다. 동생이 미안했는지 울먹울먹하면서 조그만 손으로 형의 눈물을 닦아주었다. 형이 애써 웃음을 지었다. 형이 동생의 눈물을 닦아주었다. 형이 젖은 눈으로 동생을 부둥켜안았다. 형제는 서로 부둥켜안은 채 훌쩍훌쩍 울었다.

그때 누가 아이들을 불렀다. 울던 아이들이 방문 쪽을 바라보았다. 후딱 그쪽으로 달려갔다. 누가 두 팔을 벌려 아이들을 끌어안았다. 아이들이 그의 품에 얼굴을 묻었다. 아이들의 눈물이 멎고 흐느낌이 잦아들었다. 아이들은 엄마 품에 안긴 듯 사르르 잠이 들었다. 촛불이 말없이 자기 몸을 태우고 있었다. 가난한 지하방에 평화가 찾아들었다. 마침내 이재 씨는 보았다. 아이들을 끌어안고 온화하게 미소 짓는 얼굴. 그는 바로 십자가에 못 박힌 주! 크리스마스 밤에 찾아온 예수그리스도였다.

(3. 넝마주이 노인)

여기까지가 이재 씨가 들려준 이야기다. 작가적 상상력, 창작의 욕구, 윤색의 유혹은 최대한 억누르고 되도록 사실 그대로를 묘사했다. 이것은 진실이다. 실화다. 부득이 소설적 형식을 차용했지만 어디까지나 실제에 근거한 것이다. 나는 이만 물러가야겠다. 그래. 필요한 이야기는 다했다. 아니, 아니다. 여러분과 헤어지기 전에 하나만 더 말해야겠다. 이재 씨에게 나의 주소를 알려준 그 걸인. 바로 그 넝마주이 노인 말이다. 그는 누구일까. 누구였을까. 그는 어떻게 나를 알고, 나의 주소를 알려준 걸까. 나는 곰곰 생각해 보았다. 한데 실마리가 없다. 도무지 오리무중이다. 결국 그 생각을 그만두었다.

그나저나 별일이었다. 주인아주머니 말이다. 밀린 사글세로 인해 그동안 나를 시궁창의 쥐 보듯 하더니 웬 바람이 불었는지 요샌 싱글벙글 웃음꽃을 피우니 말이다. 게다가 '식사는 잘 하시냐는 둥, 글은 잘 써지냐는 둥, 불편한 점은 없느냐는 둥' 도시 종잡을 수 없는 관심과 친절까지 베푸는 게 아닌가. 어디서 눈먼 돈이라도 생긴 걸까. 그건 너무도 급작스러운 변화였다. 나는 몹시 불안스러웠다. 혹여 방에서 쫓아내기 전에 마지막으로 관대한 가식을 보이는 게 아닌가 하는 의구심 때문이었다. 그리고 며칠이 지났다. 새벽 1시쯤이었다. 나는 바닥에 누워 천장을 바라보고 있었다. (시를 써볼까 하다 괜스레 울적해져 그냥 드러누워 버렸다. 나는 또 그녀를 떠올렸다. 그날. 그 마지막 순간. 그 눈 내리던 겨울밤을 회상하며 그리움에 잠겼다. 또르르 눈물이 흘렀다. 그녀가 떠난 지도 네 해가 지났다. 둘이서 엮어가던 아기자기한 꿈과 자족감의 무늬들. 부서진 그 파편들이 할퀴고 간, 내 영혼의 생채기들. 아! 그녀는 끝내 돌아오지 않으리라. 내 안에서 나직이 탄식이 흘러나왔다......)

한쪽에서 촉수 낮은 스탠드가 방바닥을 비추고 있었다. 얼마가 지났다. 그때 그 생각이 머리를 스쳤다. 왜 그 생각을 못했을까! 왜 이제야 떠오른 걸까! 그러니까 벌써 이태 전 일이었다. 그런데 이태 전 그날 일을 말하기 전에 여러분에게 먼저 질문 하나를 드리고 싶다. 이것이다. 여러분은 살면서 신(반드시 종교적인 의미만은 아니다)과 대면한 적 있는가? 신과 조우한 적 있는가? 신의 고독, 신의 눈물을 본 적 있는가? 이제 여러분이 직접, 자기 자신에게 되물어보라. 그 질문에 대한 나의 답은 이렇다. 적어도 나는 한번쯤 그(신)를 만난 적이 있다. 어쩌면 나는 그를 만났고, 그의 탄식과 그의 눈물을 본 적이 있다. 그는 정말 신이었을까. 그가 신이었다면 왜 내게 나타난 걸까. 아마도 그는 신이 아니었을 것이다. 설령 그가 신이었다 해도 그 외관만큼은 그렇게 보이지 않았다. 사실이었다. 신의 모습이라 보기에는 너무 가련하고 초라하고 애처로웠기 때문이다.

(이태 전. 한겨울이었다) 나는 지하방을 나와 달동네를 내려갔다. 푸슬푸슬 눈발이 날리고 있었다. 밤바람이 음산한 소리를 내며 대기를 떠돌고 있었다. 나는 또 그녀를 떠올렸다. 그러자 곧 그녀의 음성이 들려왔다. "밥 굶지 마." 그랬다. 그것으로 끝이었다. 그것이 그녀가 남겨준 마지막 흔적이었다. 그날. 우린 동네 편의점 간이탁자에 마주앉아 있었다. 둘 다 말이 없었다. 탁자 위엔 식은 캔 커피 두 개가 놓여 있었다. 그녀는 감추려고 했지만 흐르는 눈물과 동요하는 음색만은 가장하지 못했다. 그렇게 5년간의 연인관계는 끝이 났다. 나는 뭔가 묻고 싶었다. 하지만 그녀는 아무것도 설명하지 않았고, 나는 결국 아무것도 묻지 못했다. 그녀가 떠나자 나는 혼자가 되었고, 곧 처절한 고독과 극렬한 고립감이 밀려왔다. 처음으로 맞닥뜨린 그녀의 부재. 그 속에서 나는 오래도록 상심의 낮과 그리움의 밤을 보냈다. 그리고 두 해가 지났다. 나는 여전히 그녀를 기다리고 있었다. 나는 그녀를 놓지 못했다. 그녀를 놓을 수가 없었다. 나는 알고 있었다. 돌아오지 않으리란 걸. 그럼에도 나는 그녀가 돌아오리란 '거짓 기대'로 나 자신을 기만하고 있었다. 분명 부질없는 집착이었다. 끝내 잡지 못할 꿈속의 환영이었다. 그러나 그것만이. 그 슬픈 자기기만만이 나의 삶을 지탱하는 유일한 이유, 단 하나의 숨결이었다.

한참을 걸어 나는 편의점에 도착했다(그날 그녀를 떠나보낸 바로 그 장소였다). 곧 온장고 안에 든 따끈한 캔 커피를 하나 샀다. 캔 커피를 손에 들고 나오려는데, 유리문 밖에서 한 여자가 편의점 안을 바라보고 있었다. 편의점 밖은 어슴푸레했다. 그녀의 얼굴은 보이지 않았다. 내가 문 쪽으로 다가가자 그녀는 재빨리 시야에서 사라져 버렸다. 나는 문을 열고 편의점을 나왔다. 잠시 주변을 둘러보았으나 아무도 보이지 않았다. 나는 캔 커피를 손에 들고 집으로 향했다. 얼마쯤 걷다 무심코 뒤를 돌아보았다. 이상한 일이었다. 마치 누군가가 어둠 속에 숨어 이쪽을 응시하고 있는 것만 같았다. 그때 길고양이 한 마리가 나타나 저편으로 휙 가로질렀다. 나는 캔 커피를 따서 마실까 하다 손에 스미는 온기가 좋아 그냥 또 걷기 시작했다. 손으로부터 전해진 캔 커피의 온기가 가슴에서 목젖까지 따끈따끈하게 데웠다. 얼마 후, 나는 막 달동네를 오르고 있었다. 그때 앞쪽에서 인기척을 느꼈다. 한 노인을 보았다. 그는 넝마주이였다. 그의 곁에는 작은 손수레가 놓여 있었다.

나는 천천히 그의 곁을 스쳤다. 한 다섯 걸음쯤 갔을까. 나는 발을 멈추고 그를 돌아보았다. 그는 손수레를 끌고 다리를 절룩거리며 어둠 속으로 걸어가고 있었다. 나는 그에게로 달려갔다. 그리고 그의 손에 나의 캔 커피를 건넸다(아직 온기가 남아 있었다). 그가 놀란 눈으로 나를 보았다. 그가 왜 그렇게 놀라는지 나는 알 수 없었다. 생각해 보라. 기껏해야 캔 커피 하나가 아닌가. 그런데도 그의 눈에는 눈물이 글썽거렸다. 그랬다. 그의 눈은 젖은 별빛처럼 서글프게 빛났다. 외려 내가 더 무안해졌다. 나는 얼른 그 자리를 떠났다. 곧장 집으로 걸었다. 빠른 걸음으로 언덕을 올라갔다. 이윽고 99번지 지하방 입구에서 발을 멈췄다. (나는 이곳에서 7년째 살고 있었다.) 나는 방문 손잡이를 돌렸다. 왜 그랬을까. 나는 방으로 들어서려다 우뚝 멈춰 섰다. 나는 차마 그 속으로 들어가지 못하고 한참을 서 있었다. 실체 없는 무언가가, 서러움도 비애도 아닌, 외로움도 공허도 아닌 그 무엇이 심장을 훑고 지나갔다. 문득 고개를 들고 밤하늘을 바라보았다. (깊고 새카만 침묵) 무거운 압박감이 달동네를 짓누르고 있었다. 그때 어둠 속에 별 하나가 나타났다. 별은 사르르 내 안으로 스며들었다. 별은 내 안에서 꿈꾸며 희미하게 빛을 발했다.

: 반 고흐 〈감자 먹는 사람들The Potato Eaters〉

패배자들의 비망록

그 옛날, 첫 하늘이 열리고

빛과 어둠이 잠을 깨고

땅과 바다가 태어나고

달과 태양이 눈을 뜨고

꽃과 나무, 바람과 구름,

알 깬 새들이 기지개를 켤 때

그 어찌 내 것과 네 것이 있고

그 어찌 빈자와 부자가 있고

그 어찌 주인과 하인이 있고

그 어찌 승자와 패자가 있었으랴.

(밤. 어둠. 보안등)

그 보안등 아래 텅 빈 나무벤치 하나가 보입니다. 눈이 내리고 있네요. 벤치 위에 하얗게 눈이 내렸네요. 찬바람이 불어옵니다. 스산한 바람소리가 어둠 속을 배회합니다. 잠자던 눈송이들이 몸을 뒤척입니다. 그래요. 이곳은 공원입니다. 어느 괴괴한 주택가. 작고 초라한 근린공원입니다.

시간이 흐릅니다. 여러분, 어디 계십니까? 듣고 계신가요? 여러분, 이 공원의 이름은 무엇일까요? 여러분, 이 공원의 이름은 바로 '참새공원'입니다. 아니, 참새공원이었습니다. 이곳에는 언제나 아이들이 있었습니다. "지지배배, 지지배배." 아이들은 그렇게 참새처럼 지저귀며 해맑게 뛰어놀곤 했지요. 그러나 이젠 아이들이 보이지 않습니다. 낮에도 밤에도 참새들이 보이지 않습니다. 네, 그렇습니다. 이제 이곳은 파괴와 침묵, 폐허와 단절의 공간으로 변해버리고 말았습니다.

그렇습니다. 사람들은 떠났습니다. 모두가 떠났습니다. 누군가는 자유의지로. 누군가는 등 떠밀리듯. 그리고 누군가는 보이지 않는 압박과 강박감을 견디다 못해 정든 집을 떠날 수밖에 없었습니다. 부분적인 철거로 인한 소음. 넘쳐나는 쓰레기로 인한 악취. 대문은 떨어져 나가고, 문짝과 창문은 부서지고, 사방에는 세간들이 굴러다녔습니다. 골목마다 버려진 폐기물이 나뒹굴었습니다. 공터마다 방치된 폐자재들이 쌓여가고 담장에는 하나둘 낙인이 찍혔습니다. '공가' 혹은 '철거'라는 단어와 함께 큼지막한 'X'표가 그려지기 시작했습니다. 벽면에는 하나둘 경고 문구가 새겨지기 시작했습니다. 크고 검은 글씨로 혹은 굵고 붉은 글씨로. '위험', '출입금지', '절도행위금지', '엄벌', '고발 조치' 등등. 네, 그렇습니다. 이곳은 바로 '재개발추진지역'입니다.

(여기는 참새공원)

다시 그 보안등과 나무벤치가 눈에 들어옵니다. 헌데 이상합니다. 무언가가 보입니다. 사람입니다. 누군가가 있습니다. 누군가가 홀로 나무벤치에 걸터앉아 있습니다. 머리에는 비니를 눌러쓰고, 얼굴에는 방진마스크를 쓰고, 몸에는 길고 두툼한 벤치코트를 걸치고 있습니다. 코트 주머니에 양손을 찌르고 고개를 떨어뜨린 채 그는 골똘히 생각에 잠겨 있습니다. 여러분, 이 사람은 누구일까요? 네, 그렇습니다. 이 사람은 '나'입니다. 이 글을 쓰고 있는 사람. 이 책의 저자. 이 책의 주인공. 이 책의 화자입니다. 아니 어쩌면 이 글을 읽고 있는 당신. 바로 당신의 또 다른 자아일지도 모릅니다.

몇 분이 흐릅니다. 그 사람은 여전히. 아니, 나는 여전히 고개를 숙인 채로 벤치 위에 걸터앉아 있습니다. 그때 누군가가 공원으로 들어섭니다. 그의 오른손에는 카바이드램프가 들려 있습니다. 그가 점점 벤치 곁으로 다가옵니다. 나는 아직 그의 존재를 의식하지 못합니다. 순간 그가 내 앞으로 다가와 발을 멈추었습니다.

그가 말문을 열었습니다.

"이보시오, 선생."

나는 고개를 들고 그의 얼굴을 바라봅니다.

"내 선생한테 부탁이 하나 있소이다."

내가 물었습니다.

"헌데, 어르신은 누구십니까?"

"나는 갈 곳 없는 노숙자외다."

그 노인의 행색을 보니 노숙자가 분명해 보였습니다. 머리에는 찢어진 벙거지를 눌러쓰고, 허리 위에는 가무칙칙한 점퍼를 걸치고, 허리 아래에는 다 떨어진 트레이닝바지를 꿰고 있었습니다. 콧수염과 턱수염은 구저분히 뒤엉켜 있었고, 발목 아래로는 아무것도 신지 않은 맨발이었습니다.

추위를 느낀 걸까요?

노인이 바르르 몸을 떨었습니다.

"말씀해보세요, 노인장. 무슨 부탁인지요?"

"그게... 그러니까......"

"괜찮습니다. 어서 말씀해보세요."

"선생, 오늘밤 잠시 능력을 좀 빌려줄 수 없겠소?"

"능력... 이라니요?"

"선생, 나는 다 알고 있소이다."

"무슨......"

"선생이 바로 이 소설의 저자라는 걸 말이외다."

"아니, 그걸 어떻게?"

노인이 순간 입을 다물었습니다.

그러다 불쑥 소리쳤습니다.

"여러분, 어서들 오시오! 이쪽으로 모이시오!"

그러자 공원 여기저기서 사람들이 모여들기 시작했습니다. 저
마다 한손에는 카바이드램프나 석유등이 들려 있었고, 몇몇은 종
이컵에 끼운 촛불을 들고 있었습니다. 그들이 순식간에 내 주위를
둘러싸고 말았습니다. 본능적으로 나는 두려움을 느꼈습니다. 조

금 지나자 노인이 다시 입을 열었습니다.

"선생, 오늘밤 우린 선생을 기다리고 있었소이다."

"저를... 말인가요?"

"오늘밤 잠시 선생의 능력을 빌려가기 위해서외다."

나는 말없이 사람들을 바라보았습니다.

"선생, 보다시피 우린 가난하고 힘없는 낙오자들이외다."

노인이 덧붙입니다.

"모두에게 버림받은, 이 나라의 하층민들 말이오."

잠시 침묵.

노인이 다시 입을 열었습니다.

"선생, 우리들을 보시오. 가난한 농부, 영세어민, 영세상인, 독거노인, 노점상, 비정규직 노동자, 일용직 노동자, 장애인, 실업자, 버림받은 병자, 노숙자, 부랑자, 고아, 소년소녀가장, 걸식아동, 결식아동, 달동네 사람들, 넝마주이, 날품팔이 노인, 판자촌 사람들, 쪽방촌 사람들, 그야말로 우린 비참하고 가련한 밑바닥 인생들이외다."

잠시 침묵.

"허면 노인장, 제가 무엇을 도와드리면 되겠습니까?"

"간단하오, 선생. 이미 말했듯 능력을 좀 빌려주시오."

"어떤?"

"지금 이 소설을 이끌어가는 저자로서의 능력 말이외다."

"하지만 그건?"

"부탁이오, 선생."

"허면 내 대신 이 소설의 저자가 되겠다는 건가요?"

"그렇소, 선생. 말씀하신 그대로외다."

"그렇지만 그건……"

"부탁이오, 선생. 이제부터 우리가 선생을 대신하여 이 소설의 저자이자 주인공이 되는 것이외다. 다시 말해 우리가 전지전능한 존재, 즉 우리의 뜻대로 이 소설을 이끌어가는 무소불위의 권능을 갖게 되는 것이외다." 나는 말없이 고개를 떨어뜨렸습니다. "부탁이오, 선생. 우리의 간절한 소망이외다." 노인이 또 말했습니다.

　

나는 망설이지 않을 수 없었습니다. 문득 불안감이 엄습했습니다. 지금 이들에게 저자로서의 지위를 넘겨준다면 나의 소설은 어떻게 될까. 아마도 소설은 길을 잃고 헤매거나 뭐가 뭔지 모를 만큼 뒤죽박죽이 되어버릴 것이다. 나는 고민했습니다. 몇 분이 흘렀습니다. 그러다 별안간 뜨거운 감정이 솟구쳤습니다. 이들의 울분과 비애, 서러움과 분노, 시련, 한(恨)과 응어리를 떠올렸습니다. 나는 마침내 이렇게 말했습니다.

"알겠습니다, 노인장. 빌려드리겠습니다."

"오! 고맙소, 선생! 고맙소, 선생!"

사람들이 웅성거리기 시작했습니다.

"다만 노인장!"

"왜 그러시오, 선생."

"다만 한 가지 조건이 있습니다."

"말해보시오, 선생."

"절대로 폭력은 안 됩니다."

사람들이 다시 웅성거리기 시작했습니다.

"결코 누군가에게 위해를 가하시면 안 됩니다."

"알겠소, 선생. 내 약속하리다."

"그리고 또 한 가지."

"말해보시오, 선생."

"오늘밤에 한해섭니다."

"알고 있소, 선생."

"어둠이 걷히면 모든 능력은 사라집니다."

"물론이오, 선생."

"그렇다면 좋습니다."

"헌데, 선생."

"말씀하세요, 노인장."

"상대가 먼저 공격을 해오면 어찌해야 하오?"

"그건... 그럴 땐 이쪽에서도 대응을 해야겠죠."

그리하여 나는 그 자리에 모인 사람들에게 이 소설의 저자로서의 지위와 권능을 모두 넘겨주었습니다. 그러나 화자로서의 권리만은 그대로 두었습니다. 존경하는 독자 여러분께 그분들의 이야기를 계속 전해드리기 위해서 말입니다. 노인이 돌아섭니다. "노인장, 어디로 가시는지요?" 내가 물었습니다. 노인은 대답하지 않았습니다.

시간이 흘렀습니다.

어느 산속. 설한풍이 몰아칩니다. 노인이 막 카바이드램프를 들고 동굴 안으로 들어섭니다. 노인은 어둠을 뚫고 한참을 들어갑니다. 인기척이 들려옵니다. 동굴 벽에 걸린 횃불들이 보입니다. 조금 더 가자 사람들이 모습을 드러냅니다. 헐벗고 굶주린 사람들. 늙고 병든 사람들. 여인들과 아이들. 죽어가는 사람들. 가마니에 덮인 시체들. 저만치 앞쪽에 남녀 한 쌍이 눈에 들어옵니다. 둘은 동굴 벽에 나란히 기대앉아 있습니다. 여자는 20대 중반, 남자는 20대 후반쯤으로 보입니다.

　노인이 그들에게 다가갑니다.

　두 사람이 자리에서 일어납니다.

　"다녀오셨어요, 어르신?"

　젊은 사내가 말했습니다.

　"다녀왔네, 마루."

　"어떻게 되셨어요?"

　"잘 되었네. 자네 말대로 되었다네."

　"정말로 권리를 얻으셨어요?"

　"그렇다네."

　"다행이에요, 할아버지."

　젊은 여자가 말했습니다.

　"오냐, 아라야."

　"헌데, 다른 분들은요?"

　마루가 물었습니다.

　"나 혼자 왔네. 나중에 광장에서 만나기로 했네."

　마루가 아라를 바라봅니다.

　"그럼 떠나시죠, 어르신."

그들 셋은 입구 쪽으로 걸어갑니다.

"마루! 마루!"

마루가 돌아봅니다.

한 여인이 말합니다.

"우리들도 데려가요."

그녀의 가슴에는 젖먹이가 안겨 있습니다.

"그건 안 됩니다. 너무 위험합니다."

"굶어 죽으나 싸우다 죽으나 죽는 건 마찬가지예요."

"아이들은 살아야죠."

"이대론 희망이 없어요. 남은 건 고통뿐이에요."

마루가 노인을 바라봅니다. 노인이 잠시 고민하더니 고개를 끄덕입니다. 마루가 사람들을 바라봅니다. 그들에게 자신들의 계획과 위험성을 설명합니다. 그러고는 다시 의견을 묻습니다. 그러자 모두 '같이 가겠다'고 대답합니다. 그리하여 다 함께 동굴 입구로 걸어갑니다. 허리가 굽고 지팡이를 짚은 노파들. 목발 대신 나뭇가지를 짚은 병자들. 코흘리개 꼬마들. 그리고 아이들을 업고 안은 여인들.

여기서 잠시 이들에 관한 이야기를 해보겠습니다.

이들은 누구인가? 이들은 모두 우리의 평범한 이웃들이었다. 이들은 어디서 왔는가? 이들은 모두 도회지에 살았었다. 이들은 왜 이곳에 있는가? 이들은 모두 살아갈 공간을 빼앗기고 말았다. 그전에는 어디에 살았는가? 달동네. 빈민가. 변두리. 쪽방. 지하방. 이들은 왜 그곳을 떠났는가? 무분별한 재개발로 인해 모든 게 사라지고 말았다. 이들은 왜 다른 집을 구하지 않는가? 밤낮으로 발품을 팔았으나 구할 수가 없었다. 어째서 구할 수 없었는가? 도시에는 더 이상 가난한 자들을 위한 공간은 남아있지 않았다. 도시는 이제 부유한 자들을 위한 사치와 허영의 공간으로 변해버리고 말았다.

어느 호화로운 단독주택. 위압적인 철제대문. 높다란 담장. 대문 앞에 사람들이 모여 있습니다. 바로 그들입니다. 아까 공원에서 노인과 같이 있던 사람들. 대문 상단에는 무슨 무슨 보안회사의 스티커가 부착되어 있습니다. 담장 꼭대기엔 굵고 날카로운 철책이 쳐져 있고, 그 한쪽에는 방범용 감시카메라와 괴상한 모양의 도난경보기가 설치되어 있습니다. 한동안 침묵이 흐릅니다. 한쪽 전신주 위에서 가로등 하나가 바닥을 내려다봅니다. 하늘에선 풀

풀 눈발이 흩날리고 있습니다.

"여러분, 다른 의견은 없습니까?"

한 사내가 물었습니다.

"없습니다. 어서 빨리 세례식을 거행합시다."

다른 사내가 말했습니다.

"좋습니다. 그럼 지금부터 세례식을 거행합시다."

"안돼요! 안돼요, 아저씨!"

한 소년이 말했습니다.

"그게 무슨 소리냐? 안 된다니?"

"녹두 아저씨, 벌써 잊으셨어요?"

"잊다니? 무얼 말이냐?"

"아까 약속했잖아요."

"약속이라니?"

"폭력은 쓰지 않겠다고요."

그러자 누군가가 소리쳤습니다.

"약속이나마나!"

"옳소!"

"어서 시작해요!"

"어서 파묻어요!"

"더러운 놈!"

"두꺼비 같은 놈!"

"파렴치한 놈!"

"뼛속까지 썩어빠진 놈!"

"자, 여러분. 진정들 하세요."

그 사내가 말했습니다.

"걱정 마라, 미루야. 집엔 아무도 없으니까."

"아무튼 안 돼요."

"염려 마라. 우린 그저 경고를 하려는 것뿐이야."

"그래도 안 돼. 할아버지가 아시면."

"이따 광장에서 내가 잘 말씀드리마."

"하지만……"

"이건 다 가짜란다. 어차피 다 가상일뿐이야."

"가상이라뇨?"

"날이 밝으면 모두 본래대로 되돌아갈 거란다."

"자, 여러분. 뒤로 물러나세요. 길을 터주세요."

그 사내가 사람들을 보며 말했습니다.

사람들이 대문에서 물러납니다.

모두 뒤쪽으로 자리를 옮겼습니다.

그 사내도 사람들 쪽으로 발을 옮겼습니다.

"얘들아, 나오너라! 어서 나오너라!"

그 사내가 어둠을 향해 소리쳤습니다.

순간 저만치서 커다란 무언가가 모습을 드러냅니다. 그대로 굉음을 토해내며 느릿느릿 대문 쪽으로 다가옵니다. 그것은 바로 커다란 '콘크리트 펌프카' 한 대와 육중한 반죽통이 달린 '레미콘 트럭' 한 대였습니다. 콘크리트 펌프카가 앞장서고 그 뒤에 연결된 레미콘 트럭이 후진으로 뒤따르고 있습니다. 잠시 후 두 대가 대문 앞으로 다가와 움직임을 멈춥니다. 그런데 이상합니다. 두 대의 차량 어디에도 사람의 모습은 보이지 않습니다. 이것은 일종의 살아있는 기계입니다.

그때였습니다. 먼저 레미콘 트럭의 반죽통이 묵직한 굉음을 내며 돌아갑니다. 이어 콘크리트 펌프카가 네 개의 강철 팔을 쫙 벌리더니 그대로 '쿵' 소리를 내며 땅바닥을 짚습니다. 그렇게 펌프카가 몸체를 지탱합니다. 곧 '우웅~' 하는 소리를 내며 붐대(boom pole)를 들어 올립니다. 이윽고 대문 너머로 콘크리트를 펑펑 쏟아붓기 시작합니다. 사람들은 조용히 그 모습을 지켜봅니다. 시간이 흐릅니다. 기계가 멈춥니다. 집이 보이지 않습니다. 집은 사라졌습니다. 집은 콘크리트에 묻혀 형체조차 알아볼 수 없습니다. 이제 보이는 건 대문과 담장 그리고 거대하게 솟아오른 콘크리트 덩어리뿐입니다.

　–중략–

　아! 이럴 수가! 죄송합니다, 여러분. 제가 그만 실수를 하고 말았습니다. 나도 모르게 깜박 잠이 들고 말았습니다. 그래서 이렇게 생략부분이 발생하고 말았습니다. 거듭 죄송합니다. 용서를 구합니다. 저도 어쩔 수 없었습니다. 불가항력입니다. 느닷없이 졸음이 몰아치는데 도저히 당해낼 재간이 없었습니다. 여러분도 한번쯤 그런 경험 있으리라 믿습니다. 어차피 우린 완벽하지 못합니다. 우린 그저 인간일 뿐입니다. 어딘가 불완전한 인간. 실수도 곧잘 하는 인간. 그래서 더 아름다운 인간. 네, 맞습니다. 저 역시 그런 평범한 인간일 뿐입니다. 아이큐도 낮고 훤칠하지도 못하고 꽃미남도 아닙니다. 가진 것도 없고 애인도 없고 직업도 없습니다. 다만 바람이 있다면 인간 이하의 인간이 되지 않기를 기도할 뿐입니다. 이따금 완벽한 체하는 인간들이 있는데, 그래봤자 인간입니다. 자기들도 결국 먹고 싸고 자빠져 자고 시기하고 질투하고 이욕을 좇는 똑같은 인간일 뿐입니다.

다시 도시가 보입니다. 밤거리가 보입니다. 진눈깨비가 내리고 있습니다. 텅 빈 차도가 보입니다. 차고 음산한 바람이 바닥을 훑고 지나갑니다. 전신주가 보입니다. 가로등이 보이고 어지럽게 뒤엉킨 전선들과 벌거벗은 가로수가 눈에 들어옵니다. 바로 그 가로수 아래 횡단보도가 드러납니다. 횡단보도 입구에는 차량 진입을 막기 위해 화강석 볼라드(길말뚝 또는 단주)가 서 있습니다. 그 한쪽에는 이 도시의 로고가 박힌 쓰레기통과 어딘가 좀 우스꽝스러운 교통신호제어기가 서 있습니다.

몇 분이 흐릅니다. 누군가가 횡단보도 입구에 모습을 드러냅니다. 행색을 보니 늙고 병든 동냥아치가 분명합니다. 순간 노인이 쓰레기통으로 다가갑니다. 그리고 쓰레기통 주둥이에 한쪽 팔을 찔러 넣습니다. 쓰레기를 뒤적입니다. 표정이 사뭇 진지합니다. 오직 손끝의 감각만으로 목표물을 탐색합니다. 잠시 후 쓰레기통 주둥이가 노인의 팔을 토해냅니다. 노인의 손이 보입니다. 누군가가 먹다 버린 빵조각이 들려 있습니다.

노인이 걸음을 옮겨 볼라드 위에 걸터앉습니다. 빵조각을 살짝 떼어냅니다. 아주 작게. 새 모이만큼 떼어 입안으로 가져갑니다. 눈을 감습니다. 느릿느릿 빵조각을 우물거리며 맛과 향을 음미합니다. 그것은 좀처럼 목구멍을 넘지 못하고 입안을 배회합니다. 최대한 길게 입안에 남겨둡니다. 그것은 거의 액체로 변했습니다. 이윽고 그것은 아주아주 조금씩 목구멍을 넘어갑니다. 그것은 일종의 종교의식처럼 엄숙합니다. 한 번의 의식을 마칩니다. 노인은 다시 빵조각을 떼어 입안으로 가져갑니다.

시간이 흐릅니다. 이제 의식은 끝났습니다. 노인의 손에 빵조각은 남아있지 않습니다. 노인이 고개를 들고 건너편을 응시합니다. 그쪽에 교통신호등이 보입니다. 막 빨간불이 켜졌습니다. 그 빨간불 속에 한 사람이 보입니다. 그는 죽어갑니다. 벌겋게 타들어갑니다. 그는 불길에 갇혀 애처롭게 소리칩니다. 아무도 그 소리를 듣지 못합니다. 순간 노인이 자리에서 일어납니다. 노인이 그쪽으로 손을 뻗습니다. 노인이 그쪽으로 다가갑니다. 그쪽으로 다가가면서 노인이 속삭입니다.

아이야, 아이야,
손을 다오. 손을 다오.

아이야, 아이야,

내 손을 잡으렴.

내 손을 잡으렴.

　그때 저만치서 승용차 한 대가 달려옵니다. 무서운 속도로 질주
합니다. 노인은 아무것도 의식하지 못합니다. 승용차가 다가옵니
다. 위험이 임박합니다. 피할 수 없습니다. 이미 늦었습니다. 승용
차가 그대로 노인의 몸을 때립니다. 노인이 날아갑니다. 저만치 앞
쪽에 곤두박질치며 떨어집니다. 승용차가 달아납니다. 몇 분이 흐
릅니다. 노인은 미동도 없습니다. 신음도 들리지 않습니다. 순간
노인이 번쩍 몸을 일으킵니다. 하늘을 향해 오른손을 치켜듭니다.
그러자 하늘에서 꼬마천사가 내려옵니다. 천사가 노인의 손을 잡
습니다. 노인의 몸이 떠오릅니다. 둘은 그렇게 하늘 위로 날아갑
니다.

　어느 다리 위. 한 무리의 사람들이 보입니다. 아. 그렇군요. 바
로 그들입니다. 아까 노인과 함께 동굴을 떠난 사람들. 그들 앞쪽
에 '청동으로 된 동상' 하나가 서 있습니다. 상체만 있는 '반신상'입
니다. 마루와 아라가 맨 앞에 서서 동상을 바라봅니다. 두 사람의

얼굴에 눈물이 흐릅니다. 둘의 가슴속에 알 수 없는 용기와 의지가 솟구칩니다. 눈물은 더 뜨겁게 흘러내립니다. 이윽고 그들은 동상을 뒤로한 채 어딘가로 이동합니다. 그들은 다리를 나와 청계천로를 따라 나아갑니다.

그 뒤로 한참이 지났습니다. 이제 거리에는 눈보라가 몰아치고 있습니다. 여기는 다시 횡단보도 입구입니다. 모든 게 그대로입니다. 변한 건 없습니다. 볼라드도 가로수도 가로등도 쓰레기통도 교통신호제어기도. 그때 어디선가 웅성거림이 들려옵니다. 잠시 후 저만치서 사람들이 모습을 드러냅니다. 그들이 도로를 점령한 채 횡단보도 쪽으로 몰려옵니다. 그들은 횡단보도에서 발을 멈추었습니다. 그들의 열기가 횡단보도를 가득 메웠습니다.

한 사람이 무리에서 나와 볼라드 쪽으로 다가옵니다. 네, 그렇습니다. 녹두. 바로 그 사내입니다. 아까 그 골목에서 콘크리트 펌프카를 부르던. 그가 볼라드를 등지고 사람들을 바라봅니다. 사람들이 주목합니다. 처음보다 훨씬 사람들의 숫자가 많아졌습니다. 이곳으로 오는 도중 노숙자, 걸인, 철거민, 노점상 등 많은 사람들이 속속 합류했기 때문입니다. 그가 사람들을 향해 입을 열었습니다.

"여러분. 오늘밤 우린 많은 곳을 찾아가 우리만의 의식을 거행했습니다. 어느 곳엔 콘크리트 펌프카를 통한 세례의식을. 어느 곳엔 초대형 강우기를 통한 정화의식을. 어느 곳엔 포클레인을 통한 파괴의식을. 그리고 어느 곳엔 불도저를 통한 정돈의식을 거행했습니다. 그리고 이제 마지막 의식을 위해 그곳으로 향하고 있습니다."

잠시 침묵.

"여러분, 우린 어쩌면 돌아올 수 없을지도 모릅니다. 이 길은 어쩌면 죽음의 길이 될지도 모릅니다. 여러분, 지금도 늦지 않았습니다. 원하지 않는 사람은 떠나십시오. 아무것도 강요하지 않습니다. 지금은 우리가 무소불위의 권능을 갖고 있으나 이것은 곧 사라질 것입니다. 이 밤이 지나면 모두 허상이 되고 말 것입니다. 그러나 우리의 투쟁은 결코 허상이 아닙니다. 우리의 희생은 결코 가상이 아닙니다. 이 밤이 지나고 새 아침이 밝아올 때 그들은 또다시 본래의 모습을 되찾을 것입니다. 그러나 우린 돌아오지 못합니다. 이 밤과 함께 영원히 죽음의 나락으로 떨어질 것입니다. 여러분, 선택하십시오. 원하지 않는 사람은 남으십시오. 살고자 하는 사람은 떠나십시오."

순간적인 정적.

"모든 건 부질없소!"

"우린 이미 죽었소!"

"살아도 사는 게 아니오!"

"우린 인간이 아니오!"

"우린 모두 버림받았소!"

"우리에겐 미래가 없소!"

"삶은 더 이상 의미가 없소!"

"죽는 게 더 났소!"

"남은 건 고통뿐이오!"

사람들이 외쳤습니다.

녹두가 손을 들어 사람들을 가라앉혔습니다.

그리고 말했습니다.

"자, 여러분! 그럼 계속 광장으로!"

그러자 사람들이 외쳤습니다.

"광장으로! 광장으로! 광장으로!"

그들이 다시 행진합니다. 얼마를 가자 교회가 보입니다. 교회 건물에서 색전구들이 반짝입니다. 성탄절을 앞두고 있습니다. 조금 가자 길가에 불 켜진 편의점이 보입니다. 한 사람이 보입니다. 젊은 남자입니다. 그렇습니다. 심야 파트타이머입니다. 졸음이 오는 걸까요? 그가 문을 열고 밖으로 나옵니다. 그는 편의점 브랜드 로고가 찍힌 초록색 점퍼를 걸치고 있습니다. 그는 기지개를 켜고 찬바람을 쐽니다. 담배 한 대를 태웁니다. 그는 길게 연기를 내뿜습니다. 그것은 무엇일까요? 연기일까요? 한숨일까요? 고독일까요? 그는 지금 무슨 생각을 하고 있을까요. 학교? 군대? 방세? 직장? 취직? 공무원 시험? 연애? 결혼? 그는 결혼하고 싶어도 결혼하지 못하는 걸까요? 아예 결혼할 생각 자체를 포기한 걸까요? 아니면 감히 결혼이란 단어 자체를 생각지도 못하는 걸까요? 미래? 그가 그리는 미래는 어떤 모습일까요? 그가 바라보는 미래는 어떤 빛깔일까요? 어두울까요? 화사할까요? 절망일까요? 희망일까요? 즐거울까요? 우울할까요? 그가 다시 '푸우' 하고 연기를 뿜어냅니다.

시간이 흐릅니다. 사람들은 막 서울교를 건넜습니다. (그사이 그들은 신풍역, 우신초등학교, 영등포공원, 영등포로터리를 지났습니다.) 그들은 여의서로 쪽으로 방향을 틀었습니다. 한국방송 본관을 지나갑니다. 그들은 국회의사당 앞에서 발을 멈추었습니다.

그들은 침묵으로 국회의사당을 바라봅니다. 그들은 지금 무슨 생각을 하고 있을까요. 그들은 마음속으로 무엇을 묻고, 무엇을 호소하고, 무엇을 부르짖고 있을까요. 그들의 눈에서 눈물이 흐릅니다. 그들은 국회의사당 건물을 바라보며 소리 없이 흐느껴 웁니다. 이윽고 그들은 의사당대로를 따라 여의도공원을 가로지릅니다. 그들은 여의대로를 따라 마포대교 쪽으로 향합니다. 오른쪽에 버스 환승센터와 증권가 건물들이 보입니다. 그들은 계속 전진합니다. 그들은 잠시도 행진을 멈추지 않습니다. 얼마 안 가 그들은 마포대교를 건너갑니다. 이어서 그들은 마포역과 공덕역을 지납니다.

그들은 막 공덕초등학교 운동장에 도착했습니다. 조회대 앞에 몇 개의 차일이 쳐져 있습니다. 그 차일 아래 여러 개의 나무평상이 놓여 있습니다. 나무평상 위에 누런 빛깔의 석새삼베가 깔려 있습니다. 석새삼베 위에 크고 작은 떡시루와 오지항아리 몇 개가 놓여 있습니다. 그 떡시루 안에 인절미, 백설기, 보리개떡, 색절편, 골무떡, 수수팥떡 따위가 들어 있습니다. 그리고 오지항아리 안에는 누렇게 익은 좁쌀 막걸리가 채워져 있습니다. 그 막걸리 위에 표주박이 하나씩 떠 있습니다. 그들은 조용히 최후의 만찬을 시작합니다. 막걸리 한 모금과 식은 떡으로 생의 마지막을 음미합니다. 아무도 입을 열지 않습니다. 그저 묵묵히 그 순간을 찬미합니다.

얼마 뒤에 그들은 한겨레신문사를 지나 만리재로를 넘었습니다. 그런 다음 서울역을 지나 숭례문 쪽으로 향했습니다.

　시간이 흘렀습니다. 여기는 시청 앞 서울광장.

　눈보라가 몰아칩니다. 사람들이 모였습니다. 조금 전 녹두의 일행과 노인의 일행이 만났습니다. 노인의 일행이 먼저 와서 기다리고 있었습니다. 아까 그들은 '청계천 버들다리'를 떠나 청계천로를 따라 이동했습니다. 그들은 마전교와 배오개다리, 관수교를 지났습니다. 이윽고 그들은 삼일교 앞 베를린광장에서 발을 멈추었습니다. 그곳에서 그들은 식은 주먹밥과 반달떡, 소금 한 자밤으로 최후의 만찬을 나누었습니다. 모두 만족스럽게 음식물을 우물거렸습니다. 얼마 만에 맛보는 특별식인지 기억조차 없습니다. 그들은 지금껏 초근목피로 연명해 왔습니다. 그들은 얼마든지 더 나은 음식을 마련할 수 있었습니다. 무엇이든 가능했습니다. 이미 그들에겐 저자로서의 권능이 있었기 때문입니다. 하지만 그러지 않았습니다. 그것만으로도 족했습니다. 아무도 불평하지 않았습니다. 그것도 과분하다 여겼습니다. 그들은 결코 많은 것을 바라지 않았습니다. 많을 것을 탐하지 않았습니다. 그들은 다만 몸을 누일 방한 칸과 허기를 때울 한 줌의 곡식, 그리고 이 사회의 진정 어린 관심을 원했습니다. 그러나 세상은 그것조차 허락지 않았습니다. 점점 더 냉혹하게 그들의 삶을 옥죄었습니다. 하루가 무섭게 그들의 터전을 파괴했습니다. 더욱더 먼 곳으로 그들의 등을 떠밀었습니다. 그들은 갈수록 도시의 중심에서 멀어져 갔습니다. 더 싸고 후미진 곳을 찾아 유랑민처럼 떠돌아야 했습니다. 그들은 계속 도시의 변두리로 밀려났습니다. 그러다 끝내 도시 밖으로 쫓겨나고 말았습니다. 그들은 그렇게 산속으로 기어들었습니다. 동굴 속으로 숨어들었습니다. 세상은 이내 그들의 존재를 잊었습니다. 그들은 철저히 사람들의 기억에서 지워졌습니다. 그들은 추위와 굶주림, 지독한 무관심 속에 비참히 죽어갔습니다. 최후의 만찬을 나눈 뒤 그들은 삼일대로로 나와 을지로 쪽으로 향했습니다. 그리고 기업은행 본점을 돌아 을지로입구역을 지나 이곳 서울광장에 도착했습니다.

맨 앞줄에 다섯 사람이 서 있습니다. 노인과 녹두, 마루와 아라, 그리고 노인의 곁에 달라붙은 미루라는 소년입니다. 사람들의 손에는 여전히 카바이드램프와 석유등, 그리고 종이컵에 끼운 촛불이 들려 있습니다. 그들의 뒤편으로 불 꺼진 시청 건물이 보입니다. 광장 한쪽에는 커다란 크리스마스트리가 서 있습니다. 트리를 장식한 전구들이 불빛을 발합니다. 크고 작은 색색의 불빛들이 광장을 밝힙니다. 눈보라 속에서 불빛들은 고집스레 어둠을 응시합니다. 순간 마루가 앞쪽으로 걸어 나옵니다. 아라가 뒤따라 나옵니다. 두 사람은 몸을 돌려 사람들을 바라봅니다.

"여러분, 이제 우린 마지막 행진을 남겨놓고 있습니다."
마루가 입을 열었습니다.
"우린 광화문광장을 지나 그곳으로 행진할 것입니다."
모두가 숨을 죽인 채 그의 말에 귀를 기울입니다.
"그들은 아직 우리의 계획을 모르고 있습니다."

순간 아라가 말을 이었습니다. "여러분, 이제부터 우린 소리 없이 전진해야 해요. 우리의 목적지에 이를 때까지 아무도 눈치 채선 안 돼요." 사람들이 서로를 바라보며 고개를 끄덕입니다. 그렇게 눈빛과 눈빛으로 의지를 불태웁니다. 아라가 마루를 바라봅니다. 마루도 아라를 바라봅니다. 둘은 말없이 서로의 눈을 바라봅니다. 둘은 동시에 고개를 끄덕입니다. "여러분, 저희를 따르십시오." 마루가 다시 입을 열었습니다. "저희가 앞장설게요." 아라가 말을 이었습니다.

마침내 두 사람을 필두로 다시 행진이 시작되었습니다. 그들은 발소리를 죽이며 세종대로를 걸어 광화문광장으로 향했습니다. 그러나 그들은 아직 모르고 있습니다. 그들의 모습은 이미 누군가의 캠코더에 녹화되고 있었습니다. 조금 떨어진 곳에서 한 여자가 '디지털 캠코더'를 손에 들고 그들을 따라갑니다. (여기서 미리 알려 둘까 합니다. 이 소설에서 스마트폰은 등장하지 못합니다. 이것은 저의 결정이 아니라 저에게 모든 권한을 위임받은 그 노인의 결정입니다. 이유는 모릅니다. 또한 이유를 물어야 할 필요도 없습니다. 우리는 다만 그의 권한과 그의 결정을 존중해야 합니다.) 한데 그녀는 누구일까요. 그녀의 정체는 무엇일까요. 저로서는 알 길이 없습니다. (어찌됐든 그녀는 제가 아닌 노인이 불러낸 등장인물입니다.) 그녀가 누구이며 무엇을 하는 사람이며 어디서부터 따라붙고 있었는지 저에게는 아무런 정보도 없습니다. 다만 한 가지 추측은 해볼 수 있습니다. 그들은 아까 '한겨레신문사'를 지났습니다. 어쩌면 그때부터 그녀가 등장한 게 아닐까요. 그녀는 혹 신문기자가 아닐는지요. 물론 아무것도 장담할 순 없습니다. 하지만 이런 추측이 옳다는 전제하에 이제부터 그녀를 신문기자 'V'라고 칭하겠습니다.

잠시 후 이순신 동상과 거북선이 보입니다. 광장 바닥에는 하얗게 눈이 쌓였습니다. 그들은 계속 세종대로를 따라 전진합니다. 눈보라가 사납게 그들의 길을 막아섭니다. 그들은 막 발을 멈추었습니다. 앞쪽에 세종대왕 동상이 보입니다. 동상을 등지고 마루가 말했습니다. "여러분, 이제 우리는 정부청사를 지나 사직로로 향할 것입니다. 마지막으로 다시 한 번 기회를 드리겠습니다. 조금이라도 원치 않는 분들은 돌아가십시오. 지금이라도 이 자리를 떠나 원하는 곳으로 돌아가십시오." 그러나 아무도 그 자리를 떠나지 않습니다. 그들은 누구도 되돌아갈 마음이 없습니다. 그들은 다시 세종대로를 따라 정부청사 쪽으로 이동합니다. 그들은 지금 어디를 향해, 무엇을 향해, 누구를 향해 나아가는 걸까요. 그들은 침묵합니다. 그들의 목적지는 어디일까요. 우리는 모릅니다. 우리는 무작정 그들의 뒤를 따라 어딘지도 모르는 목적지를 향해 나아가고 있습니다. 그들은 이윽고 사직로로 들어섭니다. 그들은 곧바로 경복궁역 방향으로 전진합니다. 그때 느닷없이 확성기의 경고음이 울려옵니다. 곧 경고음이 그치고 단호한 명령이 날아옵니다.

　"행진 중지! 행진 중지!"
　경복궁역 쪽입니다.

사람들이 술렁거립니다.

그러면서 계속 전진합니다.

다시 확성기의 음성이 울려옵니다.

"반복한다! 행진 중지! 행진 중지!"

마루가 발을 멈춥니다. 사람들이 웅성거립니다.

"여러분, 이제 우린 중대한 결심을 해야 합니다."

마루가 입을 열었습니다.

"계속 전진하느냐, 이대로 돌아서느냐."

그러자 사람들이 외칩니다.

"말도 안 되오!"

"여기서 돌아설 순 없소!"

"우린 모든 걸 포기했소!"

"돌아선들 어디로 간단 말이오!"

"우린 갈 곳이 없소!"

"우린 터전을 잃었소!"

"이젠 희망이 없소!"

"절망뿐이오!"

"암흑뿐인 인생이 무슨 가치가 있소!"

"어서 갑시다! 전진합시다!"

마루가 다시 앞으로 나아갑니다. 사람들이 뒤따릅니다. 그 모습은 결연합니다. 그들의 의지는 확고합니다. 그들의 발걸음은 조금도 망설임이 없습니다. 그럼에도 그들의 몸짓 어딘가에서 왠지 모를 고뇌와 처연함이 묻어납니다. 그때 저만치에 바리케이드가 보입니다. 그 바리케이드 뒤로 헬멧을 쓰고 무기를 든 사람들이 보입니다. 그들은 누구일까요. 그들의 정체는 알 수 없습니다.

"돌아가라! 돌아가라!"

"반복한다! 돌아가라! 돌아가라!"

연속적으로 확성기의 음성이 들려옵니다. 그들은 계속 바리케이드를 향해 나아갑니다. 그때 난데없이 무언가가 날아옵니다. 연달아 날아옵니다. 그것은 무엇일까요. 곧 연기가 피어납니다. 사람들이 기침을 시작합니다. (콜록콜록!) 그것은 최루탄입니다. 그때. 눈보라가 몰아칩니다. 눈보라가 휙휙 연기를 쓸어갑니다. 그들은 다시 전진합니다. 이번에는 물줄기가 날아옵니다. 몸이 젖습니다. 혼란이 야기됩니다. 누군가 쓰러집니다. 대열이 흔들립니다. 마루가 사람들을 독려합니다. "물러서지 마세요! 계속 전진하세요!" 사람들이 바짝 몸을 붙입니다. 녹두가 소리칩니다. "모두 팔짱을 낍시다! 서로 팔짱을 끼고 전진합시다!" 사람들은 스크럼을 짜고 다시 물줄기를 뚫고 전진합니다. 그때 사방에서 괴한들이 달려듭니다. 그들은 어둠 곳곳에 숨어 있던 미지의 존재들입니다. 그들은 방패와 방망이를 들고 검은 제복에 두꺼운 헬멧을 쓰고 있습니다. 헬멧의 분노가 폭발합니다. 방망이가 마구잡이로 공격합니다. 미친 듯이 욕을 퍼붓고 신들린 듯 방망이를 휘두릅니다. 야수처럼 발광합니다. 잡아 죽일 듯 사람들을 후려칩니다. 사람들이 저항합니다. 필사적으로 대항합니다. 처절하게 절규합니다. 사람들이 쓰러집니다. 카바이드램프와 석유등이 부서집니다. 헬멧의 발길질이 시작됩니다. 촛불이 짓밟힙니다. 방망이질이 이어집니다. 발길질이 계속됩니다. 부상자가 속출합니다. 터지고 깨지고 찢어지고 부러집니다. 피와 눈물이 튀고, 뼈와 살점이 튀고, 아기들이 울고, 비명과 신음과 광기가 난무합니다.

"해산하라! 해산하라! 폭도들은 즉각 해산하라!"

또다시 확성기의 음성이 들려옵니다.

"어르신, 어서요! 어서 능력을 발휘하세요!"

순간 마루가 소리칩니다.

"물러가라! 물러가라!"

노인이 소리칩니다.

"이 소설의 저자로서 명령한다!"

노인이 계속 소리칩니다.

"물러가라! 물러가라!"

순간 이상한 일이 벌어집니다. 그들이 물러납니다. 슬금슬금 뒷걸음질합니다. 그러다 일제히 자신들의 진영으로 달아납니다. 노인의 말 몇 마디에 그들은 대번 꽁무니를 빼고 말았습니다. 누군가가 소리칩니다. 사람들이 환호합니다. 용기가 살아납니다. 자신감이 솟구칩니다. 부상자들을 일으킵니다. 서로서로 부축합니다. 다시 바리케이드를 향해 전진합니다. 그때 또다시 확성기의 음성이 날아옵니다.

"중지! 중지! 행진 중지!"

마루와 아라, 녹두가 앞서갑니다.

노인과 미루가 사람들과 함께 뒤따릅니다.

"경고한다! 경고한다!"

행진은 멈추지 않습니다.

급기야 최후 경고가 날아옵니다.

"발포준비! 발포준비!"

그때 상대편에서 한 사람이 튀어나옵니다. 그가 자기 진영을 향해 소리칩니다. "안 됩니다! 발포는 안 됩니다! 저들은 무기가 없습니다! 저들은 짐승이 아닙니다! 저들은 사람입니다! 우리와 똑같은 사람입니다! 우리의 선량한 이웃이며 무고한 시민들입니다!" 순간 동료들이 웅성거립니다. 누군가가 즉시 소리칩니다. "명령이다! 원위치로! 원위치로! 잘 들어라! 저들은 시민이 아니다! 저들은 인간이 아니다! 저들은 오물이다! 저들은 벌레다! 더럽고 역겨운 구더기다! 저들은 기생충! 저들은 바퀴벌레다! 저들은 도시의 미관을 해치는 악령! 악덕! 악질! 밥벌레! 불량품! 폐기물! 잡살뱅이! 게으름뱅이! 죽어 마땅한 해충들이다! 저들은 패자들이다! 낙오자다! 패배자다! 저들은 모두 사회악! 독충! 진드기! 구질구질한 거머리! 무능하고 무지한 인간쓰레기일 뿐이다!"

처음 그 사내가 반발합니다. 발포는 안 된다며, 발포는 죄악이라며 절규합니다. 발포를 하려거든 자신 먼저 죽이라며 발악합니다. 그러자 즉각 경고가 뒤따릅니다. 그 사내가 계속 소리칩니다.

애원하고 호소합니다. 저들도 인간이라며, 저들도 시민이라며 울먹입니다. 발포는 만행이라며 오열합니다. 바로 그 순간. 총성이 울립니다. 그 사내가 쓰러집니다. 발포 명령이 떨어집니다. 총알이 빗발칩니다. 사람들이 쓰러집니다. 노인이 놀라 소리칩니다. "명령한다! 이 소설의 저자로서 명령한다! 사라져라! 모두 사라져라! 당장 사라져라! 너희들 모두 소설 밖으로 사라져버려라!"

헌데 이상합니다. 변화가 없습니다. 총성은 멈추지 않습니다. 더욱더 빗발칩니다. 사람들이 죽어갑니다. 노인이 다시 명령합니다. 노인이 울먹입니다. 애처로이 소리칩니다. "사라져라! 물러가라! 없어져라! 제발 사라져라! 제발 물러가라!" 어쩌면 좋을까요. 이번에도 변화가 없습니다. 노인은 좌절합니다. 사람들은 좌절합니다. 나 역시 좌절합니다. 이것은 괴변입니다. 이것은 반역입니다. 나는 그들에게 저자로서의 권리를 주었습니다. 밤이 지속되는 한, 이 소설의 저자는 그들입니다. 그런데 어찌된 일입니까. 반응을 하지 않습니다. 저자의 명령에도 불구하고 아무런 반응이 없습니다.

나 자신이 무력합니다. 아무것도 할 수가 없습니다. 내 소설조차도 나는 마음대로 할 수가 없습니다. 그들은 누구입니까. 누구이기에 그토록 막강한 힘을 가졌습니까. 어떻게 그들은 소설의 저자마저도 능멸하는 겁니까. 도대체 무슨 일입니까. 그들은 한낱 등장인물에 불과합니다. 그런데도 그들은 저자의 통제를 받지 않습니다. 도리어 저자가 등장인물을 두려워해야 합니다. 나는 절망합니다. 너무도 가혹합니다. 너무도 잔악합니다. 지금 당장 소설을 모두 지워버리고 싶습니다. 가난하고 힘없는 사람들. 그들이 가엽습니다. 너무도 자닝합니다. 아! 소설에서조차 그들은 무력감과 열등감, 패배감에 사로잡히고 맙니다.

순간 마루가 후퇴하라고 소리칩니다. 자신을 따르라고 소리칩니다. 그가 달립니다. 사람들이 뒤따릅니다. 헬멧이 쫓아옵니다. 총부리가 뒤쫓습니다. 무섭게 몰려옵니다. 녹두가 외칩니다. 사람들이 달아날 수 있도록 시간을 벌어주자고 소리칩니다. 녹두와 사내들이 상대를 막아섭니다. 맨몸으로 부딪칩니다. 총성이 빗발칩니다. 개머리판이 머리통을 후려칩니다. 녹두가 쓰러집니다. 사내들이 쓰러집니다. 주검들이 나뒹굽니다. 핏물이 흐릅니다. 뜨거운 핏물이 길바닥을 물들입니다. 마루와 사람들은 광화문광장으로 달려갑니다. 누군가는 세종로공원으로, 누군가는 세종문화회관 뒤쪽으로 달아납니다.

시간이 흐릅니다. 서서히 어둠이 걷힙니다. 신문기자 V는 자신의 책상에 앉아 있습니다. 그녀는 아직도 간밤의 충격에 사로잡혀 있습니다. 그녀는 멍히 눈길을 떨어뜨리고 있습니다. 그녀의 책상 위에는 캠코더가 놓여 있습니다. 바로 그 안에 무시무시한 장면이 녹화되어 있습니다. 그 화면은 오늘 그녀를 통해 세상과 사람들에게 공개될 것입니다. 이윽고 그녀가 캠코더를 바라봅니다. 그것을 집습니다. 녹화된 영상을 재생합니다. 벌써 몇 번째인지 모릅니다. 방금 전에도 그녀는 그 영상을 보았습니다. 보면 볼수록 충격과 공포가 엄습했습니다. 겁이 났습니다. 도망치고 싶었습니다. 순간적으로 폐기해버릴까 하는 나약한 마음이 일었습니다. 할 수만 있다면 모든 영상을 지워버리고, 꿈이었다고, 망상이었다고, 그저 한 편의 영화였다고 치부해 버리고 싶었습니다. 그녀가 다시 마음을 다잡습니다. 그녀가 다시 영상을 바라봅니다. 순간 얼굴색이 변합니다. 심장이 떨립니다. 영혼이 흔들립니다. 자신의 눈을 믿을 수 없습니다. 그것은 악몽입니다. 그녀가 절망합니다. 넋이 나간 표정으로 고개를 떨어뜨립니다. 없습니다. 아무것도 없습니다. 모든 것이 사라졌습니다. 그녀의 캠코더에는 아무런 영상도 남아있지 않습니다.

이윽고 희미하게 하늘이 밝아옵니다. 비가 내리고 있습니다. 사방에 주검들이 널브러져 있습니다. 사직로에도(녹두의 주검이 보입니다), 세종대로에도, 세종로공원에도, 세종문화회관 앞에도, 그리고 광화문광장 바닥에도. 세종대왕 동상이 보입니다. 동상 아래 두 사람이 보입니다. 노인과 미루입니다. 노인은 동상 기단에 등을 기댄 채 숨을 거두었습니다. 노인의 가슴에 미루가 기대어 있습니다. 동상이 눈물을 흘립니다. 그 눈물은 빗물과 뒤섞입니다. 눈물이 흘러내려 노인의 머리를 적십니다. 저만치 앞쪽에 이순신 동상이 보입니다. 동상이 눈물을 흘립니다. 눈물이 얼굴을 타고 흘러내려 거북선을 적십니다. 눈물은 거북선 아래로 흐릅니다. 바로 그곳에 두 사람이 보입니다. 마루와 아라입니다. 둘은 서로 머리를 기댄 채 평화롭게 잠들어 있습니다.

우리는 여전히 그들의 목적지를 모릅니다. 그들은 아무도 목적지를 말하지 않았습니다. 그들은 어디로 향하고 있었을까요. 그들은 무엇을 찾아가고 있었을까요. 지난밤. 그 행진의 끝에는 무엇이 기다리고 있었을까요. 꿈? 희망? 환상? 위안? 신기루? 이상향? 끝내 우리는 그 답을 얻지 못합니다. 그들은 죽었습니다. 먼 곳으로 떠났습니다. 이제 그들은 숨을 쉬지 않습니다. 이제 그들은 그

343

들만의 목적지를 간직한 채 기나긴 잠이 들었습니다. 시간이 흐릅니다. 그사이 비가 그치고 아침이 밝아옵니다. 새날이 움트고 새 역사가 눈을 뜹니다. 마침내 저만치서 먼동이 떠오릅니다. 순간 주검들이 사라집니다. 사직로에도, 세종대로에도, 세종로공원에도, 세종문화회관 앞에도, 광화문광장에도, 노인과 미루도, 그리고 마루와 아라의 주검도. 끝내 주검들은 흔적도 없이 사라집니다. 곧 사람들이 나타납니다. 이미 거리에는 행인들로 가득합니다. 양쪽 세종대로엔 벌써 차량들이 밀려듭니다. 이내 소음과 분주함이 도로를 점령합니다. 세상은 또다시 새로운 하루를 맞이합니다. 사람들은 무심히 하루 일과를 시작합니다. 그들은 모릅니다. 지난밤 이곳에 무슨 일이 일어났는지. 사람들은 아무것도 모릅니다. 사람들은 아무것도 기억하지 못합니다. 지난밤 이곳에서 그 누가 울부짖고, 그 누가 절규하고, 그 누가 저항하고, 그 누가 투쟁하고, 그 누가 죽어갔는지.

막걸리 찬가

마구 마구 마시라고 막걸리가 아니다.

가슴이 막막할 때

마음이 먹먹할 때

사는 게 팍팍할 때

현실이 답답할 때

그런 날에 마시라고 막걸리다.

싸게 싸게 마시라고 막걸리가 아니다.

가슴이 허전할 때

마음이 쓸쓸할 때

인생이 허탈할 때

영혼이 허허할 때

그런 날에 마시라고 막걸리다.

막힌 속은 뚫어주고

허한 속은 채워주고

식은 속은 데워주고

시린 속은 달래주고

한 사발에 탁– 탁

두 사발에 탁– 탁

이내 심사 알아주고

이내 설움 받아주고

이내 울분 삭여주고

그리하여 탁주다.

속 시원한 탁배기다.

그리하여 막걸리다.

인생 도반 막역지우

일생의 벗 막걸리다.

좋은 날

살다보면 좋은 날도 있겠지

하고 사람들은 말하지요.

살다보면 좋은 날도 오겠지

라고 사람들은 말하지요.

그러나 기다려도 기다려도

그날은 오지 않네요.

얼마나 기다려야 그날이 올까요.

얼마나 애태워야 그날을 볼까요.

끝내 영영 오지 않을지도 모르지요.

그래도 우린 그날을 기다리지요.

오지 않을지 몰라도

마주하지 못할지 몰라도

우린 또다시 그날을 기도하지요.

그러나 너와 내가 모를 뿐

그날은 벌써 다가와 있는지도 모르지요.

어쩜 그날은, 아마도 좋은 날은,

좋은 날이 오리라는 기대를 안고 사는

너와 나의 마음속, 지금 이 순간,

현재라는 이름의 오늘일지 모르니까요.

그냥 웃지요

그냥 웃지요.

누가 날 바보라고 놀리면

헤헤, 호호, 이러면서 웃지요.

그냥 웃지요.

누가 날 순진하다 말하면

끄덕, 끄덕, 이러면서 웃지요.

그냥 웃지요.

누가 날 못난이라 깔보면

키득, 키득, 이러면서 웃지요.

그냥 웃지요.

누가 날 철없다고 탓하면

맞아, 맞아, 이러면서 웃지요.

그냥 웃지요.

누가 날 속없다고 흉보면

으응, 으응, 이러면서 웃지요.

죽음/새로운 시작

죽음은

죽음을 버리는 일이다.

죽음은

불멸을 쟁취하는 일이다.

인간은 누구나

자신의 죽음을 지니고 산다.

그리고 죽는 순간 비로소

일평생 움켜쥐고 살던

그 죽음을 내어 던진다.

한평생 놓지 못하던

그 죽음을 떨쳐버린다.

그러므로 죽음은

영원한 삶의 시작인 것이다.

그리하여 죽음은

죽지 않는 삶의 첫발인 것이다.

그리하여 죽음은

죽음 없는 삶의 탄생인 것이다.

죽음은 곧

죽음과의 영원한 이별이므로

죽음은 곧

죽음과의 완전한 작별이므로

죽음은 곧

죽음과의 서글픈 고별이므로.

: 세월호 희생자들과
　위안부 피해자
　이순덕 할머니 영면에 부쳐
　(2017. 4. 4 / 페이스북에 올린 시)

촛불과 태극기

촛불은 태극기를 비춰야지

태워서는 안 된다.

태극기는 촛불을 감싸야지

덮어서는 안 된다.

촛불과 태극기는 두 개의 눈동자다.

하나의 시각(진보)만으로

하나의 시야(보수)만으로

판단은 온전할 수 없다.

촛불이 뜨거운 가슴이라면

태극기는 차가운 머리다.

뜨거운 가슴(감성)만으로

차가운 머리(이성)만으로

인격은 완전할 수 없다.

촛불과 태극기는 두 개의 날개다.

하나의 날개(우익)만으로

하나의 날개(좌익)만으로

도약은 기약할 수 없다.

아무도 미워하지 않아야

누구도 미워할 수 있다.

아무도 사랑하지 않아야

누구도 사랑할 수 있다.

아무도 배척하지 않아야

모두를 보듬을 수 있다.

패배자들의 비망록

2017년 5월 11일 초판 1쇄 인쇄
2017년 5월 11일 초판 1쇄 발행

글 : 이천도
펴낸이 : 이미례
펴낸곳 : 미래성
주소 : 서울시 동작구 상도로 62
전화 : 02-3280-2096
모바일 : 010-8927-8783
팩스 : 02-3280-2096
메일 : duutaa@naver.com, miraesung7@hanmail.net
등록번호 : ISBN 979-11-958899-1-4